此心安处是清流

中共清流县委宣传部
清流县文学艺术界联合会 编
清流县作家协会

李新旺 主编

九州出版社
JIUZHOUPRESS

图书在版编目（CIP）数据

此心安处是清流 / 中共清流县委宣传部，清流县文
学艺术界联合会，清流县作家协会编 ；李新旺主编. --
北京：九州出版社，2023.6
　　ISBN 978-7-5225-1863-3

　　Ⅰ．①此… Ⅱ．①中… ②清… ③清… ④李… Ⅲ.
①散文集－中国－当代 Ⅳ．① I267

中国国家版本馆 CIP 数据核字（2023）第 095557 号

此心安处是清流

作　　者　中共清流县委宣传部　清流县文学艺术界联合会　清流县作家协会　编
　　　　　李新旺　主编
责任编辑　陈春玲
出版发行　九州出版社
地　　址　北京市西城区阜外大街甲 35 号（100037）
发行电话　（010）68992190/3/5/6
网　　址　www.jiuzhoupress.com
印　　刷　唐山才智印刷有限公司
开　　本　787 毫米 ×1092 毫米　16 开
印　　张　16
字　　数　246 千字
版　　次　2024 年 1 月第 1 版
印　　次　2024 年 1 月第 1 次印刷
书　　号　ISBN 978-7-5225-1863-3
定　　价　78.00 元

《此心安处是清流》编委会

中国生态文学的清流书写

◎黄莱笙

　　之所以答应给《此心安处是清流》作序，是因为我对清流县以及清流作者群还算比较熟悉，并且有几分喜欢，何况作序其实也是学习。

　　我在一处高山密林创作室完成了这部书稿的通读，却有些惊讶。全书三十八个作者，除了十个学生，大多数名字我都眼熟；全书集中了七十六篇散文，许多我都有过阅读印象。然而，这些篇章集中在一起阅读，却给我带来了一阵陌生感，仿佛一颗颗钻石分开时散发着微弱的光芒，聚集成堆却意外地耀眼，这是一种什么样的能量呢？初秋的斜阳从山尖照到我的案台，巨大的森林气息穿透后背，这种阅读环境与书中弥漫的笔意融汇在一起，使我渐渐生成一个越来越明朗的理论感觉：这是一部中国生态文学的清流书写。

　　过了一些时日，我会同一些作家再去清流做了一趟文学采风。秋水伊人，在水之洲，宛若又一次走进《诗经》天地，随处弥漫的古意和生态气息正是这部散文集的描绘，更有那人文情怀的蒸腾。今夕何夕，初心不忘。清流县呈现着国家级客家文化生态保护实验区的美妙风范。采风验证了我的阅读感受：这是一部中国生态文学的清流书写。

　　生态文学以大自然和历史遗存现象为主要创作题材，是一种反映生态环境与人类社会发展关系的文学。进入 21 世纪以来，中国数千年文学作品承载的人与自然和谐相处愿景，遇上了创新、协调、绿色、开放、共享的新发展理念，加上开放吸收西方文明可取思想，就形成了蕴含中国意义和中国立场的中国生态文学。这股潮流很快就成为中国文学新的重要生长点，并且对世界文学格局发挥日益重要的作用和影响。当然，学术意义上的中国生态文学不是对生态对象的简单描绘与抒发，而是在展示自然与人的关系中体现生态整体主义思想，追求生态系统整体利益的最高价值；作家跳出人类中心主义，不把人以外的自然物仅仅当作工具、途径、手段、符号、对应物，而是物我共存交融，将人与生态以及生态各种现象构成理解为相互依存的命运共同体，并通过特色体验和个性思考来创作表达。

这部《此心安处是清流》呼应了这种生态文学特质。

全书编排，分成"山水行吟、清流日子、人文风物、青涩年华"四辑，显然是体例上的大致分类，各辑文章之间有许多内容的表达交叉共融，总体上呈现一个共同指向：把维持和保护生态系统的完整、和谐、稳定、平衡和持续存在，作为衡量所描绘事物的根本尺度，作为评判人类生活方式、科技进步、经济增长、文明建设和社会发展的终极标准。当然，作者个性迥异，风格不同，创作手法五花八门，抵达的程度也就参差不齐。但是，无论作者们有意还是无意，集合起来，大家还是共同呈现了这一创作指向，加入了方兴未艾的中国生态文学潮流。

这部书稿读趣盎然，给人比较浓郁的感觉：接续了优秀传统话语，从生态视角观照现实，再现客家生态观，追求文本鲜活。

接续中国传统优秀文学话语系统，继承古代东方哲学思想，从中华传统文化和自然诗学传统中汲取了丰富养分。中华优秀传统文化积淀了天人合一、道法自然、以和为贵、和谐共生、美美与共等哲学思想，数千年的优秀文学作品无不折射着人与自然相互交融的审美光环。在这部作品集中，我们看到了这种文明底色的延续，看到了天地人共生的情趣和理趣，山水、森林、村庄与人文交相映衬，自然中有美的依据、善的象征和真的情义，能给人以映照和启示。作者们从传统生态智慧中获得灵感，自觉地对文脉悠久的中国自然诗学传统进行创造性转化、创新性发展，彰显了中国生态文学的清流书写，正从根脉深厚的文化基因和蓬勃开展的本土实践中获取能量。

反映生态发展进程，以生态视角提升现实观照的广度和深度。生态是我们赖以生存生活的基础，是人的生活之需、生存之要、生命之本，无论是土地耕种，还是环境治理、绿色农业发展、文化自然遗产保护利用，生态关涉"饭碗"也关涉"美丽"，关涉物质更关涉精神。清流书写是一种"泛生态"视角，风光、风物、风情使大自然与历史遗存共同构成清流生态，乃至笔风过处，物我感应，山水风物皆有情，古老的历史遗存甚至老屋老厝亦成当下生态。这部作品集并非平面地探寻生态密码，而是动态地讲述天人合一之中的生态延续和保护的诸般故事和感怀思考，乃至美丽乡村建设、乡村振兴、遗产保护等皆成书写题材，推动生态文学成为有现实指向性和长远意义的行动文学。

当下客家传统生态观的抒发，生态就在血脉里。"纵马奔骋往四方，任君随处立纲常。情深异境犹吾境，日久他乡亦故乡。"这种民系漂泊秉性使客家人历来十分敬畏大自然。在客家民系研究中，生态观是一个活跃的命题，被作为客家人调节人与自然关系的规范和行为准则的价值追求来看待。这部作品集的文章，无论是直接以客家命题或并不冠以客家字眼，大多数的表达基本上体现了学界研究的客家传统生态观特征，这就是：天人合一的环境观，所以有了多篇把自己理解为自然存在物的描述；包容感恩的自然观，所以有了多篇敬拜祖先与大地的祭祀节庆及大自然图腾崇拜的描述；绿色顺生的健康观，所以有了多篇对自然界天然食材药膳的味觉嗅觉描述。清流县能够被列入国家级客家文化生态保护实验区，这部作品集是其生态价值的文学佐证，有助于实现"遗产丰富、氛围浓厚、特色鲜明、民众受益"的文化生态保护目标。

写生态的散文充盈生态气质，追求文本的鲜活。这部作品集在生态文学的散文创作上，至少给人三个艺术启迪：第一，生态书写也是心灵历史的展露。气质是散文最为醒目的精神标签，决定着作品的趣味与品格，没有气质的散文什么都不是。这部作品集，生态流变图景，生态感悟视角，真切浓郁的时代气息，带着个体生命呼吸，气场充沛，气质清新朴实洁净。其中一些精品文章在字里行间带着气息、气场、气色、气脉、气象和气韵，勾着读者走，令人身临其境般进入写作者布置的情境中，完成生态审美和联想的历程。第二，生态书写不要被古人绑架。当下散文创作最突出的诟病是文章充斥着套话、老调子，特别是脑海里老装着古人，非但热衷于"掉书袋"，还沉迷于按古人的套路来谋篇布局，失去了新意。其实，最庸常的生存，就是永远生活在别人的模式里，最庸常的散文自然也是永远在重复别人的话。令人欣慰的是，这部作品集倒是真正来自当下生活疼痛和内心幽微，用当代人的眼睛看待当代生态问题，用清流人的眼神与家园生态交流。第三，生态书写应当追求散文本身成为鲜活生态。语言和言语，能指和所指，皆有物我感应，皆有韵外之旨。这部作品集显然有这样的艺术追求，特别是一些精品文章的语调，跌宕起伏、欲说还休，物象、意象、语象交织交融，使文章本身成了一方鲜活生态。

当然，作者众多，文章不可能篇篇都有上述精髓，我的阅读评析仅仅是针对总体而言。这部作品集的作者皆为清流域内人氏或者嫁进来的和走出去的，编者用心良苦，还遴选了一批在校生习作，显然意在培植清流文学发展后劲。我们祝愿，中国生态文学的清流书写会引来更多的目光，会获得更为广阔的前景。

是为序。

（黄莱笙，福建省作家协会副主席，福建省文艺评论家协会副主席，中国作家协会会员，中国文艺评论家协会会员，中国民间文艺家协会会员，第十届、第十一届全国文代会代表，第二届全国文艺评论家代表大会代表，第六届、第七届福建省文联委员。）

目　录

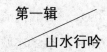

第一辑

山水行吟

002	诗意地栖居	053	年事琐忆
012	相濡以沫	056	龙津柳色
018	穿　越	058	魂兮归来
029	穿越时光的故道	060	燕　子
037	母亲的心事	062	横溪水
040	清清龙津水	064	难得乡村听雨声
044	醉美文心兰	067	乡村看云
046	印象河前	069	走进灵台山
048	客家苦味	073	看　海
050	回望大丰山	075	风　景

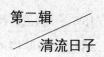

第二辑

清流日子

080	清流之城	089	乡村的露天电影
083	此心安处是吾乡	091	"叫化"先生

094　吾乡·清流

096　已把他乡作故乡

099　冬日清流

102　我的小城

104　种菜者说

106　拯救"幸福"

108　正是西南任好风

110　老黄牛

112　书信孕育的乡愁

114　父亲的爆栗子

116　阳台向西（外三章）

120　父亲的乡土

123　父亲的笑

126　最忆故乡地瓜甜

128　母亲，我好想您！

132　记忆里的冬天

135　山村情愫

138　知青屋

141　那一幕

144　婚宴记

146　最幸逢时老　终成享福人

152　一路芳华，且歌且行

第三辑

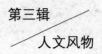

人文风物

156　古雅灵动　松风万壑

159　仓盈古镇　嵩口之州

164　寻味清流

167　耄耋老人和她的客家蓝衫

171　地滚龙灯　千年手艺的
　　 坚守

174　清流城建记忆

177　茶香缕缕

181 龙吟静室

183 粽　香

185 火车的回声

188 左拔故事

194 四保女与酒

196 闲云野趣南极山

199 清流乡戏

202 茶树·茶籽·茶油

204 清流九龙溪

206 山珍极品话红菇

208 李家寮：挂在山上的古村

211 林碟畲村

214 凉　亭

第四辑

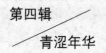

青涩年华

218 身边人

220 钢　笔

222 山路七弯

224 永远的植树人

226 爷爷的三轮车

228 爷爷的饼干

230 文学社拾忆

232 台　阶

234 "老铁"

236 运动会（外三章）

240 后　记

第一辑／山水行吟

诗意地栖居

◎杨　丽

一

　　离开三明二十年后，2015 年的初秋，我第一次有机会到三明出差。

　　向莆铁路，从江西的向塘镇到福建的莆田市，2013 年 9 月 26 日正式通车。全程不到三小时，却经过了三清山、武夷山、玉华洞、大金湖、金饶山、戴云山、青云山等七大国家风景名胜区和国家生态保护区，是名副其实的"中国最美快速铁路"。当然要去体验。

　　手拿相机坐在大玻璃车窗前，不想错过稍纵即逝的风景。窗外，山清水秀，高架桥、农舍、田庄、红头巾一晃而过，隧道一个连一个。福建多山地、丘陵，铁路线全程有隧道、涵洞八百二十三个，大大小小的桥梁二百二十六座，可见这条铁路修建的难度之大。

　　二十年前，我一次次坐长途汽车从三明到福州。那时要翻山越岭，长达七八个小时，时常会困在半山，望着 Z 形的盘山公路一筹莫展。因为山路重重，交通不便，村与村、人与人之间走动、交流极少，所以，几乎翻过一座山就是一种方言。同是福建人，却听不懂彼此在说什么。二十多年来，我辗转在三明、泉州、福州各地，但始终无法学会当地的方言。

　　速度，缩短了城市之间的距离。如今，从福州到三明一天一个往返已经实现。一小时十五分钟后，动车分秒不差地停在三明北站。新建的动

002　>>> 此心安处是清流

车站背靠在红土裸露的沙县山脚下，站前广场还在建设中。车站浅灰色墙体，大玻璃窗，取意"闽中印象，文明新城"，创意的灵感凝聚着福建文化和福建民居元素。三明曾经只有一个小火车站，坐落在三元区，我无数次从那儿出发、回归。此时，站在三明的边缘，我已经找不到熟悉的感觉。三明，日新月异。

进城的路上，我以为会途经熟悉的街道，看见路边的紫荆花树，路过江滨公园，看见沙溪河缓缓东流。但是小车穿过新建的长长的快速通道后停在一群高楼大厦中间。到了？这是哪儿？我有些恍惚，眼前的一景一物完全是陌生的。电梯到达二十八层，我从走廊的窗户望出去，银灰色的体育馆在阳光下熠熠生辉，像一枚鸟蛋安放在群楼之间；一大群建好的和还没拆脚手架的楼盘黄黄绿绿、高高矮矮地竖立在不远处，这是"碧桂园"的工地；还有一大片空地上，大吊车、堆积如山的杂木，戴着红黄安全帽的民工走来走去，这是将要破土动工的万达商圈工地。

二十年前的三明，一条沙溪河，一个火车站，几条街。小巧玲珑、绿树成荫、干净整洁，满街是会开花的树，紫荆、白玉兰、石榴、梧桐，江滨公园古典的红顶小屋、草坪，三明是个一尘不染的城市。那时，广播电台里正在播送《前进中的三明》，声音传遍祖国大地；那时，三明已经是全国文明城市、国家卫生城市；那时，我初来，从北方的大城市来，喜欢上三明的秀美，在这里一住十多年。如今，三明已经改变了模样，俨然正在被打造成一个大城，要从一个窈窕淑女脱胎换骨成一个贵夫人。我想起刷在大街墙上气势磅礴的一句口号：我们打造城。大城变国际大都市，小城变大城，小镇变小城，小村变成美丽乡村，拆迁、建造、改头换面的巨大工程正轰轰烈烈在中国大地上轮番上演。

夕阳西下，一抹阳光洒进办公室，我拨通朋友的电话。朋友问在哪儿。我说不知道。朋友笑起来。我真的不知道，我从来没来过这里，这儿不是我曾经居住过的三明。

原来的三明在哪儿？

二

换上一条白底碎花的简中式棉布裙子，领口和斜襟有两个盘扣。外套一件飘逸的白色薄纱开衫，背后有一枝若隐若现的浅粉色荷花，开衫的名字叫"最是那一回头的温柔"。这身衣服原是为了去参加新书《行走的诗意》发布会买的。喜欢，是因为这套裙子有中式服装的婉约、韵味，又有休闲散漫的时尚元素。

朋友开着小红车来了，远远地站在夕阳下挥手。朋友穿着一件米色中装，半长的头发在空中飞扬，骨子里透露出浪漫不羁的艺术气息。我以为，国学、美术、书法、太极、舞蹈，这些中国文化元素和中国传统服装浑然一体，密不可分。

秋风，浅浅吹，一抹晚霞涂抹在天边，朋友什么时候把一幅山水画泼洒到了天上？"吱呀"一声，推开双开的大木门。脚下是青砖，眼前是小桥流水、锦鲤、芭蕉、竹子和吞云吐雾的石磨。过了小桥，四面的墙上开着四方小格，放着书籍、古董，墙上挂着一幅幅书画作品。两个文案几乎占了半间屋，一幅丹青墨迹未干，画上一重山、一挂飞瀑、三两间瓦房和一个古人。看过三明文联黄主席这样评价朋友的画：是压抑过后的呐喊，是暴风雨过后的清新，是炎凉过后的温暖。我无法解读朋友蕴藏在画中的深意，但能读懂隐匿在笔墨间的诗性、诗意。朋友的山水画和传统的山水画风格迥然不同，是风吹过、霜浸过、雨打过的山水画；是一种走遍千山万水，阅尽人间冷暖后，那山那水那人那情感在心中蕴藉、回转、孵化、汇合，然后升腾、喷发，一气呵成的恣意纵情山水画；是看山不是山，看水不是水的一种超脱在山水之上的意念、图腾的山水画。山，一重山，深沉而厚重，满是沧桑，大块皴擦的浓墨重彩让人觉得逼仄、压抑，禁不住要问：路在何方？这是现实；水，凝聚在朋友笔尖的灵气留白成一挂飞瀑，水珠迸溅，空灵、生动，这是生命之源；山脚下的三两间瓦房，远离红尘，半掩在丛树之间，炊烟袅袅，这是梦里家园，精神和灵魂的栖息地；一个古人，是心灵的慰藉、人间的温暖。

朋友，就这样年复一年神思飞扬，泼墨作画，诗意地栖居在山水画间。

坐在古船木茶桌边，朋友点燃一支西藏线香，青烟袅袅缭绕在一尊佛前，清香弥漫。浅饮轻啜，茶香、墨香、藏香，香味四溢。在这充满古色、古韵、古意，别具一格的工作室里，只那么一会儿我已被熏染得诗情画意。朋友的工作室，撷一角大自然的景色安放在斗室，集古典、传统、乡土、艺术的气息，在这样的氛围里挽一袖清风挥毫泼墨，已然充满了灵气，胸有成竹，笔落成画。

不用多问，一切已了然。这些年，朋友完全按自己的兴趣喜好选择了一种生存方式，日子过得淡泊、滋润，精神得以滋养，灵魂在宣纸上飞翔。这里是朋友精心布置的，但不属于朋友一个人，属于三明所有喜欢书画的人；这里经常举办笔会、展览，一群气息相同的人相聚在这里，谈笑风生，切磋交流，让山水、花鸟在尺寸间停留、驻足、绽放；这里也是三明喜欢书画的小朋友的课堂，他们随时可以来学画、玩耍。朋友说还在金湖建了一个写生基地，逢了节假日，会带着一群人去采风。金湖，山水相间，风景如画，是写生的绝好地方。画家，必须遍访名川大海，开阔眼界，纳海川于胸中，方能下笔如神。并不意外，朋友早在三明声名鹊起，是书画界举足轻重的人物，发扬、传承中国书画文化，他当使命和己任。

"多年不见，你更像你了。"

"多年不见，你也更像你了。"朋友看着茶桌上我送他的四本书说。我淡然一笑。其实，不像。虽然出了四本书，但我的日子、身体与灵魂依然背离，我早出晚归地工作，在红尘中奔波，不能有丝毫懈怠，我渴望的生活，还在梦的边缘。也许，一生也抵达不了。生活，有时候很无奈。不是所有的梦想都能实现，不是所有的人都能够随心所欲地生活。

"很遗憾，《行走的诗意》书名不是你写的，因为是丛书，我做不了主。"第一本散文集《露润青莲》的书名是朋友写的，那种独特的汉简书法至今是我的喜欢。那时有约，以后每本书名都由朋友书写。"确实遗憾，日子还长，还有以后，你要好好写。"还有以后吗？对文字源于骨子里的热爱，对出书的事已经淡然。"你要好好写，不要辜负自己。"这是朋友对我说得最多的一句话。这句话一次次让我在否定自己的时候相信自己。

文学和书画有什么内在联系？一个女人和一个男人之间存在着什么样的缘分？我喜欢书画，一时兴起也胡涂乱画，却始终是远的、浅的。朋友喜欢书画，却在报社做总编，一干几十年，青春好年华都在铅字中度过。是阴阳差错，还是命里注定？我以为文学和书画始终是形影相随、相辅相成。我和朋友，二十多年前不经意地邂逅、走散，音讯全无。几年后在东新二路擦肩而过的刹那，同时回眸，寻找似曾相识的感觉，一张诗意的名片落在彼此的掌心，然后各自东西，淡忘了浅浅的缘……二十多年的时光中，我们各居一方，一次次离散、重逢，从不刻意寻找却从没忘记彼此。我始终知道，三明有个朋友。

我说三明变化太大了，我如初来。朋友说，再过半年你来，三明上空飞机盘旋，沙县机场年底就要竣工营运了；再过两年你来，三明动车南站也通车了，还有厦沙高速三明段、湄渝高速公路三明段都将动工。三明在发展，但三明的生态却是好的，是中国最绿省份中的最绿城市，中国绿都、生态乐园、国家园林城市。那时，你还会再一次如初来。

三

夜幕低垂，万家灯火。曾经三明有一盏最温暖的灯亮在丁香新村 64 幢。这是我曾经居住了十多年的家。离开的日子，几回梦回故园。这次回三明，便是要了却一个小小心愿，回家看看。回家的路上，东张西望寻觅熟悉的曾经。这世间美景无数，最美的还是回家的路。

轻轻推开虚掩的铁门，走进小院。小院里一棵白丁香树和一棵紫丁香树正开着细碎的花儿，芳香袭人。似乎听见玶儿唱着歌儿回家了："丁香树，丁香树，芳香洒满树下的小路，清晨我在树下读书，黄昏我在路旁散步……"树影在小黄楼上摇摇晃晃，这是市委某部的办公楼。绕过办公楼，走过小花园，小花园里盛开着美人蕉、栀子花，那时我常把它当成自家的后花园。站在小径上，就能看见一栋黄色的楼房，这是市委某部的宿舍楼。

月光下，黄色的墙体经过风吹雨打，斑驳、残旧，窗棂锈迹斑斑。十几年的光景并不长，小楼的历史还没人书写却已经满是沧桑。

那年，随夫君调到三明，住在政府分配的双园新村的红砖楼里，这是当年行署专员住的地方，如今住着市委机关的普通干部。红楼是用红砖围合建成的三进三层楼房式四合院，以走道相连，阳光直接洒在院子里。到了下班时间，可以听见家家户户的说话声、切菜声。珥儿经常在院子里和小孩子们玩耍，也会挨家挨户串门，进到谁家吃喝到谁家，左邻右舍如同一家，亲近、和谐。初来三明，用惯了煤气的我不会捣鼓蜂窝煤炉，常常大清早的炉子灭了，便有邻居从自家的炉子里夹出一个火红的蜂窝煤，帮我引燃炉子。后院种着几棵石榴树，开花的时候红如火，花瓣落了一地，我常在树下给珥儿梳头扎小辫、唱歌谣，教她背诗认字。但是，红楼毕竟已经老旧、残破，拥挤且杂乱。

部里开始筹划集资盖宿舍楼。从开始商讨、筹建、破土、打桩、土建……进展很快。我们一次次去工地上看，充满期待、憧憬。结婚五年，搬家三次，住的都是单位分配的住房。这次，国家住房改革，不再分配住房，而是集资建房。我们只需要出小部分钱，就可以买到一套有产权证的房子，可以自由买卖，自是欢天喜地。两年后，我们搬进了自己精心设计、装修，真正属于我们的第一套新房。双园新村的红砖楼也在多年以后全部拆除，新建。

仰望夜幕下的宿舍楼，点点灯火，温暖的记忆被激活。

604室，三室两厅一个阳台。两间卧室，一个书房。珥儿的卧室也是她的书房，她在洒满阳光的房间里学习、读书、绘画、拉小提琴……春去春又回，珥儿从幼儿园到初中一天天长大，在这里度过了童年和少女时代。此刻，天空中又响起珥儿叫妈妈的清脆童声；客厅宽敞明亮，是先生的天地，任凭他折腾遥控器，无人与他争抢；书房是我的天地，定制一个和一堵墙一样宽高的书架，摆放上跟着我们从北方来到南方多年积聚起来的书籍，间隙放几件小摆件，挂上一幅字画"室雅兰香"，书桌上放一盆婀娜多姿的文竹。我就在这里写作读书，清风徐来，窗纱漫卷，花香浮动；阳台和书房相通，装上双开半圆顶的门，涂成淡蓝色，把阳台打造成小花园，种上姹紫嫣红的三角梅、风情多姿的凤尾竹、清雅淡香的兰花；豆豆，一条白色小狗，如小人般精灵。我们去上班、上学了，它会从阳台栏杆的缝隙里挤出小脑袋，看着我们一直走过小径，拐弯；我们下班、放学回来，它已经在阳台等候；左邻右舍都是同事，并不常走动，但谁家有事，谁家的孩子无人照看，不用打招呼，大家都乐善好施。院子里一般大小的孩子们。都是独生子女，你家我家互相串来串去，亲如兄弟姐妹，这里是他们童年的乐园。

那时的三明，绿意无边、百花盛开，诗情画意，有小城、有家、有夫君和女儿，日子安好，我们一家人醉在花香弥漫的诗意里。然而，我们终是离开了三明，舍了故园，别了亲朋。随着一纸调令举家迁到福州。走时，依依不舍。

此时，万家灯火，正是煮饭的时间。我没有上楼打扰大家，也没看清楚604室是否有灯光。有没有都不重要了，牵肠挂肚地要来看看，只为重温一段时光里的往事。收起目光，悄悄地来，静静地走。一路，默默不语。

四

车在山里转来转去，电话里传来友人指路的声音，进村往右拐，再往右拐，出村，往右拐，一直往右拐就到了。右拐到没路的时候，透过车灯看见朋友的友人伸开双臂站在大路中央。四周漆黑，远处隐约有灯光。这是陈大镇的一个村子，一个农家院子。在这山旮旯里，只住着两户人家。有些意外，没想到朋友带我到这儿来。

几根木头支撑起一个高高的简单大门，有点像电影里山寨的大门。门口竖着的一块大石头上行云流水地写着"素园"两个大字。友人说本想请朋友题字，但朋友来无影去无踪，去工作室找了几次都没遇见，只好自己随意书写了两个字。高高的篱笆院墙上密密麻麻缠满了藤蔓，藤蔓上挂着大大小小的葫芦、丝瓜，随意取一个角度，都可以画出一幅妙趣横生的素描。院外一大片空地上种着南瓜，一方池塘在月光下闪闪发亮，漂浮着几片荷叶。友人说在空地上养着鸡、鸭、鹅，每天下午都要捡蛋，吃也吃不完。

进到院里，两栋二层小木楼。一栋友人一家人住，一栋是为随时到来的朋友们预备的。

一楼是客厅、餐厅、厨房。房间布置得小有情调，风格不一，虽然是在山中村里，房间里却是纤尘不染。厨房保留了原住户的土灶、大锅。他们不用液化气，烧柴，山里的柴永远捡不完。他们回到薪火时代，没感觉不方便，在极简中享受着慢生活带来的乐趣。

上二楼，木楼梯发出咯吱咯吱的响声。楼道上挂着一幅幅国画。友人的工作室俨然是个艺术之家。硕大的原木文案上放着几幅书画、微雕作品，一枚自家鹅生的蛋壳上是友人还未完成的微雕仕女图。地上堆放着石雕作品、原石、断臂维纳斯和几个陶罐。有些混杂、零乱，却也别致。一堵照片墙上贴着全国各地的雕塑家、书画家到这儿游玩的照片。

友人的夫人叫素，一支木簪绾起湿漉漉的头发，穿一件粗布斜襟衣衫，一条宽大的粗布裤子，腕上戴着一只宽松的脱胎漆器镯子，几分农妇样，却掩饰不住一种由内而外散发出来的文雅洒脱，恬淡素雅。

他们是一对艺术伉俪，从师大美术系毕业，一个是老师，一个是学生。

坐在院子里，就是坐在星空下，山里的夜空清晰、透亮，弯弯的月亮挂在天上，繁星闪烁。群山在夜色里影影绰绰，像一道屏障，护佑着山脚下的村庄。三只大狗狂吠过后，静静地卧在院子里看着我们。门楣上两个红灯笼给寂静的山里带来祥和温暖。竹躺椅、竹床、竹椅子，我们品尝着村里人送来的瓜果，在清浅的秋夜闲聊。

友人说，喜欢乡野简单淳朴的生活。房子是租农户的，重新装修后，建了工作室，还要建一个作坊，一个土窑，所有的雕塑作品都可以在这里完成。作品不用兜售，每一件都是独一无二的艺术品。因为喜欢，所以倾心去做，不求数量多，享受的是一件作品从构思到完成的过程。大门之所以那么高大，是方便大卡车进出，有时候一件作品是经过几个月完成的大型石雕。

津津乐道的是在这里生活的经历和感受，他说这个院子在村子的尽头，原是被荒弃了，他们千辛万苦寻到这里，喜欢上这深山僻隅的寂静。后来另一家人见有了人气，也搬回来住了；说南瓜成熟的时候有五六十个，吃不完就堆在院子里，路过的人随意取走，他们还把种子分送给村民，村子里许多人家种起了南瓜；说三只狗除了看院子，还常常从山里叼回野兔、野鸡、土拨鼠放在院子中间等待着主人的奖赏；说回归田园的日子，淡了红装，素衣素食，静享清欢；说下次我若再来，放下尘事，安心地多住些日子，写一些清淡文字；说自己最喜欢的还是玩泥巴。素翻出手机里的照片，照片上，她一袭碎花长裙，手拿画笔，聚精会神地在素胎上勾勒走笔，瓶身上有荷叶和一朵白色睡莲，几许清韵几许淡香，瓶在哪儿？诉说在有缘人那里。

有的人在路上，有的人在回归。

他们远离喧嚣，抖落一身烟火，不贪繁华里、繁华外，不恋红尘，不染纤尘，携一缕清风，揽一弯明月，在寂静的时光里独守一亩三分地，过着极简生活；他们安于静默，心中自有一种醒世通透的安然、豁达。一个在云淡风轻中，独具匠心精雕细刻，把一块块粗糙的原石打造成独一无二的艺术品，去逢那个寻遍千山万水的人；一个在日月清辉中，素心素笔把花虫鸟兽淡墨成青花写意，烧制成粗陶，装点生活的苍白；他们在岁月静好的时光中安于一隅，朝夕相伴，浅吟轻唱，在慢时光里一起慢慢变老，把日子过得诗情画意，做着最真的自己。

陶渊明的世外桃源，瓦尔登湖畔的小木屋，还有这山脚下的两层木楼，或许出发时的初心不一样，但归根结底有着相同的气息，是一种回归，精神抵达和灵魂的栖息。一直寻寻觅觅的家园，不过如此，月光下的庭院落满了我的想象。诗意地栖居，大抵就是这个样子吧。

五

离别时，和朋友轻轻一握，已经传递了一种深情厚谊。朋友说你先进去。我说你先走，我已经到了。朋友的小红车一溜烟消失在夜色中。"小城故事多，充满喜和乐，若是你到三明来，收获真不少。"轻轻哼起一首歌。一转身看见宾馆大门上挂着一个牌子，白底黑字赫然写着：装修中，暂停营业。大惊失色，怎么可能呢？我白天还在这里进出，我的拉杆箱还放在606房间！左右环顾，再抬头细看，"香米拉宾馆"一点没错，再看暂停营业的牌子千真万确挂在门上，一把环形锁套住了大门拉手。难道发生聊斋故事了？不会在梦里吧，我分明感到静秋深夜的凉。

子时已过，四周静悄悄，灯影、树影飘飘忽忽，就是不见人影。看看大门前堆积成小山的碎石砖瓦，再看看四周景物很是陌生，确实不是我白天曾经看见的样子。徘徊在宾馆门前，纳闷、不解、无可奈何，这太不可思议了。忽然从门边上飘出一个白衣少年，我赶紧问："小先生，这个宾馆怎么回事？"少年说："装修啊。"我说："不会吧，我白天还住在这里。"少年立刻抬头斜眼看着我，满脸狐疑，难道他也觉得发生聊斋故事了？少年说："你不是在做梦吧？这儿装修停业一年多了。"我一下坠入云雾之中，越发糊涂起来。待我回过神，少年已消失在树影中，不知去向。

我掏出手机又放进包里。三明，有我许多熟悉的朋友，可这半夜三更的怎么能去惊扰？这儿明明是我居住过十多年的三明啊，怎么变得一点儿也不认识了？这"香米拉宾馆"是什么时候建的？莫非有两个"香米拉宾馆"？这么一想，一个激灵，我清醒了许多。

夜间行走，往灯火最亮的地方走准没错。我沿着街道，没有方向感地走了一会儿，看见两个小伙子在街边卖麻辣烫，喜出望外。点了几个菜，趁着煮菜的工夫和他们聊了起来。这是两个外地来三明打工的小伙子，白天在工地上班，晚上出来卖麻辣烫。问他们是否知道"碧桂园"工地。我知道只要找到"碧桂园"，就能找到我住的"香米拉宾馆"。他们说当然知道，他们就在那儿打工。

其实我从来不吃麻辣烫，也有几十年不吃街边小摊的东西了。半夜三更，我一边吃着麻辣烫，一边照着小伙子指引的方向慢慢行走，不用急，也没什么好怕，毕竟这是我居住过十多年的三明。三明初秋的深夜是如此安谧、静好，城市在安睡，人们在梦里。生活在这城里的人，又何曾不是诗意地栖居呢？

相濡以沫

◎杨　丽

泉涸，鱼相与处于陆，相呴以湿，相濡以沫。

——《庄子·大宗师》

北方的十月，金黄的树叶打着旋儿飘在空中，真实又虚幻，像极了金黄色的梦。梦里你披一身金色的华光从远方飘然而至，轻轻握起我的手说：跟我走。

梦和现实的距离很近，梦就是一种预测。你真的来了，走进我的办公室。我紧张得打不开茶叶罐，递给你，你轻易地打开，为我也为你沏好茉莉花茶。隔着两张办公桌，你我对坐。你说喜欢喝茉莉花茶，那是我们福建的茶。从小就喝的呢。我轻轻答。一盏茶，一缕香，初识，一见如故。缘来，挡不住。

你从福建来，在兰州大学读书，毕业分配时系里有三个福建籍的同学，但分配回福建的名额只有两个。学校经过研究决定把你留在金城，分配在地方党委工作。你说你的家在福建的清流县，那是一个美丽的县城，有一条清清溪水像玉带一样环绕着小城，所以叫清流。我们都刚经历了毕业前与同学们的难分难舍，毕业分配时的茫然困惑，正经历着刚到工作岗位上的好奇新鲜，满腔热忱地以为已经学有所成、报效国家的时候到了。一次次添水，茶渐渐淡了颜色，上班的时间到了，送别，看着你走进一片金色阳光中，忽然痴痴地走进梦里，想着你一定也是从这一片金色阳光中走来……

爱上一个人并不难，难的是相爱。你爱了，我还在爱的边缘徘徊。秋去冬来，冬去春来，桃花盛开的时候，我也爱了，我们相爱了。"人间四月芳菲尽，山寺桃花始盛开。"你我漫步在桃花园，这从天外涌来的芳菲烂漫、妩媚鲜丽的桃花，团团簇簇含着微笑拥围着你我，从每一片花瓣、每一个花蕊里红红火火地涌动起生命的春潮，桃花烧桃花烧，人面桃花相映红，你轻轻握起我的手说：跟我走。

一个人的生命是不完整的生命，五千年前女娲用五色土造人，让男人和女人相配，成就一个完整的生命，并不断延续后代。于是在漫长的岁月中，男人和女人都在不懈地寻找着自己的另一半，有的找到了，幸福一生；有的没找到，孤苦一生；有的找到了却不能相伴，多了些悲欢离合的故事。而你，找到了我，你说原来千里迢迢从南到北的真义是因为我在这里，你来寻我，完成女娲赋予人类的使命。

西北地区气候干燥，天寒地冻，水质硬而寒。自小生长在南方温暖潮湿土地上的你艰难地在这片土地上喘息、生存。终是因为长期水土不服你病了。你不再来见我，也不让我去看你，每天你下班站在办公大楼里看着红色小车朝我开来，你只有把心放飞，在寂静的办公大楼里笔诉深情。近在咫尺，我们鸿雁传情。亲人友人一而再再而三劝我放弃，说此病难医。

我怎么能在这时离开？医生说心情愉快、身心舒畅是治病的良药。我知道我就是这服药。

又是金黄色的十月，我成了新嫁娘。把手交给你，执子之手，与子偕老。新婚之夜，掌掌相对，指指交缠，大红的蜡烛燃烧着生命的火焰。看着我印在你深邃悠远的大眼睛里，第一次想到"相濡以沫"，从此，我们俩是一家人，我是你的妻，你是我的夫，两个人撑起一个家。一个家就是两个人的世界。我们将一起风雨同舟、患难与共、相依为命地走过漫长的一生。

新婚燕尔，我们一路南下，来到了你的家乡福建清流县。无数次幻想中的清流县真实地出现在眼前，没有一丝陌生感。梦中，我早已来过几回。清流，果真是山环水绕、云缠雾遮，如一颗闪耀着光华的钻石镶嵌在碧绿的溪水之间。山含情，水含情，最美的是清流浓浓的人情。清流灵地姚坊村，是你出生、成长的地方，踏上归乡的小路，乡亲们以最隆重的仪式迎接了我们。

挥别的日子，从此有了牵挂。在那遥远的小山村，有一家人和我息息相关。

生命的撞击让我成了娇嗔的小孕妇，日子弥漫在祥和、甜蜜的光芒里，经历了十月怀胎，经过了一夜的阵痛，伴着鲜血，琲儿呱呱落地。我为人母，你为人父。这个粉嘟嘟的小人儿牵了我们的心去，我用乳汁哺养她，你用爱心养育她。从此，我们三人是一家人，一个家就是我们的世界。"相濡以沫"的含义又深又远，我们三个人血脉相连、相亲相爱，欢唱着一起度过每一个春夏秋冬。

我二十六岁生日，凌晨，突然而来的剧烈腹痛把我从梦中惊醒，一下反弹起来坐在床上，长时间发不出任何声音。不知过了多久，轻微的呻吟穿越房门吵醒了惊慌失措的全家人……半夜三更医院里静悄悄，值班医生揉着惺忪的睡眼开了药，打过止痛针让我们回家。可是我清醒地知道，我得重病了，绝不能回家。我要活着，我还有嗷嗷待哺的孩子，我还要陪着你走过一生。我大口吐着暗红色的胃液，不停地哭喊着说着胡话……直到清晨，一根长长的针穿进腹部抽出来一管浓浓的脓水，我才被手忙脚乱地送进手术室，麻醉后失去知觉。渡过生死关，睁眼看见焦急、疲惫的你，原来剖腹后才知道是胃穿孔，胃被大部切除，因为被耽误差点没命；原来在我被推进手术室前，你已经颤抖着手与医院签下生死令；原来这几夜你不曾合过眼，坐在病床前不停地抽着不断分泌出来的胃液，如果不及时抽出胃液，我就会恶心疼痛；原来没满百天的琲儿那晚哭了整整一夜，似乎知道我离开了她，正煎熬在剧痛中。那天，护士拿着细细的紫色针管来打针，说是回奶针，我立刻爆发出一声尖叫："不打！"吓跑了护士。我是母亲，我要哺育我的孩子。几天内亲人、医生、病友的劝说改变不了我的执着，我一定要好起来，琲儿在家哭着等我。躺在床上不能动弹，腹部还缠着绷带的我心里只有小琲儿。

两纸调令，你我各一张，你握着我的手坚定不移地说："跟我走，跟我回家。"父母亲纵有千般不舍，也不能留住我要离去的脚步。人生最痛生别离，哭断了肠，离别的日子还是一天天撕心揪肺地走近。行囊里装满亲人的叮咛唠叨、朋友的嘱咐祝福。站台上，我大放悲声，跪别爹娘亲朋离开故土，从此，我的世界只有你。抱紧珃儿挽着你，一步三回头地踏上南下的火车，一声汽笛，亲朋们的身影越来越小……这一别天涯海角，何时再见故里斜晖？

从北方到南方换了天地，我在你的故土上适应、生存。你回到故土，身体很快康复，添我几多欣慰。平平淡淡才是真，我们一起过着精打细算、柴米油盐的烟火生活，简单的家里盛着温馨，日子有幸福甜蜜，有苦涩酸楚，也有孤单寂寞。

逢年过节，我们一家三口会坐长途汽车从三明到清流灵地镇姚坊村看望久别的亲人、乡亲、同学、朋友。姚坊村叫姚坊却没一个姓姚的，全村只有一个姓——黄。沿着鹅卵石铺成的弯弯曲曲的小路进村，一路有乡里乡亲问好。你满面春风，如同过去的状元郎携了全家衣锦还乡。你是村里第一个考上重点大学的人，你是全村人的骄傲、自豪，是年轻人崇拜的偶像。你被浓浓的亲情、乡情环绕，我被姚坊村依山傍水的田园风光吸引，没事喜欢去河边散步，看河里竹排悠悠划过，喜欢去山上赏竹挖竹笋，去祠堂寻找姚坊村黄姓的来龙去脉。我第一次清楚地知道，你的家就是我的家，我是清流的媳妇，是灵地姚坊村的媳妇。

我终于要离开家，割舍下六岁的珃儿和你，一个人南去下海踏浪，只为了让一家人的日子过得富足、安康。从此两地相思，我离开了娘家又离开自己的家，一个人在外面的世界打拼。"桃花帘外开仍旧，帘中人比桃花瘦。"南来北往、颠沛流离，一次次团聚一次次分离，珃儿撕破夜空的哭喊声让我肝肠寸断。我的心在反反复复的离别中盛满了苦涩的泪水，脆弱得一看见别人一家三口其乐融融，泪水就像决堤的海。"若将人泪比桃花，泪自长流花自媚。泪眼观花泪易干，泪干春尽花憔悴。"我浸在珃儿的泪水里，你们浸在我的泪水里，一家人用泪水互相把心濡湿，用泪水把牵挂扯得很长……转眼珃儿已经出落成亭亭玉立的大学二年级学生，像只小燕子飞到北方求学。在我们相识相伴二十五年的日子，珃儿二十周岁的生日之际，点燃生日蜡烛，为我们更为珃儿衷心祝福，一家人唱响同一首歌——《生日快乐》！珃儿建议拍全家福，于是从选影楼到拍摄，从选照片到定模版，一家人形影相随、其乐无穷，把幸福永恒定格在方寸中。

　　云卷云舒日叠日，花落花开年复年。几十年的风霜雨雪染白了我们的头发，琲儿大学毕业考取了日本北海道大学的研究生。出国前，琲儿说要回清流灵地老家告知已经长眠在姚坊村的爷爷奶奶。女儿已长大，她知道，那儿是她的根，是她血脉相连的原脉。

　　再次来到清流，县城俨然从一个质朴含羞的村姑变成了一个大家闺秀。入夜，友人陪我们到龙津河畔散步。友人是这方土地的"父母官"，踌躇满志、意气风发，在这方土地上施展才华，改变着这里的山山水水。广场上新建的九龙柱、水雾喷泉，成片的桂花树让清流的夜色充满魅力。友人说："你们看清流自然形成的S形河道环绕着几乎是圆形的县城，形成天然的太极之形。这里是风水宝地，有历史有故事，曾经还有'古八景'。现在我们正在努力，还原一个诗情画意的清流。清流是个安恬、安静，适宜居住的地方，有干净的空气、绿色食品和浓浓的人情。你们回来吧。你该到处走走看看，好好写写清流。"不由心动，这里本是你的根，洗净铅华，找一个适合居住、远离城市喧嚣嘈杂的地方，过一种素朴、粗茶淡饭的日子正是我们最大的心愿。走遍千山万水，只有家乡最美。

　　回到姚坊村，公公婆婆已不在，大哥家新建的三层小楼空空荡荡，四个孩子都在外求学、工作，小叔子夫妻俩在泉州打工，两个孩子也在省外工作。走过一段长满荒草的鹅卵石小路来到老宅，一段残垣，人去屋空，老屋荒弃多年，木雕的窗棂、屋角结满了蜘蛛网。门前小溪再也不会有人浣洗、嬉戏。村里一片寥落，不是老人就是孩童。看着干涸、被污染的河水呜咽东流，你很失望，我很失落，琲儿无限感叹，唤不回的爷爷奶奶，找不回的童年，曾经山清水秀、富足安康的姚坊村啊，何时能回到从前？

　　一别经年，淡了相思少了牵挂。迁居福州的我们不再时常念叨着回老家。

　　离开家乡，我们一家三口各自在自己生命的轨迹中奔忙。天各一方，心心相牵。房子有了，车子有了，三个人虽然远隔千山万水，却能拿着手机看见彼此。但是，你说这么多年像一叶浮萍。

　　我若有所思，你想家了吧。我知道，那一片红土地，那大山中的小山村，虽然荒芜、冷清，却是滋养你灵魂的源泉，龙津河汩汩穿过你的血液。你说不能等着别人改变小山村，虽然公务在身，不能亲力亲为，但家乡修公路、修桥，尽绵薄之力，义不容辞。你组织村里干部去浙江湖州参观美丽乡村，为的是灌输一种生活理念，不辞辛劳只有一个愿望，让姚坊一天比一天美丽。

今年清明时节，你开车回到姚坊村。电话里你告诉我说："姚坊变了，河水清澈，有专人管理，责任到人。道路干净，家家门前安置了垃圾桶，烟叶绿油油充满生气。"言语中几分欣喜。

我们一起走过了三十五年的风雨路，接下来的路还要携手同行。我期盼着有朝一日我们回到清流，回到灵地姚坊村，盖一间小木屋，白天种稻种菜，晚上秉烛夜读，写闲散文字，素心素衣、粗茶淡饭，过简朴、清淡生活。从此，相守相伴相依靠，无论是富贵还是贫穷、健康还是生病、成功还是失意，不弃不离、相濡以沫，互相搀扶着在宁静、淡泊、闲适中慢慢变老，走过今生今世，走进一片桃红，走进一片金色阳光。

穿 越

◎姚雅丽

草 垛

在清流，我玩了一回穿越。沿途的兰花、桂花、樱花一一被唤醒。它们连同阳光，都做了我的同谋。我们辨识着一条江，指认着一个湖。或逆流而上，或顺流而下。

我在人世间盲目地晃荡了数十载。总以为不必惊慌，还有大把的好时光，坚信前头一定有美好的光景在等待。却浑然不知，这是一个不断失却的过程。青春、健康、爱情、至亲渐渐远去。某一天清晨起来，我落枕了，半边肩颈酸痛，脖子动弹不得，一动，就有一条筋拧着，连说话、喝水都牵扯着疼。扛着个脑袋像扛着千斤重物似的。至于白头发的入侵、皱纹的入驻、胶原蛋白的流失更是一个不动声色的过程，直到在街头偶遇当年的老同学，两人在一瞬间都愣住了，都从对方的眼神里读懂了岁月的冷酷，它已经杀得你遍体鳞伤，或干脆帮你改头换脸了。身材走样到不忍卒"睹"，却勇敢地把自己装扮成粉红中年少女，装痴卖嗲到令自己难以接受，也忙不迭地实施各种补救措施：拉皮、微整、全套护理，结果却收效甚微或根本无回天之力。可人总是很固执，勒住时光的绳索耍赖不走，时时想着穿越回去，且要拉上一群人陪着你飞。

让我来描述一下我穿越回去的画面：田地里晚稻刚割下来，稻草在田中央或田埂边堆成了一垛垛，有像巨型蘑菇的，有如变形城堡的，有似神秘魔方的，总之都是令人极度想扑过去的。它们卸去了重任，松弛了下来，在等待下一场春耕的空隙，遇上了穿越而来的我们——在命运辗转中的偶然相遇。它们还没成为草垛时是肩负着丰衣足食的使命的，那时有人小心翼翼地伺候它，看它的脸色。它也故作姿态，和我们拉开了距离，我们眼巴巴地盼着它解甲归田。当它卸下枝头的谷穗时，往日的骄矜也一点一点地褪去、失去，它这才转过身来，讨好地对着我们笑。此刻它们自觉地退到季节的边缘，让故事的发生有了足够的场地。

田野向四下展开，它给自己涂抹的色彩是反复酝酿的。一层层的金黄堆砌上去，厚实而奢华，大地就有了喜悦溢出来，也让情节的发酵有了温床。稻茬横平竖直，整齐排列着，如同徐徐铺展的诗行。摸上去软软的，仍残存着稻香，有完成使命后的安然恬美。在一个季节的等待中，稻梗默默地举着丰收的果实，进而衍生出日子纷至沓来的细节。而当它功成身退后，大地把最美的诗行呈献给它，连太阳神也毫不吝啬地用一层层光为它加冕，也为我开启了一趟金色之旅。我裙裾飘飘，仙气悠悠，像万众瞩目的女主角出场，缓缓走进故事的场景里。从无限深远处吹来的风，驾着凤辇，洒着花雨，携着婉转如仙乐的百鸟啁啾，汇成一股瑰丽的力量。我足蹬祥云，舞之蹈之，轻如烟霞。

最终穿越成功，我现出原形。时间是一个可以揉捏的物什，它在翻转间回了头，回到封存了数十年的往昔。其实这并不难，只需把情景移到一个百十里外的地方藏好，然后派一个信使，请你入戏。当我如约而至时，戏"锵锵锵"地开演了。那个扎着羊角辫，穿着碎花布衣的小女孩在齐刷刷的稻茬上跳荡着、嗷叫着，泼猴般。她听见了土地对她的赞许、欢呼。那些本想进入冬眠的蜜蜂、青蛙、蚯蚓、田鼠们，也摁住睡意，纷纷加入这一场盛大的游戏。它们是土地最爱的孩子，与土地共守着秘密。草垛是堡垒，也是衍生故事的舞台。它仿佛就是一个巨大的谜团，你尽可从里面拉出一个个故事，永无止境、永不倦怠。草垛的意义已超越了本身，而成了制造欢乐的舞台，也成了我们的避难所。我们每户人家都有四五个兄弟姐妹，村庄里半大不小，在村庄里闲得发慌，不惹出点事端就无法过日子的熊孩子多得像苍蝇臭虫般嗡嗡嗡地飞来飞去，晃来晃去的就是一个个易爆易燃物体，村庄里不时硝烟弥漫。各种鸡飞狗跳的事端层出不穷，一言不合大打出手也算稀松平常。为争一堆猪粪，或张家的牛啃了李家田埂上的草，李家的鸭子啄了王家的稻谷而口舌相争，进而升级为大动干戈更是家常便饭。大人们为生计而急赤白眼，肝火上亢，无处发泄时也往往拿小孩撒气。因此，我们时不时得躲进草垛里，躲避一场场皮肉之灾。虽然每次进入草垛城邦时总不免悲伤，甚至压抑，但这何尝不是催生快乐的方式？有时候，我们躲着躲着就把时间忘了，顺便把自个儿也忘了，仿佛从一个空间迁移到另一个空间。我们以草垛为城邦，在自己的王国里称王称霸，当然也可以成全灵光乍现时冒出的种种匪夷所思的念头。小山村似乎很大，装了数不清的秘密；小山村又很小，装不下我们张望的眼和满脑子的胡思乱想。我们干脆在草垛王国里自成一统，纵横驰骋。当我们脱离了现实的把控时，终于可以不去思考那些我们避之不及的问题，转而思考一些顶重要的问题——为一件朝思暮想而终不能得的衣裳，为一碗口水横流的米粉汤，为一只无辜被宰杀的狗儿，为一个渐行渐远的知心伙伴，为一次盘算许久的逃离……稻草喋喋不休，窸窸窣窣地说了许多安慰的话。它们用并不温柔的指尖拂去少年心头的悲伤，并带他们完美地逃离，而遁入一个自由国度。这个自成一统的殿堂，有地母温热的呼吸，蟋蟀扯着嗓子吼歌，蚯蚓扭着自创的舞蹈，小瓢虫、小蚂蚁、毛毛虫、油蛉也是萌萌的小天使；没有谁驱逐它们，我们互相聆听，彼此欣赏，一起分享着天空的深邃和大地的芬芳。对我们而言，草垛意味着无限的自由和宽广，意味着漫无边际的空旷，它连接了深不见底的土地和遥不可及的天空，以及凭空臆想出的一切，它提供了最大的可能性。草垛与憩息的田野、幽蓝的天空构成了无边无际的空间，打破了乡村封闭、狭隘的世界，也打开了少年与未来的对话。天空有多高远，大地便有多辽阔，少年的心便有了驰骋万里的空间。从这个意义上说，草垛装满了我们无边的幻想，也是我们一次次远行的出发站。可是，当我以草垛为梦想的起点出发，越行越远时，却又一次次逆行，回到曾经的村庄。再回首，我已看不到万物葳蕤的画面了。田野已经不再种植庄稼，而是植入了一幢幢楼宇，池塘被填平，松软的田埂变成了硬邦邦、冷冰冰的水泥道。没有了四季的草长莺飞，没有了春华秋实，至于促发我们远行的草垛，早就不知消失在哪里了。我回去时，也只是急急忙忙地探望年迈的父母。没有了春水涨，没有了稻花香，没有了成群结队撒野的孩子们，我还晃悠个啥劲儿呢？我惆怅着，我童年的村庄和草垛啊，究竟消失在哪里？

当我走在清流林畲镇塘堀村的田间小路上时，我瞬间明白了：我童年的村庄和草垛原来在这里！在时空的迁移中，人与物之间互相眺望，彼此成全。某些事物知道有人落不下它，遂惦记着、感应着，思谋着如何突围、转移或穿越，在某一个时空里封存着。等待着彼此，在机缘巧合时，顺着记忆的轨道滑行，终于相遇、重逢。

率先迎接我的是田埂上的老牛，它长长地"哞"了一声，并轻轻地甩了几下尾巴，算是打过招呼，稳重慈祥一如当年。当年我没少欺负它，可它丝毫不计较，或宽容地选择性失忆，绝口不提当年我拽它、骑它，在它的眼皮子底下干的鸡鸣狗盗的那些事儿。我随着它慢悠悠的步子穿过村舍，与靠墙根码得整整齐齐的柴堆，电线上油亮油亮的板鸭、香肠亲密合影，问候过池塘里无所事事，或小径上大摇大摆的鸭子，眼馋过满树满枝的柿子，然后隆重登场的是田野和草垛，其上是天空、晚霞……是的，完全是当年的模样，一点都没变，连晚霞的色彩、空气的味道都一模一样。二丫、狗蛋、黑龟、臭头、呆瓜从一个个草垛里钻出来啦！草垛摇晃起来了，田野喧闹起来了，田野边的溪流摇摆起来了，不远处的山峦也活络起来了……一会儿，各家的母亲或长姐拉长声调的喊叫声也在四下里响起："二丫，哪里去了？还不回家看妹妹！""臭头啊，疯够了吗？滚回家喂猪！"……随后，田埂上空无一人，周围陷入静寂。蓝天之上晚霞消散，看上去浅淡而虚空。风不吹，草木静止，炊烟从一家家的烟囱升起。小山坡上一片烟岚，天地静好，一声清啼，一只倦鸟扑扇着归巢。倏地，那个算计了我的"四眼虫"像一只兔子似的，从雾霭中蹿了出来。他要携款逃逸！我们两家只有一巷之隔，可谓青梅竹马、两小无猜，却常常互相背叛、彼此开撕，且屡战屡和。战争的导火索往往是一块饼干或一分硬币。但凡我有了一块饼干或一粒糖果，他的小嘴巴就抹了油："我们有什么好东西都要分享，我有好吃好玩的也会分给你的！"我总是信以为真，一小块饼干掰成两块，他一块我一块，从不独吞。可如今他手握一角钱的巨款，居然对我说："罢了，我们从此绝交！"我一听不对呀，这不明摆着耍我吗！不行！他拼命地跑呀，跑呀，我狠命地追呀，喊呀！"你给我站住！要绝交也得等你手里那一角钱一起花掉！"我追得掉了一只鞋子，他跑得摔破了膝盖，被他捏得汗津津的一角钱终于被我抢了过来。两人拉扯着到合作社买了十粒糖果，五五平分，美美享用。绝交之事，暂且不提。

我不说你也知道：在清流，我重新钻进了童年的草垛里。更重要的是，我遇见了童年的小伙伴。他绝对是当年零食之战的旁观者或参与者。说起当年的一场场战争，他的表情露了馅，再现了当年的六神无主。无奈，他只能尽其所能，捧出清流的美酒佳肴，唤来清流的亲朋好友，陪着我们，扭动腰身，欢笑畅饮，为往事干杯。并一遍遍沿着草垛铺开的轨迹，绕着圈圈，在往事里沉湎。

我这回假借醉意，耍赖躲在草垛里不出来。等暮色四合，炊烟四起，影影绰绰间，小伙伴们一个个被家长揪回去了。我这才缓过神来：我的父母年纪大了，他们走不了那么远的路，也喊不动我了。曾经山一样壮的父亲、花一般娇的母亲都已老了，我还躲着不出来，我还跟谁较劲呢？如果他们知道自己的女儿依然固执地守着童年的草垛、痴迷于童年的游戏，不知作何感想？我顿时有些怅然若失，悲伤毫不设防地涌上来。究竟是为自己总是叛逆、不肯妥协而吃的苦头而懊悔，还是因为岁月销蚀了美好而颓丧？我的悲喜难以剥离。在快乐的时候，悲伤不期而至；而陷于悲伤时，竟也有丝丝的快乐渗出来。

湖　山

我不想离开，于是伪装成一只无头苍蝇，在一个个草垛间转圈子，并被偶然的因素不动声色地主导着，从草垛穿越到水滨，而后邂逅了一片湖。又因为时间的巧合而遇见了一片樱花，并有了一场来年的浪漫之约。它们仿佛长途跋涉而来，又用了很长的时间等待故人。可是，如果不是彼此牵挂着、迷恋着，也许所有的遇见只能沦为擦肩而过。所以当我们把车子停于湖畔时，我轻唤九龙湖的名字，就像在呼唤童年的山川、流水，它们有着相同的气息和秉性。

冬日的九龙湖陷入沉思，一层朦胧的雾气若有若无，似动非动，这使湖面看上去布满孤寂，这种孤寂多么美妙，会把人摄入其中，而无暇去顾其余，适于陷入回忆，或者说把记忆中的情景移植于此间。天空为了衬托湖的纯净，而特意把自己洗得干干净净，云朵努力显出童年的样子。四周的林木依然葱翠，只是翠色中暗藏许多信息，因而内敛缄默，略显疲惫。湖静卧于山林间，没有风，一切仿若静止。而当树影映于湖中，湖拥抱了树，记忆就苏醒了，就有了一种柔软的气息氤氲着，对话也缓缓开启。这么熟悉的湖，这么熟悉的水，明知我心心念念，为什么躲我这么远？这么久？或者它们深知我，知道我要彷徨许久才能回归？难以抑制的伤感再次袭击了我。这么多年，我过得像乌龟似的，带着命运叠加的重负，借行走，在陌生的地方消解、遗忘，而后空荡荡地回归，重新开始。我一直在寻找那一股清流，盼着它漫过我干涸的心田。我走过万水千山，为什么在九龙湖畔我喜不自禁，却又悲伤得不能自己？是不是回到自己心灵的故土，可以不设防？是的，我深信，这湖，就是当年的湖；这山林，是当年的旧友。它们躲在这儿，终于在百转千回中让我寻到了，我怎能不悲欣交集呢？

记得当年，也是这样的湖，这样的山林。我们在林子里灌蟋蟀、逮知了，爬到树上摘余甘、采松果，也在溪涧、湖泊里戏水、捞鱼虾、挖螃蟹。其中的自由和快乐可以说奠定了我乐观、开朗的个性，也构成了我对世界的认知。真的，大自然就是天造地设的游乐场，你可以信手拈来，变着花样地玩，永不厌倦。如果你不曾久久地在大自然的怀抱里奔跑、欢笑，甚至捣乱、撒野，你根本没办法真正体验到生命的深广与美妙。当然，大自然也潜藏许多秘密，许多古老的法则，你不可贸然地去触碰，否则，它的本能自卫可能置你于死地。记得十岁左右那年的秋天，天清气爽、霜叶尽染时，山林捧出了各种珍馐，这是我们最喜欢的季节。我和一群小伙伴穿过田野，蹚过小溪，去村庄对面的尖坪山采冬妮子、余甘、山梨子。我们像小兽般叫呀、吼呀，呼啸声像一圈圈水波，在树梢上，在空气中回环、荡漾。我们边采摘边往嘴里塞。山梨子刚咬一口苦涩苦涩的，慢慢嚼着甜味儿就上来了。冬妮子紫莹莹、甜滋滋的，那可是我们的最爱，可一吃嘴巴和牙齿全被染成紫色的了，像小妖怪。一不小心，汁水沾到衣服上，衣服也缀上一朵朵小紫花儿。这冬妮子可鲜吃，晒干了可入药，和猪肝一起炖，还可滋补、养胃呢！

野余甘也是我们喜欢的，余甘树不高，果实一串串、一个个躲在枝叶间。我们"噌"的一下就蹿上去，手一捋，就有一粒粒玻璃珠大小的余甘落下来，如若拿个袋子接着，一会儿就有小半袋的果实，或翠绿如翡，或橙黄似金。余甘虽然外表不起眼，却是先苦后甘，回味无穷，像极了人生百味。我们边采摘边吃着边闹腾着，也边搜寻着新的"猎物"。我猛一抬头，目光被半坡上的一株余甘慑住了！妈呀，个头那么大的余甘！有小灯笼那么大！呈熟透的金黄，一看就让人口水泛滥！一个念头闪电般掠过：独吞！我刷的蹿上去，捋下了好几串，正合计着火速将其一网打尽时，"啊！"我张开口，一声惨叫还没出口，就死命地咽回去了！蛇！盘踞在余甘树上的眼镜蛇吐着长长的信子，眼睛里喷出一道道寒光，冷冷地射向我！我脑袋"嗡"的一声炸开了，血液瞬间凝固了！"砰"的一声，我重重地砸了下来，咕噜咕噜地滚到山脚！额头被乱石划开了一道长长的口子，血汩汩地往外冒！我的七魂飞走了六魄！那种撕心裂肺的痛感竟让我高兴得泪流满面！眼镜蛇放过了我！我还活着！那真是生死一劫！后来每每触摸到额头上的疤痕，都会有劫后余生的怆然。再后来听大人们说，那是这片余甘树的树王，派了蛇王镇守着，果实也归蛇王享用！大自然平分秋色，和平互惠，但如果你破坏规则，定然逃脱不了惩戒！好在上天念我罪不至死，放我一马，但划下一道深深的伤痕时时告诫我。贪婪之念催生了罪，越界之为导致了伤，并衍生了无边无际的灾难，伤及无辜。

今天，当我在九龙湖畔，站在衰草寒烟里，湖面上迷蒙的雾气仿佛是记忆里那层薄薄的纱，阳光下草木淡淡的香气是彼此相认的索引。我静静地靠着湖边的一丛竹子，再次确认：这果真是我的山林，我的湖泊。我离开它们那么多年了，以为再也找不到它们了。可不承想，它们在这里等我，我容颜沧桑，心事重重，它们还是认出我了！因为我的刘海遮不住那道伤痕。它们为我的回归欢呼雀跃，并唤来了那些旧友——蝴蝶、蜻蜓、瓢虫、黄蜂、金龟子、阳光、流云……把我引向了曾经的村寨。

古村落

　　村寨在赖坊镇，是一座明清风格的客家古村落。连接新城区和旧村寨的那座小桥就是时光隧道，小桥灰扑扑的，不事雕饰，显然是有意不让你过多地留意它，这是不露声色的迷障法。倒是桥下的溪流清浅舒缓，水草摇曳、游鱼优哉，驻足观看之时，时空很自然地完成了切换。当我们跨过时空的交接点，村口的老樟树已恭候多时。它的枝叶遮盖了整座庙宇，它曾经遭遇了数不清的电闪雷劈，烈火焚毁，外则皲裂粗粝，内则树洞中空，主干也痉挛盘曲。但依然咬牙挺着，倔强生存，成了奇迹般的存在，也成了时光的见证。它活得太久了，比村庄里的每一条流水、每一座宅院、每一个人都要老迈。什么陈年旧事、流言蜚语它不知道？但它保持一贯的沉默，不搅动人间是非。

　　古村落保持着古老的秩序：民居、宫祠、庙宇、书院、票号、街道、水网、花圃、菜园、店铺、城墙……功能齐全，简直就是一个独立的小王国。门梁、楹柱上的瑞兽神驹龇牙瞪眼；翘脊、斗拱上的山水花卉活色生香；牌坊、门楼上的仙家神像肃肃威仪。无论是砖雕还是石刻，俱斑驳沉郁；无论是飞禽还是走兽，皆栩栩如生。徽派建筑的元素亦随处可见。我在镇安门、翰林第、彩映庚、棠棣竞秀这些个高门大户间进进出出，恰似锦衣轻裘的公子王孙在参与"谈笑有鸿儒，往来无白丁"的高士雅聚，或出席"公堂盛会酬佳节，金壶镞酒琼酥热"的贵族盛会。这些曾经的荣耀与显赫，这些曾经的富贵与温柔，已在时光的腐蚀下，涂满衰败与落魄。但时光的安稳像沿着墙根的流水一样，波澜不惊。我仿佛一株浮萍，顺水漂来。在老宅旧物中穿过长长的时光之河，去拥抱很久以前的自己，去把生命的长度和宽度无限张开。水是智者，它在流动时已接纳了各种声音，并把顺着时空而来的思想捋顺了，所以深不可测，又清澈得一望到底。大道至简，大象无形；万物共存，天人合一。亘古长流的水揭晓了所有的答案。

　　在村寨里，水沿着一座座宅院的墙根缓缓流淌着。我循水道而行，也顺着时光的隧道而行。水浅处不及半尺，深则一米有许，但总是清澈如鉴，晶莹如玉。你如果渴了，当真可以蹲下去，掬一捧起来喝个痛快！村寨人家的生活也沿着水道生动地铺排着：顽皮的娃子在击水打水漂，阿婆婶姨们在水边揭衣拉家常，姑娘媳妇们在上游洗菜挑水，也以水为镜，梳理云鬓青丝，映照花容月貌。在清凌凌的流水旁，我不改顽劣，捧着怯生生的小鸡娃，嬉闹着。小鸡娃像小绒球般，很是可爱。它在我的手心里弹跳着、试探着，意欲逃脱，却又提防着眼前的危险，伸着小脑袋往上一蹬，又猛地缩回来，小眼神里的雀跃与惊恐煞是逗趣。我戏弄着小鸡娃，不意鸡妈妈"咯咯咯"地叫嚣着冲上来，翅膀震颤着，鸡冠抖动着，那架势分明在对我示威："敢动我娃一根毫毛，我就跟你拼了！"我吓得丢下小鸡娃，鸡妈妈这才收拢羽翼，带着一群小宝贝边觅食边逛悠去了。可我的顽劣淘气还没尽情发挥呀！我的小眼睛贼溜溜一转，停在小庭院走廊上挂着的小竹篮上。小竹篮那么眼熟，油亮小巧，是被生活浸染过的，像极了当年我外婆家的小竹篮。外婆为我缝小书包，帮我做花褂子的针线、碎布装在小竹篮里；外婆让我独享的糯米灌大肠也放在小竹篮里，挂在高高的房梁上……外婆的小竹篮装着生活的琐碎，也装着对我的专宠。我偷偷取下这装满客家人生活的小故事、小秘密的小竹篮，仿佛也把童年取了下来。我乐颠颠地挎着它走出宅院后门，下了两级台阶，便来到静静的水道。我把篮子里的稻粱、花椒、豆角轻轻地放入水中，水会把它们带往何方呢？水的流动带来了结局的不确定性。或者成了某只鱼儿的小点心、小玩具，或者栽了跟头遁入某个缝隙止步不前，或者飘飘悠悠歇脚于自己喜欢的地方，或者离开寨子浪迹天涯……因为水的流动，故事情节生动起来了，村庄的轨迹也拉长了。

这些水道，扮演着生活、生产、消防的各种角色，也不动声色地漫过每个人的心坎，洗涤着人心的慌乱。你想想看：你走出家门，往哪条道上走，都有清凌凌的水蜿蜒着如影相随，你纵然有多少沟沟坎坎，也会被悄悄抹平；你这么望着水，心里怎么会干涩、粗糙呢？水的温柔、灵动、深情一点点地浸润你。难怪你一脚踏进古村落，就有尘埃落定、现世安好的妥适；难怪小巷里连大公鸡、小母狗、小花猫都气定神闲地在青石板路上踱着方步；难怪安然坐于房檐下的阿公、阿婆脸上一道道深深浅浅的皱纹那么舒坦；难怪见缝插针长出来的百香果、文旦柚、豌豆、芥菜自在放旷地爬上屋顶，挤到路边……水给予村庄万物的启示超乎了政令条文。你不必花那么多心思去追究如何安身立命,你就这么立于尘世,睇着流水,与万物同生息,享用着自然给予的一切,成了天地自然的一分子,如此已足矣!你瞧:小天井里母鸡带着一群鸡娃叽叽咯咯地觅食,天井边上的石栏杆上晾晒着芥菜干、萝卜干,或一笸箩的黄豆、黑豆;栏杆上架着长长的竹竿,竹竿上挂着还滴着水的花花绿绿的衣服,也挂着一溜的竹篮。竹篮有大有小,小的装着半篮子的稻谷或粗糠,大的装着刚摘下来的南瓜、青瓜、茄子、长豆,也有的晾晒着熏鱼、腊肉。拐角处堆放着锄头、镰刀。生活仿佛是信手拈来,随处安放,又那么认真讲究,在你所能涉足的每一个角落、空间,满满当当都是安心踏实,都是酸甜苦辣。你一看就知道,过日子就是如此模样。

我看着走着,那个我慢慢模糊、消融了。老宅瓦楞上那株跳舞的芒草,歪脖子树上那几个黑魆魆的小果子,斜刺里窜出来的小老鼠,水渠里摇头摆尾的小鲫鱼,菜园子里包裹得严严实实的高丽菜,深巷里跳格子的小女孩,宅院里齿牙零落皱纹密布的老阿婆,都是曾经的我、现在的我,或我的同类;都是大地孕育出来的,都附着于时光;都彼此相爱,也彼此相杀。正应了这句话:物竞天择,适者生存。可我们忘了还有一句话:物伤其类,兔死狐悲。

当我走出赖坊古村落时,眼前阳光灿烂、车水马龙。我愣怔了好一会儿,无所适从。我们从不同的方向出发,殊途同归,欲望的大口吞噬着你我,在布满阴霾的苍穹下,处处危机四伏。当我们抬头仰望时,也许,致命的病毒正席卷而来。人,是群体动物,却又注定孤独。不信,你开启微信,上面活跃着成百上千个好友:有人在快活地煲着"鸡汤";有人在唾沫横飞地兜售商品;有人在忙着编织错综复杂的关系纽带;有人踌躇满志高谈阔论;有人失意颓废满屏悲哀;有人炫耀幸福恃权放纵……可这熙熙攘攘的实质无一例外:孤独!恰如微信启动画面上的孤独背影!这不正是一个极大的讽刺吗?"孤独的人,不是神便是野兽!"哲学家早就看穿了人类的伎俩。

我们构建了四通八达的交通网,可以上天入地潜海,海陆空来去自由,甚至时空穿梭机的发明也指日可待,可是我们开辟了路,是为了去拥抱万物、造福苍生吗?不!是带着人类可笑的聪明和贪婪去攻城略地,摧毁一片片净土，最后，只能坐在终将成为废墟的钢筋水泥丛林里艰难喘息；只能如我这般，在无意间闯入的边地山城做穿越似的梦游。而醒讨来后，还得斗志昂扬地去面对挤压和恐慌。

我突然想起那一句并不是危言耸听的话：人类的好日子不多了！

（原载《四川文学》，2021 年第七期）

穿越时光的故道

◎李新旺

沙芜环山，水净如蓝。

从县城朝东再往南，经莲花山，沿九龙溪一路蜿蜒，向群山深处行进，沿途村镇、丘陵、树木，掠过丛丛绿荫。叠嶂连绵，溪流淙淙，此起彼伏的云霞漫延在苍茫中，涌成一片海，翻腾起浪。冬日晴暖，此行，约了明溪、清流两地文友十余人，结伴前往沙芜乡，专程寻访已湮没于历史尘嚣近半个世纪的沙安古道。

古渡口

沙芜，地处清流县东南部，与永安市安砂镇、罗坊乡毗邻，宋属折桂乡梦溪团，明、清均属梦溪里，民国三十四年称梦溪乡，1984年改称沙芜乡，又称沙芜塘、燕塘，闽水最奇险的九龙十八滩在境内，水陆并行，交通便捷，是古时由九龙溪通往省城福州的重要码头。九龙溪系闽江沙溪水系上游，曾经多凶险，明代翰林院编修赖世隆赋《九龙行》诗云："九龙之险无与比，江淮河汉风波耳。岂如此水怪石多，朝夕无风浪自起。"在闽西的民间传说中，九龙分别为：雾龙、马龙、三门龙、大长龙、小长龙、五伯龙、贰龙、香龙、安龙，都具有兴风作浪的"功力"。因九龙溪险恶，船行至洞口、矶头，旅客常改走陆路，由沙安古道抵永安。沙安古道指的是九龙驿驿道从沙芜至永安市安砂镇的路程，全程二十余里。据《清流县志》载：宋元符元年（1098）清流置县，设二驿：皇华驿和九龙驿。九龙驿，有驿道四十公里，自沙芜塘铁石矶至县城……通永安县，由县城东门出城，经杨梅潭、崆峡岭、嵩口坪、围埔亭、梓材坑、木南青、沙芜塘、矶头行、大岭顶分界入永安县城，全程一百公里。明崇祯二年（1629）裁撤，后由铁石矶巡检司兼领。九龙驿被裁撤后，其所担负职能由铁石矶巡检司兼领，收取税赋并派兵驻守。

沙芜称塘，亦有湖，得名于九龙溪。旧时，沙芜虽为清流和宁化水路进出口要塞之地，却无专用码头，均以河边沙坝为水运装卸场所。20世纪70年代，下游安砂镇拦水筑坝，建设大型水电站，航运受阻停航，码头废弃，另于沙芜乡门珠甲、矶头、洞口、罗口等处修建船只靠泊简易码头。从此，九龙溪上便添了九龙湖，十里平湖，山光水色。得天独厚的陆路和水运条件造就了沙芜的繁华，作为清流曾经的最富庶之地，沙芜物产丰富，"鱼米之乡"的盛名素来有之。而今，沙芜塘的居民大都已搬迁，他们离开世代繁衍生息的乡土，分散到县城及周边乡镇定居并重建家园。枝影横斜，水草摇曳纷纷，古镇、古街、古时的房屋湮没于水底，湖面泛起涟漪阵阵。

古道的起点如水荡漾，至307省道新矶村大桥旁渡船登岸，攀过乱石陡坡，一条石板路悄然遁入丛林，曲曲折折伸向远方。大地宽广，落叶厚实，初冬的阳光穿越原林，斑斑驳驳，铺洒在小径上，暖暖的，照耀着岁月，也照耀着经行的脚步。

边走边聊，幽静的森林顿时活跃起来，不一会儿，背上渗出细细密密的汗珠。受惊的松鼠忽而窜出来，继而迅速隐匿。它们应该很久没有看到这么多行人途经此处了，有些惊奇，有些害羞，或许正躲藏在某个角落暗自窥视呢。山里盛产山珍，即使到了草木枯黄的冬季，食物是不缺的，榛子和勾圆从深秋的果园走来，反复弹跳着，曲调婉转悠扬。熟透的酸枣脱离母枝，遍地落果仍饱满圆润，剥开一粒，含在嘴里，酸甜的滋味已令口舌生津，直抵心田。

远离尘世喧嚣，森林植被保护完好，沙芜的大山里从来不缺特产，原汁原味，丰盈着每个季节。春天，万物复苏，溪流上涨，随山涧奔腾而下的，除了沸沸扬扬的溪水，还有那一担担白净的春笋，争先恐后地出山，零星或批量出售、馈赠亲友，从而走进千家万户，成为餐桌上的时令美食，充实着人们的味蕾。新笋太多，来不及采摘和运输，村民就会在山里建起简易手工小作坊，用传统工艺将竹笋制作成笋干，成批成批地向山外运送，入市或储藏，从年头存到年尾，鲜美如初。没有人确切统计过，有多少鲜笋和笋干通过沙安古道经永安中转，再沿水路抵达省城福州，千百年来，这种贸易方式就从未间断。不仅竹笋，山里的木材、香菇、稻米、茶叶、鱼虾等众多物产也经此古道，源源不断奔向城市的大街小巷，无论是朱门绣户，还是寻常百姓家，尽都喜爱。原想，霜风尚未来临，沿途应该还能顺手摘取些罗腾包（一种长相酷似芒果的藤生野果，性微寒，味甜，多籽），以解久居樊篱之馋，目光所及，尽被鸟类和松鼠掏空，剩余一副金黄色的空皮囊，晃悠悠地悬挂于树间，惹人垂涎。也罢，不与“山民”争食，自然之物当有自然的姿态。春日的繁忙、盛夏的火辣、金秋的灿烂、寒冬的坚忍，一条路穿越古今，延续着岁月的屐痕。

路况比预期的要好，损坏极少，更没有出现坍塌的情形，基本保持原状。遵循前人的足迹，无须担心岔道，走走停停，滋生的藤蔓缠绕着渺渺光阴，历史的跫音在铿锵回响。仿佛听见乡民负重的喘息声，仿佛看见满载货物的马车吱吱呀呀地走过沟沟坎坎。还有那些赶考的学子，迎亲送嫁的笙箫唢呐，掺杂油盐酱醋的小镇生活，像无数被风雨打磨过的大地的纹理，层层接上古老的密码，朝朝暮暮，松涛成为最漫长的铺垫。

往返在沙芜和永安的旅程里，有多少秘密隐形，就有多少探索的意念开启，路旁的残垣断壁在静静等待。相遇是缘，都说出门靠朋友，客家人向来乐善好施、诚恳待人，何况是途经艰辛的旅人，这是祖祖辈辈流传下来的民间习俗。当地向导老黄介绍，只要腾得出空闲，朴实的房屋主人总会在门前备好大桶凉茶，供路人免费自取饮用，间或盛情相邀到家中坐下来，歇一歇脚，讲一讲旅途的经历和见闻。时势变幻，光阴流转，房屋早已垮塌，主人离去，站在老屋附近的石拱桥上倾听，四周寂然，甚至鸟儿都不作声了，是故作沉思还是在顾盼流连？白云知道，山谷知道。林密山深，流经石桥的小水渠被覆盖于蓬草下，曾经浇灌的稻田和滋养的村庄闲置在水渠那头，任冰霜侵蚀、霞飞日落，已不再有人追问荒芜的景象。晴朗多日，山涧断流了，深沟浅壑敞开底线，席地而坐的大小原石似在修行，似在怀想。一些风乘机挤进来，它是坚守这山野的一部分，不时撩拨着空旷的琴弦，心神的脉络。

金泉亭

到达大岭头山顶——这座山的最高处，时值正午，太阳的影子投射到地面，升起渺渺轻烟。一座古亭孤独而倔强地矗立，几根掉落的房檐散布于亭内，或立或卧，尽管略显破败和沧桑，却骨架坚挺，风华犹在。古亭取名"金泉亭"，源于一段缘分。

一天，宁化商人洪成祥走到大岭顶，有些饥渴难耐，便找到附近一口山泉，敞开肚皮哗啦啦地猛灌了几口。一股清凉直透心底，但他不敢多喝，怕生水喝多了腿脚容易发软，还有很长的山路要走呢。把担子放好，洪成祥寻至一处树荫，席地坐下歇息，和伙计聊起家常。对于这趟生意，洪成祥是满意的，他今天雇了多个帮手，天不亮就从宁化出发，挑着满满几担顾客预订的亚麻纸、香菇等土特产品，往永安县城送货。交接过程很顺利，货物质量好，价格适中，客户开心，他也开心，良好的口碑让他的生意做得顺风顺水。

说着、聊着，疲劳渐渐缓解，正要起身继续赶路，天色突然暗下来，一大片乌云聚拢起来，像是要下雨。真是六月的天，捉摸不定的云，这雨说下就下，先是零星几滴，而后越下越大，直至倾盆大雨。伙计说："要不找个地方先躲躲吧。"可这是荒山野岭，前不挨村后不着店，上哪躲呀？洪成祥倒是经历多了，不慌不忙，抹了一把脸上的雨水，对伙计道："这雨来就来吧，当是为我们洗尘接风了，凉快一下也好。"话虽这么说，洪成祥心里已经隐隐约约有了些想法。

夏天的雨说来就来，说停就停，转眼又是云开日出，烈日当空。雨一身，汗一身，一行人挑起担子继续埋头赶路，洪成祥要趁天黑前带伙计们回家。

这天晚上，洪成祥翻来覆去睡不着觉，他在想白天的事。洪成祥自幼家贫，从十几岁起就跟着父母，风里来雨里去，全靠做点小生意维持生活。父母一再教导他,待人要真诚善良,做生意更要诚实守信,万不可唯利是图。他把这些话记在心底,一直坚守践诺。在这条山道上,走过多少个来回,磨损过多少双草鞋,熬过多少次日出月落,他记不清了。从宁化到永安,清流沙芜是必经之地,伙计的话提醒了他,几十里山路没有一个遮风避雨之地,确实不方便。洪成祥暗下决心,若有朝一日富裕了,一定要在这大岭顶建一座凉亭,供旅人歇足休息。

数年后,如洪成祥所愿,生意兴隆,家中积累了不少财富。通过朋友牵头,洪成祥和沙芜村里的长者们彻夜长谈,商议建亭事宜。

事情进行得很顺利,由洪成祥全额出资,沙芜村人负责选址、采购和建设,不到半年,一座崭新坚固的凉亭就矗立在大岭顶,跨越路面,中间留两个拱门相通。考虑到将来凉亭需要修缮,洪成祥又在凉亭埋下金银若干。该给凉亭取什么名呢?洪成祥仔细观察四周,听着叮咚的响泉,一个念头闪动,就叫“金泉亭”吧。此时是1848年,风雨飘摇的年代。而洪氏子孙们始终不忘先祖的嘱托,多次来到这里对凉亭进行修整加固,最近的一次是在1991年春,由洪氏裔孙文瀚、万雄主持。

洪氏是宁化何处人氏,未及详考,心诚则安。金泉亭建成,为往来商贾旅人提供了中途休憩、纳凉、避雨的场所。洪氏的善行造福了一方百姓,更为子孙后代树立了榜样,积下善果,是为德。其实,出过远门的人都知道,山道中常能看到一些简易的小屋,作凉亭用,有的是土墙夯筑,有的是砖瓦砌成,跨越路面,中间道路留拱门相通。清流乡村称这种小屋为“骑路亭”,由乡民集资或行善人家捐建,就是为了给跋山涉水的行旅之人遮风挡雨,稍稍缓解路途的艰辛。在前不挨村后不着店的荒野之地,“骑路亭”拉近了与家乡的距离,无疑是善良而温暖的存在。

一天又一天,一年又一年,溪的源头安澜隐于山,江的尽头奔腾向大海,都有劈波斩浪的气势。毕竟,金泉亭屹立在山顶,它管护九龙湖的山光水色,安顿着山下的灯火。

站在大岭顶眺望,九龙湖尽收眼底。但见九龙溪劈开山脉,塑造起峭壁悬崖,转眼冲出峡谷,汇流沙溪、通达闽江。湖中鸡公岛、神龟岛扶水相望,神情幽雅,而客家人艰苦创业的豪情、坚忍不拔的意志,伴随每一座山,翻越每一道岭,传颂古今。波光粼粼,水面蔚蓝如镜,几艘渔舟轻摇，几群白鹭翱翔，旖旎风光，牵动浪花朵朵。毕竟，金泉亭屹立在山顶，它管护九龙湖的山光水色，安顿着山下的灯火。对岸是洞口村，新修的沙安公路宽大平整，穿行在青山绿水间，满载货物的大小车辆川流不息，承载着新时代的美好愿景，美丽乡村建设正稳步走在幸福的快车道。

红军路

沙安古道从人们记忆中渐渐淡去，往事如风，有多少动人的故事就有多少心潮翻涌，一个凄美的故事流传至今。

相传古时候，有一条黑龙常在九龙滩水中兴风作浪，不是把渔民的船打翻，就是要霸占漂亮的村姑为妻，村民们受尽了它的欺辱。官府曾多次派人捕杀，但派出的人都销声匿迹，再也没有人敢去冒险，周围村子的百姓都躲得远远的，这里便成为名副其实的"沙芜"。一日，一位上山采菇的农妇遇见一位云游僧人，僧人送给她几朵真红菇，农妇按照僧人的嘱咐煮了红菇汤喝下，不久生下一女，此女不但容貌出众，而且天资聪颖，胆识过人。有一天，她对母亲说："黑龙作恶多端，我一定要铲除这条恶龙。"不管父母和乡亲怎么劝说，她毅然驾舟独自来到九龙滩，想方设法寻到恶龙，与之展开殊死搏斗，恶战进行的三天三夜里，天地为之变色，日月暗淡无光。最后，精疲力竭的神女与恶龙同归于尽，她的鲜血化作涓涓细流，为九龙湖注入源源不断的清泉；她的骨骼化作青翠的山峰，日夜守望九龙湖的安宁；她的秀发化作花草树木，装扮着九龙湖秀美的风光。从此，九龙滩风平浪静，水清鱼肥，成为清流通往福州的重要水路。后人为纪念神女功绩，尊称她为"九龙仙女"，并在湖边立起一座高大的素白色塑像，建成"九龙仙女"广场，供人景仰，世代敬奉。

凄美的故事代代相传，它寄寓着当地百姓对幸福生活的追求和向往。每一个平淡的日子，稻田里沉甸甸的穗浪，湖面上亮闪闪的夕光，村庄里开心的欢笑，日益安定富足的生活，这方山水给予村民的回报是丰厚的，虽然生活本是简单、纯粹的。

从大岭顶继续前行数公里即是白马山，白马山下有一个燕子岩，岩间藏一九龙洞群，又称"狐狸洞"，为"闽人之源"的发现地。洞口宽敞，洞内大洞套小洞，主洞宽可容数百人，大大小小的钟乳石遍布洞中。民国《清流县志》称："咸丰七年（1857）五月，石达开部将率太平军十万余众入清流城。"随后，石部退往沙芜，屯兵此洞，现仍存垒筑的石阶、隘口、瞭望台。此地并非兵家必争之地，但偏僻的地理环境和优沃的生存条件还是引起了石达开部的关注，虽因兵败而退走闽西，沙芜仍为他们提供了暂时的安全。

清流党史资料显示：沙安古道既是商贾旅人往来之路，也是开展革命斗争的"红军路"。及至土地革命时期，沙芜地处中央苏区东方堡垒的最前沿，是中央苏区对外联系的重要通道，红军开展军事斗争的战略要地。"今日向何方？直指武夷山下。山下山下，风展红旗如画。"沿着沙安古道，仍可寻见昔日红四军宿营地、红军渡口、红军驿站、红军亭、红军哨所、红军农耕地、游击战活动场所和村民记忆里的红色历史故事。1930年1月，为打破国民党第二次"三省会剿"，红四军二纵队千余人在沙芜洞口村宿营，于次日黎明横渡九龙溪，向林畲挺进，胜利回师赣南；1933年7月，东方军入闽作战，在解放清流城后，数万红军战士挥师南下，直捣沙芜塘、洞口、秋口和南山下，恢复并建立乡苏维埃政权，解放清流南面大片区域；1934年，开国上将萧华、彭绍辉在沙芜设立多处"红色驿站"，转运物资，几度往返于清流和永安之间；1930年至1934年间，红十二军、红七军团、红九军团、红一军团等多支主力红军队伍近十万人曾在此浴血奋战和经行……时任红九军团供给部主任赵镕在《长征日记》中这样记述："顺九龙溪往东，就完全是白区了，这里是红色游击队常来常往的地方……老百姓同样早早烧了开水，摆在路旁，以便红军边走边喝。"显然，部队在沙芜等地受到了老百姓的热烈欢迎，红军在沙芜筹粮筹款，筹备各种军需物资，工作一直开展得很顺利。

此前，我曾与朋友数次到访沙芜，并在老乡家用餐。老乡话不多，无须客套，热情如故交，不一会儿，桌面已摆满生鲜菜肴。算不上丰盛，都是山里自产、老乡自种的，竹笋、溪鱼、红菇、豆腐干……没有烦琐而虚情的讲究，传统的烹调方法，朴素的待客之道，一杯醇厚的米酒，一声真情的祝福，浓香远溢，醉在心里。九龙湖鱼干生产历史悠久，清鲜爽口，烘烤煎炸，都不失原本的风味，伴随古道绵延，声名远播，这是山水的馈赠，是久久弥漫的乡土芬芳。

青山年年绿，景色时时新。白马山犹在，燕子岩犹在，九龙洞犹在，烽烟已远。流光掠影，沙芜至永安古道全程二十余里，至大岭顶分道，直走往永安，右拐向大岭村，仅为中途十里，饥饿袭来，向导老黄建议就此下山。历史长河中的一小段，宛如经历的起伏平仄，总难完美。山麓候船的地方即是大岭村，原住有两百多人口，透过村口日渐茂盛的枫树林，被废弃的村庄隐约可见。"大岭埋忠骨，九龙护英魂。"红叶飘扬，旌旗招展，时光抹不去峥嵘岁月的辉煌。父送子，妻送夫，有多少热血青年从这里走向革命道路，难以完全统计。在这条满含乡土气息的千年古道上，红色印迹深深地镌刻在每一块坚石，渗透在每一寸土地。

"一滩复一滩，一滩高一丈。"沙安古道冷静沉稳，九龙溪荡气回肠，都予人奋进的精神和力量。回首山道上默默伫立的"望郎石"，眸光如炬，暖阳如歌，稍稍触碰，已然思绪万千，风景万千。

（原载《时代三明》，2022 年第二期）

母亲的心事

◎李新旺

"给福仔打电话了吗？思华有没有信来？他们的身体都还好吧？"每次回乡下老家，母亲总不忘提起这两件事。母亲说的福仔和思华是我的表哥——她的外甥，都在建宁县工作。碍于家庭和工作，我们平时极少相聚，尽管路途算不得遥远，但也只是一两年，甚至三五年才见一次面。我理解母亲，她今年八十四岁了，对娘家亲人的惦念一年比一年强烈。

母亲的祖籍是建宁县，出生在伊家乡一个叫双坑的偏僻山村，三四岁时被抱养到清流县长校村，少小离乡。迄今，我去过双坑村两次。一次是在1982年，我读初一，趁寒假空闲与父母同去参加二表哥的婚礼。那天，走过多少路程我记不清楚了，从天色破晓开始出发，坐老式班车，换乘手扶拖拉机，翻山越岭走山道，大约傍晚时抵达。另一次是1998年，建宁县多个乡镇暴发山洪，大舅和大舅妈住在山边，一夜风雨突袭，连房带人被泥石流掩埋，受父母委托，我和姐姐、姐夫到大舅夫妇坟前祭奠。那年，骑着摩托车，路仍难行，便由福仔领头，穿林过涧，胆战心惊地走完全程。之后买了家用小车，但母亲的身体已不适宜出行，坐车就得吐，我因此多次拒绝了母亲回娘家省亲的要求，内心颇觉得有些残忍与愧疚。

母亲有六兄妹，其中三个兄弟，三个姐妹。我只见过大舅和小舅，还有两个姨姨，他们分散居住在双坑周边的乡镇或村庄。而小舅打小就被送给宁化县安乐乡的一户农家收养，也因此改了姓，小舅对这件事一直都心存怨气。至于在建宁县有多少表兄弟姐妹，我心里没底，见过面的大概是六七个，而外公外婆，从来就没听母亲说起。许多年过去了，除了福仔和思华在县城单位上班，自会多些往来，其他人仅存一点模糊的印象。

在母亲的唠叨中，我的脑海里一幕一幕地演绎着那个年代人们因贫困而别离，因不舍而重逢的悲喜。母亲的娘家，抬头望去，入眼尽是莽莽群山，说是村庄，其实就是把房子建在稍微平坦的一小块地方，东一幢西一幢的，或山岗缓坡，或田边地头，大都是单屋的木屋，山里最便捷、最缺的建材便是木头。大舅的房子建在山坡下，在一个雷电交加的夜里被突然暴发的山洪吞没，连人带屋都没了踪影。我那年去双坑，从大舅家残留的那片废墟到大姨孩子们的住所，先下一段山坡，经过简短的沙土路，再进入田间小道，绿茵茵的禾苗尽头，大姨的长子——我至今仍想不起名字的表哥远远地站在屋前等候着。尽管长期失去联系，彼此之间并不觉得生分，亲情的意外到来，让孤寂的村庄、孤独的木屋仿佛瞬间找回了缺失已久的团圆的欢乐，短暂却格外温馨。表嫂心灵手巧，煮出的稻花鱼清香鲜嫩，美好的味道弥漫乡野，也浸润着大家的心田。

那夜，留宿在山上的大姨家，也许是累，也许是困，我和福仔共宿一床，顾不得满山虫鸣的聒噪以及山蚊的侵扰，早早吹熄桌上的煤油灯，安然入梦。早起环顾，周边并无人家，大姨的生活仍维持原生态，无路、无电、无纷扰，一根长长的竹筒接着山泉，潺潺流进一口大水缸。随身用品存放在表哥家，漱口、刷牙，没有牙膏和牙刷，顺便用勺子舀起一瓢水往嘴里冲一冲；洗脸用的水装在小木盆里，用手捧起，扑几下脸，浪花中飞溅着山间的清凉。我想，半个多世纪，大姨的生活起居应该就是这么过来的，清苦、简单，宛如世外。

小姨嫁到邻近的客坊乡，说远不远，说近不近，从客坊翻过一座山就是江西省。母亲年轻时曾和父亲来过，偶尔仍会提醒我："你在客坊还有个小姨，抽空去看看。"那年去时，小姨六十多岁，子孙们三三两两围拢过来，满堂福气。小姨面色红润，看起来精神状态很好，日子应该过得不错。十几年后，小姨去世，这次会面便成为一生中仅有的一次。母亲已经很少再提客坊乡，她在老去。

沧海桑田，物是人非，正应了贺知章的那首《回乡偶书》："少小离家老大回，乡音无改鬓毛衰。儿童相见不相识，笑问客从何处来。"母亲没上过学，没学会普通话，更别说认字，离乡近八十年，她却始终忘不了娘家的乡音，用建宁方言与那边的亲人交流，仍是十分流利，我暗自惊叹母亲的记忆力。遗憾在所难免，每当母亲谈及旧事，又会情不自禁地引发些许伤感。

清晨打开窗户，呼吸着新鲜空气，阳光照亮每一位亲人的背影。之后因公出差或外出旅行，数次途经建宁县城，即便不住宿，我都会给表兄打个电话，问一声好，算是为母亲圆个心愿。而时光如虚拟的自画像，一年又一年，年年花似锦。

（原载《三明日报》，2020 年 6 月 17 日）

清清龙津水

◎李华雨

清水漫过高砂坝

一只翠鸟用从容的步子敲醒了高砂坝，夏日早晨的第一缕阳光洒在金色的沙滩上。河边的芦苇在晨风里舒展着清秀的腰肢，窣窣的声响中散发着苇叶淡淡的清香。不远处的南岐村升起几缕炊烟，牵扯出打破宁静的鸡鸣，在低平的山谷间空空旷旷，就像沙滩上的翠鸟一样悠然。

高砂坝的沙滩在翠鸟的小爪下悄悄伸展，默默享受这清晨的宁静与明亮。沙滩边上，清水漫过，渐远渐深，渐深渐蓝。流水一如既往，她并不知晓漫过了高砂坝，就会进入清流境内，就会融入龙津河的怀抱。高砂坝，龙津河的起点，不知从何时开始见证着融进龙津河的流水，只是看着清清流水悠悠滑过它的胸膛。流水过了高砂坝，龙津河就把它的沙土杂质过滤精光，只留下清澈可鉴、蓝得深邃的龙津水，波光粼粼、悠悠扬扬，穿过清流城关四座大桥，玉带般盘在龙津镇的腰上，而后一路轻波微澜，染绿两岸峻岭崇山，最后停歇在嵩口发电厂的拦河大坝上。

而高砂坝无意知晓这些，只是舒展着柔软的金色胸膛。天上的白云不时溜来与它做伴，那只翠鸟每天在这里流连忘返。在明媚的春天或清爽的秋日，常有一些充满生活情趣的人们结伴前来野炊，用叮叮当当、吹拉弹唱打破它的寂寞，给高砂坝的记忆留下许多生动的印象。最热闹的是夏日傍晚，许多游泳者鱼儿一样跃进水里，把炎热冲凉。他们搏击而起的水花常常打湿高砂坝的脸庞。穿着裤衩的孩子们奔跑在它柔软的胸膛上，给它制造出一天最快乐的时光。

入夜了，高砂坝沐着晚风，在星光下和南岐村一起进入梦乡，只任清清流水轻轻滑过身旁。

闲来垂钓龙津畔

河边的一棵柳树，抑或一小丛高挑的苦竹，便是一道可人的风景，那将备受垂钓者青睐。

早晨，准备好午餐，背上钓具，第一班船便把这些垂钓者撒网似的投到他们各自选定的地方。于是他们安营扎寨，沿河插上一排钓竿。这一天他们便固守在那儿，就像农夫守护他们的庄稼。他们彼此相隔甚远，各自为"阵"。直到入暮时分，最后一班汽船拖着老腔老调，把零星散布在龙津河两岸的他们一一收入渔网。

垂钓者是孤独的，他们像入定的老僧独坐在柳树下，钓竿就是他们最亲密的伙伴，就连钓竿也是孤零零地投进水里，没有任何声响。即使一声咳嗽，也会把钓竿震荡。在这一天里只有阳光来探望他们，柳枝和竹叶带来清凉，波光洗去困乏，也许还有好事的蚂蚁会来打听他们的战况。晴朗的夏日里，知了会趴在身后的树上，开足所有音响，锻炼垂钓者的心性。

龙津河每年要投进许多鱼苗，这是垂钓者的福音。即便如此，垂钓者的鱼竿也常会半天没有动静。而也许就在数米之外，顽皮的鱼儿不时跃出水面，向垂钓者致意，和垂钓者玩着捉迷藏，与垂钓者较量自制力。鱼是诱人的，鱼饵是诱鱼的，谁能抵挡住最后的诱惑，谁就能赢得了今天的较量。从这点来说，垂钓者并不寂寞，一天之中，他的内心可能风起云涌，大起大落。古人说，"闲来垂钓碧溪上"，这是人生的一种享受，也是人生的一种折磨，这就是生活的复杂性所在。

当老气横秋的汽笛响起的时候，垂钓者清清嗓子咳了几下，收拾好钓具，人与鱼的较量暂且告一段落。而明天，这种乐在其中的游戏还将继续上演。

朋友，你见了也会怦然心动吗？

横口人家

在龙津河水域最开阔之处，在一片芦苇的后面，在绿油油的稻田之旁，在悄悄汇进龙津河的大横溪桥畔，在虚烟升起的地方，林木掩映着几户人家。

古朴的瓦，古朴的墙，古朴的门窗。夏日的阳光在村子里铺张，鸡和狗和睦地趴在刺梨树下等待风的过往，调皮的鸭子在溪水和稻田里耍得正欢。

夏日的阳光正烈，村子上空升腾起薄薄的烟雾，远远望去像海市蜃楼。孤独的码头上空无一人，水中的小舟演绎着"野渡无人舟自横"的诗意。但你只要欸乃一声，便会有人将你渡到对岸。

如今的横口人家，背山为耕，临水为渔，他们在河边围上一个个区域，搞起网箱养殖，念起了致富经。更有远见的，将小舟驶进纵横的小河道深处，在向阳的山坡上开垦出一片果园，栽种上一片毛竹，让荒芜的山地竹木葱郁，花果飘香。

古朴的村庄，开放的思想，这就是龙津河畔的横口人家。如果思想再开放一些，甚至可以建个山庄或者乐园，置上游船，让城里人到此休闲，赏赏山光水色，尝尝土鸡土鸭，可垂钓、可爬山，一定情趣无穷。

闽西小三峡

浏览龙津河，最妙不过摇上一只小舢板，由横口向嵩口悄然前行。

一过横口码头，山势立刻高峻起来。扑面而来的悬崖让人精神一振，疑是到了巫山大宁河的小三峡。两岸崖壁峭立，古木苍翠，好一片人迹罕至的原始丛林，静寂里透着幽暗，窈然不知其深。峭壁之上，偶有一二朵夏花默默开放，也不炫耀，仿佛慨叹生命迟暮的美人。

往前驶去，河道窄小弯曲，分明已是"山重水复疑无路"，却突然"柳暗花明又一村"。河水则越发清幽，深不见底，水波不兴。时有白鹇与舢板擦肩而过，幽幽地鸣上一句两句，而后寂寂地停在河畔的礁石上。在林深昏暗的山谷之间，只听得泉水淙淙流淌，而不见其踪；在崖壁高耸的岩石之上，却有飞瀑跃下，水珠四散，在阳光下如飞花似溅玉，喷洒到我们脸上，带着丝丝凉意，沁人心脾。

也许是龙津河的清清流水孕育了这郁郁葱葱的山林，也许是这片古老苍翠的丛林蕴蓄了这幽远绵长的龙津水。坐在小舢板上，不用划桨，任流水悠悠而行，看青峰叠翠，绿树常青，飞泉流瀑，若远若近，好鸟相鸣，空谷传音。一道幽深的峡谷，就是一幅风光旖旎的山水画卷，景色清幽奇美，令人流连忘返。用不着导游，带上一双眼睛，你就可以自由地遐想。满目青山绿水、蓝天白云，令人不禁想起"山光悦鸟性，潭影空人心"的诗句。与龙门、巴雾、滴翠小三峡相比，多了一分秀气，少一分冷峻，多了一分宁静，少一分喧嚣，悠游其中，只愿那时光停步，流水驻足。

醉美文心兰

◎李华雨

　　第一眼，便为你迷醉了，文心兰！

　　会是怎样的美丽与芬芳，能够招引那一群群高贵的金蝶，拥抱那一株株纤弱弯垂的花茎，只微微颤动飞翔的翅膀，久久不忍离去？

　　穿过怡达公司的兰花大棚，沿翠绿的花径走近，你又似一把把浓缩的小提琴，依偎在茎枝柔弱的香肩，以淡雅的色调，弹一支柔情似水的协奏曲，令游人痴迷。

　　但，可爱的，这还不够。你是我邻家可爱的少女，犹如旦尼库琴弦上的那只云雀，轻盈地跃上枝头，伴随明快欢乐的旋律翩然起舞，裙裾飞扬，俨然一个调皮快活的小精灵。

　　但，这还不够。可爱的，你娇弱的身躯，滋养着那颗颗润泽饱满的花蕾，一层层，一串串，那是你一个个等待怒放的生命吗？而你已然怒放的生命，又会是怎样一个个小清新？看，微红的脸颊，淡黄的裙裾，像欢庆六一的无邪孩童，简单而又纯净，低调却又热情，是寓动于静、寓静于动的统一体。你张开的臂膀，是你盛情的邀请；你善睐的明眸，是你快乐无忧的花语；你淡淡的甜香，是你隐藏幽远的爱和思念。你不似春兰，清幽淡雅如锁深闺；你在兰中独辟蹊径，你舒展的长袖、你翩翩的舞蹈，便是你别样的风韵。

　　静静地注视着你，我醉了。你优雅的舞姿，你律动的生命，让我忘却所有困苦与烦恼，教我放下所有困惑与欲念。游人散尽，唯我流连。可爱的，我要带你回家，陪伴我左右，引领我忘却烦忧，可爱的小精灵！

第一眼，便为你迷醉了，可人的文心兰！

印象河前

◎张 华

初识河前，山色朦胧，淫雨霏霏。一条古巷、几幢土屋，便把时光拉向很远。许多似曾相识的昨天，在这里以被遗忘的方式悄悄呈现。烟雨中掀开青纱帐，一座南方客家古村的身形渐渐清晰。随门倚立，门已落锁，主人未归，屋内是静好的岁月，屋外是远来的途人，还有慢行的早春、渐落的云烟。

这是一处依水而生的村落，为清流县嵩口镇沧龙村一自然村组，背倚青山，九龙溪在村前蜿蜒而行，故名河前。古时，沧龙村隶属仓盈里，因其周围山脉绵延，如龙形于九龙溪畔，入居者结合地形龙脉，取仓盈里的"仓"字而名"沧龙"。沧龙与河前两村隔溪遥望，村民或朝起渔歌，夜幕归航，或荷锄耕耘，樵夫植林，或舟行摆渡，交流互往，一幅山水人家的渔歌画卷在这里徐徐落笔。

依水而生，古老的传说随一片片波光徜徉。千百年往，多少商贾行舟于此，收粮、伐竹、艄排，经九龙十八滩，入沙溪、奔闽江、至福州。一叶轻舟，过往于时空间，演绎了几世人生路。一声渔家号子，悠啭于山水间，一歌便是千年。那陡峭的岸边，是否还有一座旧码头，停靠过多少途人的船帆，落下过多少经年的绳索，流连过多少远送的山谣。那险峭的滩石间，是否还有一道道旧痕，经历过多少激浪的冲击，考验过多少艄公的胆略，留下过多少激流搏击的传说。岁月总是如此，当风浪过后，一切归于平静，所有旧故事里的惊涛与漩流，都淹没于时光激荡后的水面，静水若斯，悠然无风，渐了无痕。

走进老村，不禁往更深处寻觅。穿过古巷，恍如越过了一道时光长廊，日子的光影在纷纷撤退，退到了山田之外，退到了历史的拐角，退到了成片的老树下。老树巍然，为一座客家古村撑起巨大的伞，挡住了风雨，留下了沧桑。时光在此停留，然后飘落，一层层地累积，而后被渐渐遗忘。古树旁，是那座苍老的龙峰寺。山门内，佛音空灵，香火轻袅，高悬的古钟静默无言，略新的大殿与残破的老堂穿梭于错位的时空间。拾级而上，"松声竹声钟磬声声声自应；山色水色烟霞色色色皆空"的古色对联跃然入目，禅意深深，令人于幡然中自醒，顿也生了些许了然。住持不在，或上山，或进城，隐于世外，却不能完全绝世。

寺庙年代有多远，翻开旧志可寻其踪迹，"顺治初年，有一二高僧自吴越来，博通内外典，乐游此地，遂缉斗室居焉"。在公元 1646 年那个风雨多舛的日子，南明隆武帝携六七高僧逃难入闽，行至此地而栖。之后，在九龙溪沿岸，以龙峰为中心，先后建起了九座静室。何为"静室"？是一群心怀复国梦想高僧的隐修之所，是一群满腹儒学经纶学士的传习之地。他们居陋室、讲佛学、论儒道、著语录，将中原文化以一种逃离的方式带到了闽西山乡。如旧志所载，僧人是岸，"凡古今内外典，天下名山川，一一能述其详"；僧人戒月，"所著语录，镌版吴门，士夫各手一卷，以为佩诵"；僧人奇木，"善诗，吟咏盈箧"……

在那个特定的历史时期，儒学文化以一种极为特殊而隐蔽的形式在此繁荣，甚至一时达到"室庐联络相望"之境。但当历史尘埃纷纷落下，曾经的繁荣渐渐隐退。九龙溪沿岸的九座静室，现仅能寻到龙峰、龙吟、观音山静室的遗风，松林、鹤山、祇园等其他六座静室，皆已隐匿于深山，坍塌为泥，仅留痕于史籍，化为时光碎影。

古寺归来，复入村庄，如从沉重的历史书籍中走出，渐渐呼吸到了清冽的山乡气息。土屋老巷在坚守客家古村的传承，而不远处莲池内藕荷初立，花田内小菊初放，鱼儿在远处水面腾跃，溪畔杜鹃在深山如瀑垂放……

时光无言，在书写一切，也在改变一切。

（原载《三明日报》，2021 年 9 月 8 日）

客家苦味

◎张 华

　　客家人的词汇里，"味道"有着两重含义。一是指食物的味道，食物中纯粹的酸、甜、苦、辣、咸、淡，皆为其味。另一重含义，是指人生的味道、日子的滋味，有苦有甜，有喜有悲。而尝尽人生百味，"苦"却是一门独特的哲学，善食苦方知鲜从苦来，能吃苦方得人生所成。但不管是食物之味，还是人生之味，客家人都善于在清苦中演绎百味，在艰苦中创造百味，让简单的人生折射出多味的色彩。

　　人生何味，先苦而后甜。客家人关于味道的最早启蒙，应该始于一个新生命呱呱坠地之时。长辈们象征性地喂些黄连水，让新生儿先尝清苦之味。黄连，大苦，有清热燥湿之效。品尝黄连之苦后，再尝任何味道都是甜的，意为"先苦后甜"，寄寓着长辈对新生命一生美好的祝愿。在客家人每一个人生阶段中，苦都是一味难得的良药。闽西之地，山高寒湿，客家人饮食上喜辣及热量高的食物，易上火。于是客家人的灶头上必常备有一盆浓浓的草药汤，上火了喝，清热去火，而汤味却是极为清苦的。许多家户门前、屋檐下，都吊着一串串银灰色的藤茶饼子，圆圆的茶饼子上像染了一层青霜，故又被称为青霜古藤茶，是清热降火的良药。家人咽喉肿痛、咳嗽时，便摘下一个藤茶饼子泡茶，其味清苦中，又似有一丝甘甜在舌尖回旋。到了每年的端午前后，气温渐升，阳气渐旺，草木也迎来一年中药性最强的一天，那些刚从田间收割来的还散发着淡淡青草香的草药，那些早已晒干捆扎好的干草药，堆满了街市道路两旁。各家各户都会选择一些适合的草药回家备用，鱼腥草、山银花、老鼠咬、田螺菜、乞食碗……草药固有的苦味与青草香交融，成为另一种室香，让人们学会在恣意中收敛，在迷惘时静思，在初夏来临前，让一切焦灼的内热慢慢沉淀与消散。

季节在轮回，具有苦味的食物被一一摆上餐桌，呈现着独特的舌尖美味。苦斋，又被称为苦菜，一种在乡间随意生长的野菜。也许是一场雨后，一丛丛鲜嫩的绿叶晃着锯齿形的叶边，在田埂上快乐地生长。苦斋极苦，却苦有余香。鲜苦斋宜现煮，干苦斋宜清炖，在沸水的翻涌中，苦味被层层稀释，而拾一箸苦斋叶，慢慢咀嚼，一缕土壤独有的苦涩与清香缓缓流出。一场细密的春雨后，苦笋在山间破土而出。那不起眼的小笋尖，深藏在竹林间，不疾不缓地成长。苦笋属于小径竹，至苦却极鲜，层层外衣包裹着一股执着稚嫩、苦中有味的倔强。将苦笋截段剖片，浸水，淡其苦味，再大火与腊肉翻炒，经冬阳暴晒后的腊肉积淀的浓郁之香与苦笋源自深山的鲜苦相融，一缕穿越时光的古早之味唤醒于舌尖。此外，苦味食物中的代表，还有苦瓜、芥菜。苦瓜喜热而性凉，产出上市期正逢夏秋暑热时，有人认为夏秋食苦瓜，具有驱暑祛痱的功效。乐食苦者众，清炒、爆炒、做苦瓜盅，都各有其味。芥菜，又名苦根菜，其苦味集中在根茎。冬天经霜打过的芥菜，根茎变软，苦味淡却，别有一番清甜。芥菜除了清炒，还可晒成酸菜干，用来炖扣肉，味道极香。除夕夜，客家人还用高汤煮芥菜，名曰"长命菜"，菜甜汤鲜，饱含着健康美好的寄寓。

时光一季季地流转，从春到冬，从一元初始到一岁之末，苦味食物始终在客家人餐桌上占据一席独特之味；在世事喧嚣中，在纷繁芜杂中，始终以一缕青涩之苦，让人们铭记一抹清新之味，留刻一份清明之心。食苦之后，万般皆甜……

（原载"清流驿"微信公众号，2022 年 3 月 21 日）

回望大丰山

◎兰茶英

薄暮渐西，彬说："出发吧。"

余晖已过，天际与林子，一层淡淡的青灰，沉静极了。枯叶堆积，枝枝交叠，藤条攀附，乔木与灌木，高高低低，错落相杂，绵延不尽。偶尔，高亢的鸟鸣，划入，落下。这是一片自由的土地，每一片叶子都在呼吸、生长。我们小心翼翼，不敢惊扰。

石路潮湿，苔藓斑驳，空气古旧而新鲜，安静如此，令人恍惚，时光未曾飞渡。万年前、现在，生命生生不息，亘古未变。

大丰山在这里。

同学的母亲每年都在大丰山朝拜，心地虔诚，她们希望天神显灵，盼着上山的彩带自然打结。我们的母亲都很弱小，常常渴望她们强大，那年，我们是十五岁的孩子。

沧海桑田，世事变幻，大丰山，在这里。

山势愈陡，石梯愈高，彬分担了我的重负，见我仍然气喘吁吁，找了一块平整的石板，铺上袋子，示意我坐下。

夜幕微张，寒意生起，月光嫩白，原先的树，影影绰绰，轮廓依稀。我们也被溶解，一点一滴，慢慢消失。

掠过一丝不安，看看幽深的森林，扪心自问，不曾惧怕，那么，就跟信任树林一样信任他吧。喝了水，吃了枣，彬的脸模糊地闪烁着："可以掌灯了吗?"马上,一道亮光开天辟地,徘徊不定的山路一览无遗,我们不约而同笑了,彬早有准备。

除了灯光,石子的滑落声,所有的声息都静止,只剩下无边无际的静默、包容。行走在黑夜的大山里,时间定格,无所谓我的过去;将来,更是不甚了了,天与地之间唯有我和彬存在,真实得似从来如此。

树的黑影更加伟岸,奇嶙怪石陡立丛生,石阶不再有,取而代之的是石坡,我已经手脚并用,真正地"爬"山了。因为行车到琴源水库晕得厉害,全身无力,尤其双脚灌铅,踉踉跄跄,彬不得不腾出一手搀扶。他不断地介绍,说到了寄子岩、半岭庵,并且很认真地拿出手机测量海拔,大概是从一百升到了五百,七百,最后是一千米。为了表示庆祝,我必须休息。顺势一坐,不肯动弹,彬轻轻碰我,让我抬头。

月亮近在咫尺,伸手可摘。圆如玉盘,明亮润泽,光辉照耀,透彻心扉,圣洁美好。黑夜深重,树林淹没,汪洋如海,浩浩荡荡,浑厚刚毅,漫天繁星。未见月之明亮,绚烂如此,光彩夺目;未见夜之浓黑,纯正如此,不含一丝杂质;未见天穹低垂,触手可及,澄洗如练。我们没有言语,各自静默,无端的欣喜沉浸于安静的四野。

愿为一棵水杉,长留在此。彬拉我上路,夜深露重,寒气侵袭,不宜久坐。继续赶路,突然,肚子痉挛,呕吐不止,结束,全身通畅,轻快不已。

山势继续迂回盘旋,转过九曲山弯,月光之下,山石后退万丈,平坦空旷,一片草甸如茵!一条崭新的石阶缓缓升起、降下,山风凛冽,苍凉柔和。彬宣布:已到。

在这条庄严的路上,我们搀扶前进,大山分列两侧,山林吼啸,任由长发飘飞,衣袂乱舞。新路在脚下延伸,我们分明是走在奥斯卡的红地毯上。

庙宇出现,彬从侧边敲门,守寺的老人打开板房,行李放下,彬已经扶着老人下梯。细雨斜飞,面前是彬和老人的背影,一级一级,每步稳妥小心,丝毫没有急躁。彬的脸微微湿润,灯光照射,打在墙上的影子,温和细致。

简单洗漱,整理好床,躺下,灯关了。黑暗之中,传来彬告别的声音:"晚了,睡吧。"

夜,不半静。山风肆虐,狂走奔号,巨浪淘天,漩涡回旋,卷起树林、山石,甚至连根拔起。只听到山涛阵阵、板房震响、怪声连连,时而尖厉,时而粗犷,躺在床上,实际陷入风的包围。因为知道隔房有伴,心中也着实安宁。

晨起,祭拜了欧阳真仙,一支朝圣的队伍刚到,庙里热闹起来。

我们决定爬到棋盘山顶,这里海拔一千七百米。风丝毫不减,斜立山坡,稍不留神,就会被风卷走,彬一边拉着我,一边探路。到了半山腰,我要求停下,想起了占生命中一部分的她,一定要打个电话,躲在背风的地方,坐着,电话无人接听,却见云雾弥漫。我们索性对着云雾聊天,又一支人马上来,为了让道,一起登上山顶。

只有云雾。别无风景。

只剩下云雾。遮没一切,白色茫茫,无天无地、无形无态、无始无终。雾岚生起,雾海涌动,风吹即散,随刻即聚,无根无方,似有若无,不着边际,又无处不在,一切不是,一切皆是,无边的自由飘升,不能自持,忘乎所以。

雾岚分合,北风不止,居高临下,雾岚缠绕,飞过双眼,耳边只有风声。

回到道观,斋饭煮好。我们各盛了面,我的碗里面条稀少,汤汁摇晃,彬把碗凑近,夹着菜叶到我碗中。他不曾动容半分,自然到千年前我就是他的亲人。

我们留下了巧克力,守庙老人应当还能咬动。

下山,翠绿流转,白色的珠帘花一树一树地挂着,一片一片连着,非凡壮观。

可以有约定,来年,我和你,到大丰山,看整山整山的珠帘花,看更青的绿叶,看日出。

不知你是谁,不知来年在哪里。没有关系,没有你,没有来年,已经常驻。

这可以是结束,也可以是开始。

年事琐忆

◎兰茶英

　　早起，楼前的空地铺了一层厚厚的秋叶，石壁上的苔藓白露晶莹，雾气横流。走在路上，异常热闹，正自诧异，才听说是冬至，心中一凛，冬至已到，过年也不远了。

　　素来，过年是孩子的天堂，成人的心病，它总是不期而遇，又不能拒之门外。如果不是冷得彻骨，从家到学校的小路，一年四季的景象大致相同，树的叶子全都绿荫如盖，只是忽然间，一片一片的叶子落下来，扫地的人把这些枯黄的叶子扫成了堆，回头一看，身后又是一层。这时，才有了时间清晰的分界，才感慨秋来了。

　　而此后，这略带秋意的叶子便纷纷扬扬地飘下来，绵延不绝，覆盖了整个冬天。一直以为，冬天的寒冷和肃杀征服了一切，应该是万物凋敝，草木不生，天地间只有分明的一色灰，这样才能配得上冬的气势——刚硬决绝。在我的想象中，小路两旁的叶子掉完了，树枝光秃，树干粗壮，在冬天的冷风中一动不动，但这样英雄的场面始终没有出现。小路的上空依然葱茏翠绿，于是恍然大悟，我的时间停滞在秋天，冬天落的叶子已不再叫作秋叶了。

　　行走在路上，冬天模糊在秋季里。年，也自然被推迟。

　　行走在小路上已经七年，我知道一共有四十三棵樟树，学校左边三十四棵，右边九棵。最南边的一棵，在今年的一个夜里轰然倒下，庞大的身躯横躺在路中央，一地的乱绿。去年年尾，路面得到了较大改观，重新铺了柏油，雨天不再积水，也再看不到扫帚扫过路面的丝丝印痕。小路边上的店面越来越多，人也越来越多，很怀念以前安静的时候，春天的暖阳从绿叶间泻下来，直照进心里，闪亮闪亮的；夏天特别静，特别凉，风也不动，像挂在墙上的画。七年时间，往返于路的两头，上班与下班之间，无论星辰、黑夜、刮风下雨，更无论哀伤、快乐、黯然，我都从绿荫下走过。我镌刻了多少小路的变迁，静默的小路又承载了我多少平凡的日子。

不期而遇，与其说是邂逅，毋宁说是拒绝，过年是对时光的总结，人生的概括。也许，我潜意识的抵触，是宁愿躲在平凡的日子里，不愿去承认人生的平淡、时光的飞逝吧。

但上一年却恰恰相反，心急如焚，翘首盼望。分明记得暗夜里，人声渐渐息没，四周沉睡，屋后的山在黑暗中静立，窗前留下淡淡的月白，我心悬一线，双耳高耸，生怕听到隔间孩子的咳嗽声。每晚细听，战战兢兢，无边的黑夜飘浮在身边，所有的声响消失了，时间凝滞了，所有的力量倾泻殆尽。望着窗外浓黑的墨色，只有一个愿望越来越鲜活，祈祷快些过年，2010年快些过去吧，孩子在明年能够更好些，让所有的不快终结在旧日时光。

人行走在时间里，我已然生活在2011年，时光不曾因为我的祈祷快走也不曾慢走；困难一步步挨过来，不因我的祈祷减一分或增一分。时过境迁，我能够深深地理解那时的心境，那一段历程将被铭记。

和两个朋友去了一趟丽江，由于事先没有准备，一路跌跌撞撞，结婚生子亦然。琐碎地生活，埋头苦干，一不留神，才看到时光跑在前面，也才忆起许久以来对年的印象很浮泛。每年的年都不例外，隆重地来，轻飘地走，剩下中间一段留白，很空洞。退回从前的从前，除夕深夜，我和伙伴舍不得分开，人们早早睡去，村子一片寂静，熬至开门的时刻，我们准备好了烟花，可是谁都不敢点火。一阵推搡，伙伴心惊胆战地上阵，烟花砰的一声冲出来，光芒四射，在黑夜的上空，绽放，滑落，迷茫了我们的双眼。整个正月，和伙伴们海侃，每家每户串来串去，只在肚子饿的时候记起要回家。在那些漫不经心的年月里，我们那么富有，也特别慷慨豪爽，现在的现在，明白了我们富有的是什么，而纯真单稚也和当年的笑声一起，飘扬在当年的天空里。

如今，我们各散两地，各自拼搏。

又到八月，四十三棵樟树的叶子很浓密了，这是山城最荫凉的时候。

我接到电话，祖母摔倒，迅速赶回。她躺在床上，双脚肿胀，无法行走，时睡时醒。她已九十高龄，身体干枯，像樟树的枝条，细小单薄，只剩下一层褶皱。还能喝些稀饭汤，把汤匙靠近她的嘴边，不管是睡是醒，都会张开，这时，乳白色的米汤缓慢地流下。

经过半月的调理，祖母从濒危中脱险，身体渐渐有了起色，眼睛能够睁开，我也必须离开了。她拉着我的手，微弱地说："你现在一走，要到过年才会回来了吧，我等着你。"我心中一酸，滚滚热浪拍来，却仍然能感到祖母的手冰凉。

学校的樟树不知什么时候就已经在那，现在还在生长。祖母也很老了，疾病缠身，仍盼望活到过年，继续活着。过年，给了她希望，更是她对生命的渴求。对她来说，生命的本身就是活着。

家到生活区有二十二棵树，再经过十二棵树就到校门。行至中途，前方的风景一览无遗或者戛然而止，这是一个很尴尬的历程，不知道继续往前走还是另辟新径。我想，即使没有我，树也在此。树龄的计算看年轮，一年一圈，我开始想一棵树的生命有何意义，它是为了阳光，为了年轮的增加，还是只想长得更加茂盛？

樟树是不会思考这些问题的，只是生长。是的，祖母的风景也停止了，她只是简单地活下来。过年是一种延续，表达了对美好生活的憧憬，它的本质是对生命的追问。生命中关于青春、梦想、亲情的思考不能笼统地归结为活着，但是，首先是活着。

微风吹拂，晨后的阳光还很和煦，叶子的光晕在地上晃动，樟树的身上爬满了青苔和一些不知名的小植物，肥沃而湿润，知了趴在树上还没有放声歌唱。不能不说，这是山城剩下的最柔和的小路，也是最生动的。

藤椅靠在天井的墙根，太阳的清辉映照在祖母身上。冬至已到，祖母在等着我们过年，回去吧。

龙津柳色

◎李升宝

　　龙津河是清流最靓的名片，与河水相辉映的沿岸柔柳，是清流人的挚爱。那条呈 S 形环绕小城的河，将小城构筑成小巧玲珑的小岛，被称为内陆鼓浪屿。到过清流的人无不为之赞叹！碧水清莹、波澜不惊、平静如镜，虽不如长江的浩宏、黄河的澎湃，却是独秀的绚丽。沿岸柳色山岚雾霭的水灵秀美，虽没有如西湖翠柳的明媚，没有如大明湖金丝柳的妖娆，没有如扬州柳的亮丽，却自有别样风情，尤其那翠绿的柳丝宛如童话中的长发仙女飘飘忽忽，气象万千、神韵无穷。

　　春天被一阵阵春风、一丝丝柳色染绿。朗朗阳光泛映着百花绽放，莹洁河水，戏逗满河银鱼。沿河岸柳，如亭亭玉立的淑女，低首蹙眉，把春天的喜悦化成花红树绿、草茵水碧，以温暖的佳词丽句欢唱春天，率真旷达地把生命蓬勃的活力展现，勾起人无限情思，对远方游子的思念，对远离亲人的牵挂，千般相思、万种风情。汪成明丽幽美的柳色。如水的柔情，如风的飘逸，将一腔思绪洇绿。我想象着无论事业是成功或失败，只要伫立河岸，抚摸柳丝，弥望碧水蓝天、叠翠群山，都化作一缕清风随风飘去，随水而逝，随柳而湮，还有什么解不开的恩怨情仇的纠结？

　　张扬的柔柳，野天野地，没有围栏，没有扭曲，也经风，也经雨，甚至是电闪雷鸣，它却默然面对，毫不畏怯；不加任何修饰，即使龙津河暴涨，将其湮没水中，它也巍然挺立，充满野性执着的坚贞，把生命深扎沃土。铸就清流子民温顺而倔强坚贞的秉性，处变不惊、勇于面对，敢于迎风雨雷电，与世事风云搏斗，现出异样的刚强。

　　秋天剪下它一片片黄叶，剥下它浓翠的绿妆，赤裸裸，临风而立，任秋雨秋风的煎熬，期盼、等待着新生，仍然是迷人的诗章，表现着顽强的气节。没有年年柳色，也许是"牵衣顿足拦道哭"的"灞桥伤别"的凄伤，把诸多忧愁和不幸都化为一缕云烟，给人带来温暖和温情。正是那缕不散的云烟，孕育着新的蓓蕾，造就万物，带给世人多少和谐幸福！"无情最是台城柳，依旧烟笼十里堤"是唐代诗人韦庄对杨柳柔情侠骨最真挚的写照，恨得无情、爱得深挚，而他的挚爱就是将十里长堤如绿云般笼罩，漾成春天特有的靓丽。柳永酒醒后，面对的是"杨柳岸、晓风残月"，有说不尽的凄伤，和"牛衣古柳卖黄花"的豁达村人是如何的迥异！秋天也许是柳叶的飘落，蒙上一层拭不去的忧伤，但龙津柔柳依然黄叶成串在灰冷的秋天招摇，一无所惧地展示自己的从容和优雅。

　　信手剪下一截杨柳枝条，只要有一撮泥土，无论往哪儿插，却都无心插柳柳成荫，将一树青绿向世人奉献。凡河岸、塘畔、山脚、路旁到处都有它的清丽芬姿。与水相伴，与山相依，不离不弃、忠贞不贰，为山城增添无尽的情趣和绚丽。如果没有沿岸的柳色，龙津河不知将逊色几许，诚然也不会那么迷人，也许就没有满河银鱼的翔跃。

　　龙津柳色，抒写清流最艳美的华章！

（原载《三明日报》，2013 年 8 月 6 日）

魂兮归来

◎刘光军

2015 年秋，农历乙未年秋月吉旦，中共清流县委、县人民政府鼎建新的革命烈士纪念园。越明年，工程行将告竣。馨香薄馔，鞠诚祭拜；先烈有灵，魂兮归来！

魂兮归来！长眠于桂北湘水江干的清流籍烈士们，还记得回家的路否？

在你们生命定格的地方，出兴安、灌阳，转界首、寻乌，越于都、瑞金，过宁都、石城，在宁化的东面，山城清流，就是你们的家乡。

魂兮归来！八十年岁月匆匆，八十年湘水已冷。那飘在异乡的紫色魂灵啊，还记得临行时，倚门稚子的等待？红装新人的期盼？白发爹娘的叮咛？

那衰颓的家园，是你生命懵懂开始的地方。父亲的责骂、母亲的眼泪，是你儿时最真切的记忆。贫穷和苦难，过早地压在了你稚嫩的肩头。革命的红潮席卷清流，共产党领导的红军队伍使你看到了生活的希望，红旗下，你黝黑的脸庞焕发着红土地一样的静穆和刚毅。

湘江，那条让所有闽西人为之心悸的河流。1934 年 11 月底，在桂北湘江东岸几百平方公里的"喀斯特"山区丘陵地带，八万红军将士与几十万国民党军展开殊死搏杀，天崩地裂，血火奔流。经全体指战员的浴血奋战，红军虽渡过湘江，冲出重围，但损失巨大，五万多红军将士喋血江干，由闽西子弟组成的"铁流后卫"红五军团第三十四师六千余人几乎全部阵亡。

你像石头一样平凡，像小草一样卑微，张老七、罗祥古老、赖老洋是你们的名字。更多的是连这样的名字都没有留下的无名英雄。多少个出身贫寒、卑微的生命啊，有着凡人一样的身躯，一样的热血，一样地知道冷暖饥饿，一样地惧怕伤痛与死亡。但在那个特殊的年代，你们俯下身去，将自己的满腔热血和身躯碾碎，成为支撑滚滚历史车轮前进的基石。

魂兮归来！家乡从没有忘记寄身异乡的英雄儿女。2014年清明节，清流县委、县政府组团专程去兴安、灌阳等地，献祭于纪念园闽西籍烈士碑前，表达全县人民的哀思与敬意。那一刻，群山静穆，云水呜咽，园区上空层云翻卷，宛若几千个灵魂的大风之舞，飘落的雨滴醍醐灌顶般洒在祭拜者的头顶，震撼着每个人的内心。鉴于清流城区老的烈士纪念园局促破旧，已不能满足社会各界祭奠、追思先烈的需求。同年，清流县委、县政府在城区周边多方察寻，终于找到北山铁炉坑，在这里建造新的清流革命烈士纪念园。园区背依莲花山，面朝太极城，艮山坤向，派山衔水，堂局轩阔，是一处绝佳的庐园福地。

正是：身死湘江，归葬山阳。风何萧萧，水何宕宕。家有茔兮国有殇，魂兮归来，永守故乡。

谨以《园成记事碑铭》告慰即将归来的英灵。《铭》曰：

"峥嵘岁月，苦难辉煌；清流儿女，不遑多让。主席赋诗，星火炬亮；朱总跃马，红潮激荡。苏区壁垒，东南屏障；长征殿后，喋血湘江；驱逐日寇，迎接解放。八千英烈，浴血沙场；六千忠魂，埋骨他乡。碧血丹心，慨当以慷；鼎立天地，大道弘扬；日月同辉，山川共飨。爰立此碑，铭以弗忘。"

燕 子

◎刘光军

    并不是所有的燕子都是好鸟,不信我讲给你听。

    大约二十几年前,老家门厅的房檐下飞来了一对燕子,夫妻俩衔泥叼草,起明扒黑地筑起一个小窝。然后相爱、产卵,静候下一代出生,日子过得倒也平静。不料,好生活刚开始就结束了。不知从哪里蹿出的两只燕子,趁主人不在之时,登堂入室,扒窝毁卵,鬼子进村一般。燕主人归来,气得羽毛倒竖,一场捉对恶斗从空中打到地下,整整持续了一下午。面对体量块头明显大出一圈的侵略者,主人体力渐渐不支,几次被啄翻在地后,遍体鳞伤的夫妻俩只好悻悻而去。鸠占鹊巢后,侵略者像没事人一样,立即开始大兴土木。这对鸟夫妻的体力智力明显更胜一筹,经过一段时间的忙活,新巢做得比原巢大了不止一倍,拥有两个出口,单独的育婴室和一间主卧,俨然鸟巢中的别墅,与村头暴发户的豪宅堪有一比,阔气得很。又过一个多月,四只幼燕破壳而出,一旦母燕归巢,一排四张黄口齐齐伸出巢外,煞是热闹,燕巢上下洋溢着人丁兴旺、家大业大的气氛。

    都说狗通人性,岂不知,寄人篱下的燕子们察言观色、洞明世事的能力,与犬类相较有过之而无不及。但凡衣着光鲜的客人来访,它只要看到,必振翅伸喙,鸣之羽之,空气中都能闻到马屁的味道。若见戴草帽荷锄者,便跳脚鼓吻,叫声短促谙哑若逐客,恨不得拉人一头鸟屎。

    说来也怪,那年自从那对鸟夫妻到了我家,家中便亏蹇不断,大半年没过上顺心日子。几次盯着燕窝，一出手便可分分钟毁掉它，但人总要比鸟有肚量，念它不远万里寻来，寄我檐下，"燕燕于飞，差池其羽"，陪我娱春阴秋暮。尽管它鸟品不洁、鸟路不正、鸟德不端，还是不忍下手。

转眼秋风起，树叶黄，燕子最早拍屁股走人，只剩孤零零燕巢结满蛛网。第二年开春，这家燕子再也没有来过。其中有几只燕子来此寻巢，闻到气味便远远飞走。

恶鸟之恶，可见一斑。

横溪水

◎吴传义

　　一条山里流出的小溪，横贯村前，清澈见底，溪流世世代代灌溉着这里的田地，无论多旱也没干涸过，此村以溪为名"大横溪村"。

　　村里一口大水井，井沿与地平，略高于周边地面，一年四季清澈见底。每天清晨，主妇或孩子们到大水井去挑水。一般是让主妇们先打水，她们要赶着回家烧饭。她们走后，才是孩子们打水，熟练的孩子用扁担勾着桶把在水井里轻轻一侧，一桶水就打上来了；不熟练的孩子捣鼓半天也打不上水来，还常把水桶掉井里，熟练的孩子就帮助他。水打好后，挑离井口，孩子们就打闹开了，推推搡搡，笑骂调侃，也有不小心被推下井的，好在水井也不深，几个孩子帮个忙就拉上来了；有实在笨得不行，确实拉不上来的，孩子们喊一声，井边住户即会来人相救。掉下井的孩子浑身湿漉漉地挑水回家，当然免不了家长的一顿笑骂。

　　大横溪村水源丰富，山上的泉水被引进村里，分成几条小水渠，绕过村居的房前屋后，直奔阡陌纵横的水田沟渠，最后汇入横溪。村姑们在这些水渠边涤菜洗衣，插科打诨，东家长西家短，还时不时地撩水相互嬉戏，叽叽喳喳混合着汩汩的流水声，使村子充满着蓬勃的生机，好一幅山村晨浣图。在炊烟袅袅的晨光里，男人们荷锄赶牛，带着午饭和一竹筒的茶水，沿着村路，经过村妇村姑们的身边，年长的微微一笑，吧嗒着烟顾自走路，年轻的则停下调侃几句，招来一顿笑骂声和一掬水珠，开心地呵呵讪笑、躲闪着跑远了。

　　一些长汀人看准了这个多竹的山村，前来造纸。春天，劈下竹麻（嫩竹），浸泡到石灰水池中，待三四个月后收取刮去青皮，用石碓捣烂，将其倒入水槽中，用极细的竹帘在水槽中慢慢推荡；待竹料在竹帘上形成薄层时，将竹帘捞起，反扣在平板上，便是一张湿纸。如此反复，重叠约千张时，再将湿纸压去水分，轻轻揭下贴到烘壁上焙干，干后揭下即为成品纸张。一般是每百张纸为一刀，四周裁切后即可挑出售卖了。

　　每当捞取竹麻向溪中排放石灰水时，这些石灰水混合在溪中向下游流去，沿溪的鱼儿被石灰水呛到都漂浮在水面，全村老少凡能下水者都操着网、背着鱼篓下溪捞鱼。中午或晚上，家家户户都飘荡着鱼香味，这是村里最欢乐的日子。

　　村里的毛竹外运，离不开这条溪流。村民将砍下的毛竹堆放在溪边，集中扎成竹排，求个吉日，喊山号子一吼，竹排如龙顺流直下，壮实的汉子们有着熟练的捎排功夫，基本上都能顺利地捎放到横口。汉子们在横口的亲戚家吃饭喝水，停歇休息，而后再将竹排重新扎紧进入大溪（龙津河）往下游嵩口漂去，俗称放排。

　　也有三两村民弄几头鸬鹚（鱼鹰），把鸬鹚饿着，脖子上松松打个系，赶下竹筏，下溪捕鱼。看着鸬鹚脖子鼓起来时，用竹篙上的倒钩往鸬鹚脚上绑着的小环勾着拉回来，捏着鸬鹚脖子往鱼篓吐出溪鱼，再把鸬鹚赶下溪去。如果遇上较大的鱼，一只鸬鹚叼不起来，翅膀在水面使劲扑腾几下，立时就会有几只鸬鹚围拢过去一同协助。就餐时，渔夫也不会忘了它们，剁下鱼肉往它们面前一扔，鸬鹚伸嘴一叼，囫囵吞下，毫不客气。

　　悠悠横溪水，美美山里人。"一方水土养一方人"，横溪山水养育了这一方勤劳淳朴的乡亲。现如今，这里的山更翠绿水更清澈，人更开朗物更丰厚，美丽乡村灿若明珠，在明秀山水的孕育下更加光彩夺目。

难得乡村听雨声

◎邱林根

吃过晚饭，屋檐水霍霍地流着，分明在告诉我雨越下越大了！

这是断断续续下了几天的雨，到黄昏又淅淅沥沥地下起来。细柔的雨丝密密地斜织着，如春蚕咀嚼桑叶一般，嘈嘈叨叨地将白天的余光一点点啃噬殆尽。夜色渐渐浓起来，朦胧的灯光影影绰绰，透过雨帘望去，模糊得像打瞌睡的眼睛。灯光所照的地方，依稀可见晶亮的雨丝倏忽即逝，天地间仿佛由无数条雨丝连接。

我蜗居的还是 1990 年建的砖瓦房，它懒懒散散地坐落在乡村一隅，恰好为喜欢怀旧的人营造出一种古朴的气氛。更何况我是生在乡村、长在乡村，对原汁原味的雨声有着长久的眷恋！如果身处高楼，完整意义上的听雨是不存在的，雨是世上最轻灵的东西，能将厚重的钢筋水泥敲响吗？因此，还住在瓦屋里的人就有了雨中亲近自然的福气！

瓦似乎是专为雨而设置的乐器。平常它总是一言不发，一旦雨滴接踵而至，瓦的音乐就叮叮地奏响了。那声音酷似古筝，清脆且韵味十足，在黑夜里向四面八方弥漫。雨势急骤，琴声就慷慨激越，如万马奔腾、百鸟齐鸣，又如两军交锋擂鼓助阵；雨势减缓，音乐也跟着弱下来，像激战过后的短暂休息，又像怀春的少女在花前低吟。雨声大概是人间最繁复难解的音乐了！那节奏，那旋律，似混乱不堪又似包罗万象。而这些尽职的瓦片则专注地演奏着，听雨人心中便会漫溢出不尽的情思。

其实，一个人愿意静下来听一回雨，心中一定有了某种牵念和感喟，尽管有时是淡淡的，连自己也没有察觉。因为雨丝最能扯动昔日的情怀，雨声也最易叩响感情的门环。垂暮的老农捏着旱烟袋有"夜阑卧听风吹雨，铁马冰河入梦来"的回味；勤劳的妈妈摸着针线篮有"雨中黄叶树，灯下白头人"的幽怨；精明的菜农翻着记账本有"小楼一夜听春雨，深巷明朝卖杏花"的遐想……当然，这种种情愫中，要算爱情最令人心动勾人魂魄了。村里的后生仔就把雨声想象成顾盼生辉的少女在舞蹈，她们的舞步时而整齐、时而凌乱、时而轻盈、时而沉重，传达出变化多端的情感体验。有时，像在诉说喃喃的情话；有时，像在焦急地呼喊，想要答应，又分不清是谁的声音……

　　最近，批阅宋词，读到"隔江人在雨声中，晚风菰叶生愁怨"的句子，眼前的情景与它何其相似？在叹服词人把握情感的精细时，便触动了自己的感情之弦。蒋捷词云："少年听雨歌楼上，红烛昏罗帐；壮年听雨客舟中，江阔云低，断雁叫西风；而今听雨僧庐下，鬓已星星也，悲欢离合总无情，一任阶前，点滴到天明。"人生境遇不同，听雨的感受也就各异。少不更事的时候，并不在意也无法理解雨声的内涵；到了饱经世事、历尽人间沧桑的晚年，才生出"雨犹如此，人何以堪"的慨叹。原来，雨声所敲打的，除去岁月的回响外，还有青春难再的痛惜和欲说还休的惆怅。

　　当然，听雨也不只在屋里。有时出外办事，途中在伞下听雨也别有一番情趣。它往往把人困在一个小天地里，像舞台的灯光追着自己。"你站在桥上看风景，看风景的人在楼上看你。"有时下地干活，在"青箬笠，绿蓑衣，斜风细雨不须归"的野外，还萌生出一股"大雨大干"的念头呢！而呼吸着新鲜空气，享受着无尘的天籁，更觉得倦意全消。也有毫无戒备就被雨淋成"落汤鸡"的时候，这是因为夏雨来得快，而人还没来得及看天气预报呢！但那种"幸灾乐祸"感，使浑身凉滋滋的，权当洗个冷水澡吧！

　　雨还在屋顶轻轻地弹唱。我突然想到，在这个步履匆匆的年代里，还有多少人能摈弃尘俗杂念，认真投入地听一回雨呢？一位搞摄影的朋友告诉我，他回到阔别已久的家乡时，就要独自坐在山冈上与皎洁的月色交谈。我曾暗笑他的迂腐和痴迷，现在想来，是万万不应该的。听雨也如和月色无声地交谈一样，没有一颗鲜活灵动的心，没有对自然、对生命的热爱，是无法进入那诗意般的境界的。而要拥有这等境界，至少说明自己尚未完全被物欲所征服，活得还算潇洒吧！

乡村看云

◎邱林根

如果说城市里有美云可看，那么，住在乡村更是有云好看的。

云下的芸芸众生，自然是多少沧桑多少沉浮多少不平多少忧乐。云还是云，自在雍容得让人无话可说，唯有抬头。

五六月份是乡村常常可以看到好云彩的日子。中午的云彩比较一般，有些拖着丝丝缕缕的尾巴，白得心平气和地飘浮着。天气也清爽得很。当然，在峰峦的切割下，平面构成比较委曲，但没有关系，天空高着呢！到了半下午，云彩突然接到指令似的紧张起来，慌乱而狂野地表现着。这时，天空搭好了舞台，色彩光线一应俱全。紫色融合了蛋青，橘黄、玫瑰红、中黄也都涌来了，一时间，云想穿什么颜色就有什么颜色，变幻的速度赛过变脸的绝技。

云也是可圈可点的。它的造型变化，根本不需要什么编导团队来自以为是地指点江山，在本来自然的山水间编排什么印象，云自由自在地扯出一排孔雀羽系列。接着一秒又变了，孔雀成了野鸭优游、白鹅探颈、水袖飞舞；十几秒后，被紫金色镶上灯草边线，那就更好看了。慢慢地，云散开来，仿佛要休息一下，扯着闲篇，散着闲心，可是哪里闲得住呢？它已经被熔金落日感染，瞬间就激情澎湃、彩云浩荡了，简直容不得你移动眼睛，拍下来，但又如何追得上云的莫测呢？

七八月份的云稍显平静，热辣阳光，云也晒蔫了似的，各自散开，铺成淡淡片片，甚或与天色融洽，让你看不到它们，打盹养神，表演欲比较匮乏，难得凝聚起来。偶尔黄昏一片银灰白皱染的云团，藏在楼宇后逗留。

十月初的云还更耐看些。中午虽然阳光很亮很足，却因天高气爽而透出一股庄严和力量之气。天蓝得明白大方，云呢，有的安心舒服地伸个懒腰，有的则随意溜达，在春夏的悠然自得里添了几分缠绵，仿佛这蓝和白就等着这几天好好泼洒一下。如果说城市的云很厚实很喧闹，有雕塑质感，蓝天和白云很山清水秀地边界清晰，像油画般厚涂上去的，那么，乡村的云却也水彩浸染般清新。

也是半下午，秋天的云活动频繁了，有的扯成丝丝缕缕，晃晃悠悠的，牵一牵就柔情万种；有的互相嬉戏着，真想它们闹着闹着就下凡了，亲手抚摸一下；有的则骄傲地远离云群独自漫步，长长地拖着一条孤独者的足迹。当夕阳缓步回家时，云群突然特别激动起来，心意变幻成红紫的目光酿成黄昏的浓情，云朵此时竟然大多堆积起来，散步的也赶回来了，就这样一寸一寸地追随着夕阳慢慢走远。渐渐地，它们的心境也随着天色安静下来，收拾收拾准备休息。当晚上再抬头看云时，它们停在总也暗不透的乡村天空，黛青色里渗出一点铁灰，灰得不忧郁，毫无抱怨地想睡就睡。

生活其实大抵如此。如果能在乡村看云，一定要珍惜。有云看的时候就看，想想在奔波、浮躁的环境里还能看天高云淡、水静渊深，总是欣然。哪怕之前之后之左之右多少事不让人首肯，甚至愤怒绝望，或者存在本身就不是一件愉快的事。

每年每年，看云的人都在老去；每年每年，乡村看云总是不同。

走进灵台山

◎ 巫仕钰

　　不知是有意还是无意，盘古用神斧把灵台山塑为观音坐莲，屹立在闽西的深山里。从高空俯瞰，灵台山周边的山峰连绵起伏、叠嶂环绕，状如盛开的莲花，钟灵毓秀的灵台山好似观音端坐其中；山脚下的长潭河环绕流淌十公里，河水潆潆，清澈可人，像一条永不褪色的腰带与灵台山相生相伴；田野与村庄有序地坐落在河的两岸或山脚下，黛色的村庄、绿茵的田野与盛开的鲜花相映成趣，构成一幅绝美的山水画。

　　说起灵台山，去过的人们都有感触，印象最深的就是庙宇林立、菩萨众多，在五公里的中轴线上，从近到远建有定光佛、定光寺、圆通寺、翠峰寺、福源寺等，在闽西乃至闽西北形成最大的寺庙群，每座寺庙都有独特的韵味与传说。你若有兴趣，让我们一起走进灵台山。

　　驱车从清流县城出发，沿204省道经里田乡到长校镇的灵台山约四十分钟。越过里田与长校的交界处深渡岭，即见金光闪闪的定光佛端坐在灵台山前沿的山巅上，坐东朝西，头戴毗卢帽，手抱禅定印，静谧安详。若在晴朗的早晨，从进山的马都堂迎宾大桥往上看，旭日在大佛后面冉冉升起，先在大佛的肩膀上露个笑脸，再缓缓升到大佛头顶，太阳在大佛周边形成一圈七彩的光环，在墨绿色后山的映衬下，感觉大佛随着太阳一起升起，光芒万丈，佛日东升与佛日同辉的美丽景象就此生成。

　　跨过马都堂迎宾大桥，即来到客家博物馆。这座酷似永定土楼的博物馆，灰面青瓦，呈圆柱状，外实内空，是客家人非方即圆建房筑屋的典型代表。过去，客家人喜按姓氏群聚而居，建的房子大多是方正的围屋，圆形的土楼较少，但他们却具有一个共同特点，就是便于抵御外敌，这对从中原颠沛流离而来，侨居荒蛮南夷之地的客家人来说，不啻为上上之选，我们不得不感叹客家先人的胆识和智慧。

又走五十米，就到了中华客家祖山门楼。门楼用大理石构筑而成，有五孔共四层，高大雄伟，门柱上嵌刻了形意隽永的名家楹联，未近已闻书香；门顶飞檐斗拱好似祥云朵朵在飘，还好有六副石门当压得结结实实，不用心惊，尽管放马前行。过了门楼，顺着上山水泥路拐几个弯，约莫一公里就到了定光寺。定光寺依山而建，三梯布局，杏黄色的墙，青灰色的脊，气势宏伟，由祖山禅院、大雄宝殿、定光殿组成。定光殿虽未建成，但左有设施齐备的厢房，右有徽派的客家素食馆，已食住无忧，可尽兴一游。

再往前走，就到了定光佛的万人广场。在广场与大佛之间，有五段台阶，每段台阶中间都有一块大浮雕，图文并茂地讲解了客家人五次大迁徙的历程。六百六十五级台阶，步步展现了客家人的坚韧，也让你体会到坚持就能登顶的快乐。登上大佛基座平台，仰望高三十六米左右的大佛，顿感自己是多么渺小，对大佛的膜拜之情油然而生。定光佛也称客家佛，《临汀志》载：定光古佛，俗姓郑，法名自严，同安县人，生于五代（后唐）应顺元年。十一岁时出家，依本郡建兴寺契缘法师席下；十七岁时游历江西豫章、庐陵，拜高僧西峰圆净为师，在那里盘桓五年后，告别圆净法师，云游天下。在闽粤赣周边留下除蛟伏虎、疏通航道、活泉涌水、祈雨求阳、赐福送子、筑陂止水等护国佑民的传奇故事，其中活泉涌水和筑陂止水的故事分别发生在清流县城关和长校镇境内。《清流县志》记载：宋乾德二年有圣僧定光到此住持，修建寺庙："旧无水，定光佛至，飞锡凌空，七日复返，始有泉涌。其夜，风雷大作，雨水滂沱，僧惊避。迟明视之，庵推出谷口，其下飞瀑数丈如珠帘，至今莫寻其源。"这就是清流古八景之一"灞涌金莲"的由来。后云游到武平县南安岩筑寺弘法，大中祥符八年正月初六圆寂，享年八十二岁。定光古佛去世后，客家人收集其遗骨及舍利塑为真像，顶礼膜拜，定光佛遂成为客家人的保护神。宋朝曾五次对其敕封，最后敕封他为"定光园应普慈通圣大师"，客家人视他为佛祖释迦牟尼之师"定光佛"的转世之身。

继续往上走，就到了圆通寺。圆通寺按照寺庙的典型结构依山建造，大藏殿、大雄宝殿、大悲殿、钟楼、鼓楼、藏经楼及佛学院、素菜馆、刻字艺术馆错落有致、一应俱全。寺庙白墙红瓦、雕梁画栋，红豆杉雕刻的弥勒佛栩栩如生，脱胎漆制作的释迦牟尼高大庄严，木刻镀金的观音菩萨慈眉善目，和尚虔诚伺守，礼佛念经，不知是普度众生，还是为自己修身积德，总之游客不断，香火不绝，成为方圆几百里乃至江西、广东、台湾及东南亚等地信众朝拜的圣地。在大悲殿，有两尊观音菩萨同居一室被供奉，一尊已镀金身居中供奉，一尊素颜静候香火，这是为何？据寺庙住持讲：1995年，居中的木刻观音因制作时木材未干即上漆镀金，出现开裂和油漆脱落现象，影响观瞻，于是将其涂上白漆改为白衣观音，信众又用塑钢重塑一尊，想进行更换。不承想，用告判十六次请示木刻观音，她都不愿退位，并明示希望重塑金身。过了几日，三明市区一位经营布店的黄姓老板来到圆通寺，告之住持，他前几日做梦，梦见灵台山一观音穿着白衫问他要新衣。于是，这位客商出资为木刻观音重塑金身，让其永受香火。连城冠豸山和宁化客家祖地得知圆通寺有尊观音未开光，都来请她，用告判请示她，她都不愿去，要留在灵台山。因此，留下"不愿换观音"和"不愿去观音"的故事。

登上灵台山主峰，就到了始建于明朝的翠峰寺，该寺20世纪"文革"期间被破坏，于1996年重修，是一座以土木结构为主，小巧玲珑的寺院。寺院里左边有一株百年茶花，枝繁叶茂，每年春节前后几百朵红色的茶花如约绽放，娇艳夺目，似彩霞停驻枝头，为寺庙增添了勃勃生机，许多游客争相拍照。寺院里右边有一只灵验的石龟，据说是欧阳真仙当年的坐骑，因迷恋灵台山醉人景色不愿离去，真仙把它留下修炼，后坐化为石龟。因故，翠峰寺过去也称醉峰寺。寺院前建有一座规模宏大的万佛堂，高三层，大楼套小楼，外观呈八角形，内部回廊环扣，中间小楼稍高，屋顶为莲蓬状，独具一格，让人回味无穷。万佛堂里供奉了上万尊形态各异、大小不一的佛像，高的达三四米，小的仅二三十厘米。一踏入万佛堂，顿时让人肃然起敬，再强悍的心也有放下屠刀立地成佛的念想。

福源寺位于中轴线的末端，在大山深处，青砖灰瓦、古朴典雅，绿树掩映、修竹摇曳，对岸五条山脊并排直下长潭河，好似五龙汲水，又像五马争食，是块极佳的风水宝地，很早以前就有道士、僧人在此结庐修炼。相传，出生在后唐的欧阳真仙，于宋初在清流赖坊的大丰山修炼，经过灵台山，看到此山云遮雾绕，仙气缥缈，古树葱郁、涧水潺潺、松竹弹奏、飞鸟和鸣，是一处上好的修行之所，于是，真仙率弟子在灵台山筑茅屋立行宫，常到此诵经传道。欧阳真仙在大丰山圆寂后，为纪念真仙，信众便将这座山命名为仙人岭，也称仙人峰，并在山中筑建欧阳真仙庙，祀奉欧阳真仙，成为灵台山寺庙群的发祥地。后又在近处择一盆地兴建福源寺，供奉释迦牟尼、观音菩萨、弥勒佛等，四邻八乡信众相约上山朝拜，到此祈求平安吉祥。

　　你看了庙，拜了佛，还意犹未尽，可住下来，早看云海升，晚观红霞飞。尤其在夏秋两季的早晨，或是在雨后天晴的时刻，山雾似纱似云，从河面从山脚一团团、一簇簇地涌向山腰，飘过山顶，村落、山野若隐若现，人们似乎在云中，仿佛在天上，进入了传说中的仙境。傍晚，夕阳从大佛对面的山顶上慢慢西去，像出嫁的大姑娘，涨红着脸，在云中一步三回头。这时，你也许有追随她而去的念想，但别忘了，你还在山中。

看 海

◎魏国隆

对于我们山里人来说，海是神秘的，是梦幻般的。最早对海的认知来自小学课本，里面有"大海航行靠舵手，万物生长靠太阳"的诗句；后来读了海明威的《老人与海》，了解了老人以老弱之躯在海里勇敢地与马林鱼、鲨鱼搏斗的生动情景；再后来读了李白的诗《将进酒》，里面有"黄河之水天上来，奔流到海不复回"，《行路难》中有"长风破浪会有时，直挂云帆济沧海"等句子，海的朦胧与扑朔迷离时常在我心中萦绕。很想去看一下真实的大海就成了我梦寐以求的事。

三十年前的夏天，这个梦想终于实现了。县教育工会组织先进工作者去杭州和厦门参观，我是成员之一。我毫不犹豫地选择去厦门，因为我要了却魂牵梦绕的看海梦！在三明火车站乘上火车，火车在鹰厦铁路上穿行，那时是绿皮车，时速六十，谈不上风驰电掣。

首次去厦门，有点好奇，隔着车窗，欣赏着沿途风景。永安、漳平、龙岩、漳州等城市风貌第一次进入我的视野。约八小时，火车徐徐开进厦门火车站，随着人流下车、出站。

闻名遐迩的鼓浪屿就在眼前，抑制不住心中的激动，赶往轮渡，乘上开往鼓浪屿的轮船。轮船在大海上航行，海风迎面吹拂，激动的心仿佛要跳出来，第一次和大海这样亲密接触，心潮澎湃，大海的湛蓝、深邃、开阔都超乎我的想象。此时真正理解了"海阔凭鱼跃，天高任鸟飞"的含义。同时也情不自禁想起歌曲《军港之夜》中那优美的歌词和旋律："军港的夜啊静悄悄，海浪把战舰轻轻地摇，年轻的水兵头枕着波涛，睡梦中露出甜美的微笑。海风你轻轻地吹，海浪你轻轻地摇……"作者把大海、海浪写得那样浪漫、美妙、神奇，那样富有诗意！缓过神来，已到了鼓浪屿。

漫步在鼓浪屿步行街上，欣赏着一栋栋风格独特的欧式建筑，倾听着那悠扬的钢琴声，还有那日光岩、菽庄花园、林语堂故居、美国领事馆等景点都会让你流连忘返。但看海的兴致意犹未尽，匆匆走了一圈，又买上一张票去看金门岛。轮船在浩渺的海面上航行，站在甲板上，举起望远镜，遥望着海的前方，认认真真地看，生怕错过一景一物。突然，导游说前面就是金门岛，耳边仿佛响起万炮齐发的轰隆声。是呀，哪有什么岁月静好，今天的幸福生活来之不易，都是无数解放军战士负重前行、奋勇牺牲换来的！望着苍茫大海，我思绪万千，心情久久难以平复。大海的博大、大海的宽广、大海的波涛汹涌已深深印在我的脑海中。

2015年秋，曾到泉州崇武一游，除了看古城，那就是看海了。受不了海的诱惑，匆匆游完古城，直奔海边。一眼望去，远处大大小小的岛屿映入眼帘，海上千帆点点、百舸争流，好一派繁忙的景象。遥想四百多年以前，倭寇如那波涛汹涌而至，烧杀抢掠、无恶不作，是我英勇的戚家军奋不顾身，击溃来犯之敌，还这海上宁静。如今，倭寇早已消遁，但那伟岸的戚将军石雕像，永远迎着海风，威武地矗立着，仿佛在呐喊："犯我中华者，来者必诛！"夕阳西下，岁月如烟消散，仿佛一场场惊心动魄的战斗就发生在眼前。海水退潮，海滩上露出了细细的柔软的海沙，三五成群的人们在捡拾贝壳、花蛤等，走在沙滩上，踩出一行行清晰的足印，宛如跌宕起伏的人生历程。

夜幕降临，一轮明月在海那边慢慢升起，水银色的月光倾泻在海岸边的礁石上，我不禁想起"海上生明月，天涯共此时"的美丽情景。海风吹拂着我们的面颊，海浪拍打着我们的耳膜，沐浴在这皎洁的月色中，倾听海风、海浪构成的优美交响乐，真的令人心旷神怡、好不惬意！

风　景

◎江长标

一

在熙熙攘攘的"闹世"里，喜欢沿着河滨公园慢慢行走，这是小县城最宜人的场所了，也是我上班的捷径。路旁许多人家养花种草，或栽些蔬菜瓜果，看得人心里暖暖的。

走过九龙桥头，一大片木芙蓉扑面而来。这些花开在堤岸上，一天三变，初开为白，后逐渐变为深红、紫红。一树之上，白里透红，衬以硕大如掌的绿叶，没有丝毫秋之萧瑟，却似春天。宋代词人吕本中以诗赞誉："犹胜无言旧桃李，一生开落任东风。"

继续向前，右边有铁栅栏与民房隔开。栅栏上缠绕着正在盛开的月季，丝瓜、南瓜还在努力地开花结果。栅栏内是紫红的鸡冠花、粉红的茶花，有一株三角梅沿着铁线爬到房顶，红艳艳地铺满了整面墙壁。还有许多不知名的花，姹紫嫣红，闪亮着。时值金秋，丹桂吐蕊，小城的空气里处处弥漫着淡淡的清香。龙津河在静静流淌，可惜我没有一叶小舟，更无操船之技，不能像陆游一样"飘然烟雨中"，更没有他那"天教称放翁"的豪情。

秋天，是生的蓬勃与美好，是光的灿烂与温存。只要爱心常在，人生处处皆美景！

二

夕阳西下，红霞满天，我又开始了一天一次的旅行。其实，这只是一个人的漫步，在静默中体察和欣赏生活的美。

九龙桥上，有人甩动钓竿，一次次抛下钓饵，他们只是慢悠悠地等待着，等待着。他们在享受过程，享受生活。

龙津河两岸，身旁不断有行人走过。有时，是牵着孩子的一家人；有时，是亲密无间的几个朋友；有时，是互相搀扶、步履蹒跚的老两口；有时，是像我一样边走边看的独行客……他们就像这条河，按照自己既定的方向流动着，流动着。

时至夏日，蛙鸣此起彼伏、密如鼓点。我喜欢这声音，常驻足聆听，仿佛时间并不存在。

转眼到了秋天，紫薇花开得正盛，在夜色里虽然有些朦胧，但在明与暗的光影里却别有一番韵味。或许，这样朦胧的夜色，正是秋的波澜吧。而那柳条时不时被风卷起，在夜空中飘来飘去，轻轻柔柔的。轻轻触摸，一股生命的律动从手中缓缓升起，漫向全身。

一路走来一路景，生命，在恰当的时间、恰当的地点，尽情地绽放自己。

三

雨水渐多，春色渐浓。梨花探过铁栅栏，桃花粉面含羞。桃红梨白，一个艳丽，一个素淡，矜持着、恬静着，都在漫天的雨丝下做着各自的梦。

一棵木荷树，不时地往路上洒落白色的花瓣，落花铺了一地。记得年少时曾提着篮子在老家后山拾过它。母亲说，如果拾到六瓣的，此生就能遇到最大的幸福，但直到此花落尽，也不曾拾得。

七八棵木荷树簇拥出一个小树林，一缕缕花香袭来，洁净、安详。一道小溪流从树林边汇入龙津河，水声潺潺悦耳，可我心里满是那木荷花，溪声总也流不进去。多少往事都已渐行渐远，就如这条路，远到天边，犹有更远处。

路旁，紫丁花正在怒放，像一簇簇渐燃渐旺的火焰，肆意泼洒着蓬勃的春光，酒一般深重，诗一般隽永。今日走来，鬓发已苍。

四

"夜饮东坡醒复醉，归来仿佛三更。家童鼻息已雷鸣。敲门都不应，倚杖听江声。长恨此身非我有，何时忘却营营。夜阑风静縠纹平。小舟从此逝，江海寄余生。"

读罢苏轼《临江仙》，我仿佛看见了那个在夜晚的岸边静听江声的老人，仿佛听见了他与涛声的共鸣——那一定是窾坎镗鞳如周景王之无射、魏庄子之歌钟的黄钟大吕。我因此爱上了那悠扬隽永、富有情怀的江流之声。

不曾忘记，绕村而过的那条小溪，穿行在大大小小的石头间，曲折婉转地低吟浅诵，给我带来的童年欢乐。

不曾忘记，在平潭海滩，在越来越浓重的暮色里，第一次见到大海，奔涌而来的晚潮，雷鸣似的轰响，令我的灵魂为之战栗。

现在的我站在九龙桥上，凭栏听水。那汩汩浪涛，仿佛就是无边无际翻腾的海，一声又一声，一阵又一阵，永不止歇。又仿佛是永无尽头的丝线，细细密密，将人的思绪牵得很远很远。

第二辑 / 清流日子

清流之城

◎文 净

　　武夷山系从北向南蜿蜒而来，一路分脉，脉又生脉。由宁化凤凰山分支的一列山峦，进入清流县境后，群峰渐陡，山势逶迤，远望如游龙破空而出，掠地而行。这条"小龙"仿佛决意要冲破千山万嶂，奔向自由浩瀚的大海，然而正当它要昂头越过九龙溪的龙津河段时，却被碧水萦绕的一片美妙土地迷住了。这片土地呈圆弧形依山傍水，仿佛一颗圆润的玉珠遗落人世，又被飘带般的龙津河日夜擦拭，倍显水灵亮丽。"小龙"一迷上"玉珠"便不再远行，于是在河水的晃动下摇头摆尾地衔珠逗乐，"游龙戏珠"便成了山城的一道永恒的风景。

　　九百多年前，一位远道而来的官员构想设置清流县时，一眼就相中了这颗"明珠"。自此之后，尽管朝代更迭，人事变换，这里一直是清流的县城。

　　好几回登高俯视那颗"明珠"，总诧异大自然何以会有如此出人意料的妙笔。从白云生处流淌而来的九龙溪水，眼看就要冲开薄薄的"龙脊"直流而下，偏偏出其不意地沿着"龙身"经"龙头"而上，几乎兜了一个圆圈，而后贴着"龙脊"的那边向前流去。于是这个如今被称为龙津镇的地方，便如一朵芙蓉出水，也如一轮明月临波。而看过清流县城彩色照片的人，更以为那是一方仙岛。

　　那一日，从浊尘弥漫的都市驱车来到这里，一下被龙津河那透彻的清和纯真的绿迷得怔怔发痴。据说清流之得名，就缘于萦绕城根的这条清清的河流。难得的是，岁月的污染不知使多少美丽的地方变得徒有虚名，清流却依然清水长流。今天，越来越难以觅得几多净地的游人终于悟出，清才是风景名胜的灵魂，旅游文化的精髓。不信你就去看岸边的竹丛、临河的亭阁，溪底的青藻，滩上的山鸟，它们不正是因着清水的润泽、辉映而倍显美丽与灵动的吗？而街面上姑娘多情的眼波、老人明亮的瞳仁，不也都泛动着溪水的清韵吗？不必人倚桥栏，也不必舟泛波心，你只需坐在家中，便有溪声盈耳。水清风自清，频频把花瓣送到你的书案，把彩蝶送到你的床头。沿河单面街的那一住户就说了，每逢夕暮时分，把小圆桌、小竹凳往门前一摆，无边的夜趣便随之而来。当岸边细嫩的柳枝轻拂着小圆桌上的紫砂茶壶时，纵然茶壶里没有好茶叶，也绝对能泡出不绝如缕的茶韵。来杯酒吗？那碟中的佐酒之物，少不了"龙津虾""龙津螺"，这些从龙津河刚刚捞上来的鲜灵水货，会把你的酒兴推向极致。下盘棋吗？且搬来一副"龙津象棋"，那是用龙津河底的天然石子做成的，水亮光滑，大小均匀，棋子落盘，声声悦耳。而当灯光稀落、夜色阑珊之时，这个小小的县城就如泊在山脚的小舟，在一弯清流的拍打下轻摇慢荡。在轻摇慢荡中悠然入梦的山城人，那梦境能不美吗？

丽山秀水之地，往往也是管弦歌舞之乡，令人惊异的是，四面皆山的清流，荡人心旌的却不只是带着野趣的山歌。如果你漫步街巷，不时会看见大人小孩在那里眯着眼睛弄笛拉胡，他们演奏《韭菜开花》《七月歌》这样的山腔乡调，更演奏《梁祝》《春江花月》这样的优美典雅之作。在凤翔山公园，每天凌晨都会有阵阵婉转悦耳的女声从林间飘起，唱的竟是京剧、越剧的段子。到县文化局去坐坐，你可以看见满墙的奖旗奖状。原来在全省全市的文艺活动中，小小清流县竟夺走那么多令人钦羡的荣誉呢。于是你就会想，能有如此浓厚的文化氛围，这个小城必有高人。一问，果然有。大提琴主奏曲《采茶谣》的作曲者王连三就是清流城关人。这位早年师从德国大提琴家曼哲克教授、20世纪40年代就享誉中国台港音乐界的大提琴家，用欧洲风格的曲式演奏出一曲曲表现东方民族生活的华章，而且达到了水乳交融的美妙境界。王连三的这种可贵的探索精神和超凡的音乐创造力，正像那清清龙津水，悄悄地浸润着这里的人们。

不知是哪位慧眼独具的人，把这个小小的县城称为"内陆鼓浪屿"，善哉妙哉，因为这个县城不仅像鼓浪屿那般临波映水、玲珑雅致，而且也一样充塞着孕育乐坛奇才的天地灵气。如果你漫步城区还会发现，这几年清流县城耸立起来的建筑物也是那样富于巧思，别具风姿，像鼓浪的楼群一样流动着音乐的韵律。

　　从地图上看，清流离那人流熙攘的都市确实是远了些。原先我以为隔世绝尘之地，大抵车马寥落。到了那里，才发现竟日日高朋满座，连"老外"也频频光顾呢。一问，自从那条水泥路贯通三明之后，行路已不再难。汽车沿着绿荫如盖的路面哗哗前行，既无颠簸之苦，亦无沙尘扑鼻，一路山回路转、树绿花红、溪声鸟语、白雾清风，两三个钟头的路程，不知不觉就到了。龙津县城风光好，城外的许多景点也丽质天成，且不说层峦叠嶂、峭崖奇绝的大丰山，也不说从温郊到余朋的那段迷人的绿色走廊，你只需从龙津河顺流而下，那嵩口水库筑起的几湾碧水、数重青山，便足以使你俗念尽抛，宠辱皆忘。游兴未尽吗？且先到嵩口洗一回温泉汤，再往下漂流。沙芜库区那轻舟与牧牛相映、渔歌与山歌互答的景象，还有岸边那曾经轰动八闽的更新世晚期人类化石的发掘地——狐狸洞，该勾起你的多少幽思？无怪有那么几个台商对清流山水一见钟情，索性在这里办起了农场、果场，一边收获那令人垂涎的新款水果，一边尽享田园牧歌般的潇洒与抒情。

　　山城风情美，最忆是清流。

此心安处是吾乡

◎杨　丽

　　我不是清流人，我是清流人的媳妇，但是朋友们说嫁了清流人就是清流人，这是中国文化传统。

　　2016年，我在三明文联举办的"闽光杯"征文颁奖会上，邂逅了几位清流作家，他们说原来你也是清流的作家。祖籍汉中、落生陇上的我，因为千里姻缘和从来没听说过的清流有了千丝万缕的联系。

　　那年，一纸调令，我们抱着刚过周岁的琲儿，坐着绿皮火车从兰州出发，一路经过陕西、河南、山东、安徽、江苏、上海、浙江、江西，翻越千山万水，走了三千二百多公里进入福建，停留在三明，在沙溪河边安家立业，养育女儿。清流，隶属于福建省三明市。第一次从三明坐长途汽车翻山越岭，拐了九百九十九个弯，五脏六腑翻江倒海，一路晕车到了清流。昏睡三天三夜后，站在北山，看龙津河穿过群山，清清溪水围绕着县城潆洄环流，勾勒出一个S形太极阴阳线，一栋栋楼房高低错落星子般依河而建，似排列有序的天体星象。此城只应天上有，为何下凡到人间？巧夺天工的大自然唯独垂青了这个山中小城，把这一方山水慷慨地馈赠给了千百年后一群深谙道家思想精髓"阴阳和而万物得"的中原人。

　　这里是先生血脉相连的家乡，我天晕地转千百回，也要伴随着他一次又一次踏上这片生他养他的土地。千锤百炼，我终于在颠簸呕吐中，直把他家当我家，此心安处是故乡。清流，宋元符元年（1098）置县。并不是我以为的,在大山深处,不通火车,交通不便。清流,早在明清时期,一直到20世纪五六十年代,龙津河上桨橹声声,百舟齐发,顺流南下,汇聚闽江,运去本地的乌桕、笋干、豆腐皮、粉干等山里的土特产,带回福州城的布匹、食盐、火柴等日常用品。千山阻隔,有水就有路,一条河是清流人走出去的通道。行走在福建,一条河、一座祠堂、一处大厝、一眼水井、一条鹅卵石小路,甚至于一片瓦一块砖都在反复讲述着中原人南迁的历史。清流,以一座山讲述着一段不一样的中原人南迁的历史。中华民族自古崇山敬水,几乎每一个地方都有一座神性的山,承载着人们的精神崇拜,心灵寄托。灵台山,位于清流县长校镇境内。长潭河环绕四周,沿河两岸悬崖峭壁。俯瞰,形如观音坐莲,山水交融、云缠雾绕、翠竹青松,氤氲着神圣之气。自西晋末年始至清代,中原人五次南迁的历程镌刻在灵台山台阶中央的斜坡层面上。中原人因战乱和天灾人祸,一路南下,一口气走到灵台山下,垒灶伐薪,取水煮饭,大山深处炊烟袅袅升起,三百六十五个姓氏落根清流,在这块富饶的土地上与当地人一起垦荒辟地,繁衍生息,演变成一支客家民系。后来客家人又陆续从这里向四周迁徙、扩散,清流一带的客家人成为闽、粤、赣周边的客家先民。客家人继承着传统中原文化的衣钵,信奉天人合一的自然法则。迁入者必到灵台山谒拜求平安,迁出者也会到灵台山问前程。"进了灵台门,才算客家人。"灵台山,成为客家人的精神圣山,被客家人认定为"客家祖山"。外甥姓马,是客家人,这一路他不停讲述着客家民系的形成和迁徙,灵台山是客家祖山的原因。说一千道一万,其实就是两句话,清流,是客家祖地;灵台山,是客家祖山。外甥一笑说:"一个作家应该善于无边想象和发挥,我说两句,你写一本书才对。"不敢说我明白了什么,上下一千多年中国人口大迁徙的历程,客家民系成因的血泪史,先生黄姓的由来,非得搬出县志、史书、祖谱,才能理清个头绪。顶着大太阳上了六百七十二个台阶,一座高四十五米左右金光灿烂的大佛铜像,身披袈裟,头戴灵冠,面向西方,端坐在莲花台上。外甥说这是定光大佛,是闽西的地域神灵,是客家人的保护神。大师生前,在闽浙赣周边地区除蛟伏虎、疏通航道、活泉涌水、祈雨求阳、赐福送子、筑陂止水,屡显神灵,为客家百姓赐福除恶、救苦救难,法力无边。大师过世后,百姓收舍利遗骸骼塑为真像,尊奉为佛。后被朝廷敕赐"定光园应普慈通圣大师",成为客家人的民间信仰。如今,哪里有客家人,哪里就有定光佛信仰。血液里汩汩流淌着中原血脉的清流客家人,祖祖辈辈传承着中原文化,河洛文化和百越文化在这里碰撞交融,共同创造了灿烂的客家文化。清流,有一群我熟悉的文友,他们常年走乡串户,以文以图,以书香典籍,以一套十册的《清流客家系列丛书》的形式,从定光文化到客家风情、从古建凝固的乡愁到民间小调流动的乡音、从诗词墨韵到摄影礼仪、从古村古镇到红色遗址,在时光深处打捞起客家人几千年的生活碎片,以呈现客家人日常生活的方式,守护着客家文化的根和魂。

二去先生的家乡就像剥笋一样,一层又一层。灵地,清流南面的一个镇。一个四面环山的小盆地。因为最早是林姓居住地,故称"林地",后李姓、黄姓迁入,取"人杰地灵"之意改名为"灵地"。中原人南迁的历史有多长,灵地的历史就有多长,从宋元明清至今,一个有七百多年历史,百分之九十六的人都姓黄的灵地,文化底蕴丰厚,贤声远达,人口众多。古宅、老屋、祠堂比比皆是。十七座黄姓祖祠以沧桑、颓废或完好,紧紧连接着一家又一家的血缘亲情。寻根问祖,可以从一代又一代人叠加的宗祠族谱里一目了然。灵地黄姓源出于福建邵武禾坪峭山公。峭山公第十二子福公由邵武迁闽清,福公曾孙显公由闽清迁至永安安砂,显公曾孙满公由安砂迁至清流洞口村定居。宋理宗绍定元年(1228),满公之子少卿公又迁至田源村定居,少卿公之孙仁杰公又迁灵地定居。仁杰公为灵地黄姓肇基始祖。仁杰公在灵地至今已繁衍二十七世。祖先崇拜,是灵地黄姓神灵一般的存在。

出生在兰州的琲儿刚懂事时,不明白为什么在兰州姥姥家的所有亲人都姓杨,只有她姓黄。三岁时带她到灵地,进黄氏宗祠,见谁都叫黄爷爷奶奶叔叔婶婶,她一副懂事的样子说原来姓黄的都在这里。一个人,与生俱来都有"我是谁?我从哪里来?我属于哪里?"的追问。来到灵地,三岁黄童也于懵懂中似懂非懂地明白了自己的来龙去脉,血脉亲情的缘分根深蒂固在骨子里。

黄姓祖先历来重视教育,是文士荟萃之乡。曾经灵地各房设有书屋,奖励子孙求学,组织"斯文会""文昌会"激励子孙。在祖祠、寺庙开办书院、塾馆，聘知名学者授书育人。我的公公毕业于民国时期的"省立长汀师范学校"，曾在长汀、永安、宁化、清流执教，在清流二中退休。一生教书育人，为人师表，桃李满天下。三从灵地镇到姚坊，大路旁有一座歇脚亭。那是先生小时候每天上学放学必经的地方，亭里亭外都是他童年的记忆。出村时看到小亭两边的一副联："松涛阵阵留君坐；河水决决送君行。"顿时对家乡有了万般留恋，且放慢远行的脚步，歇脚亭再坐一会儿。游子归来，迎面又是一副联："亭虽简陋堪避风雨；路无远近一歇何妨。"瞬间泪湿眼帘。家乡，敞开胸怀迎你如昔，回来了，终于回来了，所有的风雨小亭为你遮风挡雨，安妥疲惫的心。踩着鹅卵石铺成的小路，走过石板桥，走进老屋。一家三代人欢天喜地相迎，鞭炮响起来，酒席摆上来，全村的人兴高采烈都来喝酒吃肉。我水土不服，皮肤上出现红疹，又被蚊虫叮咬，把婆婆熬制的汤药涂了一身。福建，属亚热带海洋性季风气候，温暖湿润，夏季漫长，河多树多雨水多，又热又潮，蚊虫滋生。我该早点明白，简称"闽"的福建，门里一个虫，就是蚊虫多的意思。著名的花腿蚊子、小黑虫，谁也躲不过。一个全村人都姓黄却叫"姚坊"的村庄，有着怎样的故事？月光洒在院子里，竹影摇曳，一缕清辉穿过窗棂射进屋里，躺在不知睡过几代新媳妇的雕花大床上，我想象着这片土地上的故事。走在村里，全然不顾蚊虫叮咬，目光流连在几百年以前的飞檐翘角上，一段残垣断壁，几处精刻雕花静默无语。文甫公祠、"瑞启麟书"堂、"蓬堂揖秀"堂、先雕公祠，还有自家的老宅，都已经老旧，记不得曾经的故事。大哥说，这里最早居住着姚姓，黄姓迁来后，日益强大，姚姓人家渐渐稀少，迁出外地。没有爱恨情仇的故事，没有刀光剑影的血拼，物竞天择，适者生存。一切就这么简单。

姚坊，地处海拔八百米的鳌峰山脚下，罗口溪水缓缓流过村庄，这里是先生童年的乐园，河里游泳不教自会，河里抓鱼，竹排上撑竿，熟练自如。河水汤汤，润泽着两岸的土地。姚坊从来不缺水，人们喝的是山泉水。姚坊冬暖夏凉，河雾缭绕。在满山遍野贫瘠的红土地中，姚坊却独有一块肥沃的黑土地。黑土地上盛产的红荷芋，有近三百年的种植历史。芋芽粗红、皮厚少毛、多须个大，香酥滑糯。传说是仙女丢失在福潭寺荷塘坝的一串珠宝项链变成，仙女所赐，独一无二。同样的芋种，隔一里地种植，已经变味。做了黄家媳妇，第一顿饭是公公在学校亲自煮的"牛肉芋子煮粉干"。吃面食长大的我，不习惯吃煮米粉。后来才知道，一碗牛肉芋子煮粉干，如同兰州人的清汤牛肉面一样，是一腔怀旧，是浓浓的乡愁，是姚坊客家人招待八方客人的一道必不可少的美食，是清流北里贤乡的一道名吃。珺儿自小吃奶奶煮的"牛肉芋子煮粉干"。长大后，远去异国他乡，每一次回家，列出一长串必要吃的美食中，就有"牛肉芋子煮粉干"。客家人的生活、饮食习惯是珺儿与生俱来的基因，无论天涯海角都影响着她的精神状态，一触即发。看似简单的一碗"牛肉芋子煮粉干"，煮起来却颇多讲究。芋子，必须是姚坊的红荷芋；牛肉，必是黄牛；粉干是自家手工制作的粉干。红荷芋切菱块，牛肉切片。热锅爆炒牛肉至半熟出锅。翻炒红荷芋半熟加热水煮熟，放入粉干同煮熟后，倒入牛肉，放姜丝，加老酒、盐、胡椒粉、鸡精，最后撒上葱花。水不能多也不能少，多了味寡，少了成糊。来吃牛肉芋子煮粉干、芋饺，是居住在福州的姚坊人聚会的理由，一桌的美味佳肴，抵不过一碗飘着家乡浓浓芋香的粉干。

舌尖上的味道，是一个家族温暖的记忆。清明祭扫，是连接血脉相连同宗同族人的纽带，是客家人盛大的节日。祖宗虽远，祭祀不可不诚。每年清明前，散居在世界各地的客家人情系乡邦、不忘桑梓，不远万里飞回祖地，虔诚祭祖。同族相聚，祭奠先祖，热闹而隆重，远胜于春节。祭扫，由同宗各户男丁轮流主持。这一年轮到先生主持，先生离家多年，所有祭扫事宜都由大哥大嫂操办。我们清明前一天抵达时，厨房里灶火正旺，族人们正在做上贡用的寒食。香烛、纸钱、祭品都已经准备就绪。4月4日清晨，大嫂早早起来，清案燃香，献茶果。同宗的族人排着长队，一路敲锣打鼓吹唢呐浩浩荡荡去山里祭奠始祖，队伍前头两个小字辈举着明黄色的幡旗，幡旗中间一个大大的"黄"字在风中忽隐忽现，中间几人挑着贡桌、贡品。客家人清明祭扫，并不排斥女性参加。但一般女人们都留在家里，在厨房里忙活着准备中午的宴席。经过大哥的同意，我跟着祭祖的队伍一起出发。上山、锄草、砍树、开路、摆贡品、燃香，孝子贤孙按宗族长幼，排排跪在绿树掩映下乾隆年间的墓碑前；面对江夏黄氏始祖，一杯黄酒祭天地、敬始祖，在诵经般的口令中一叩首、再叩首、三叩首；然后主祀人高声诵读祭词，抑扬顿挫的声音回响在山林之间。我从半懂半不懂的客家话中听出是在感念始祖赐给生命、福荫子孙，佑我辈身体健康、万事如意、家丁兴旺、安居乐业。最后告知先祖，良辰吉日家族前来祭奠的人员，我听见先生、我和琲儿的名字。杀鸡血祭后，烧祭文、化纸钱、放鞭炮。唢呐再次吹响，一行人在幡旗的牵引下离开。袅袅升腾的烟雾散尽了，满山重归寂静。中午的酒肉大席就摆在自家的院子里、厅堂上。宗亲们平日里疏于聚首，只有清明祭祖时，才有机会一年一度欢聚一堂，共沐祖恩，大碗喝着自家酿造的米酒，大口吃着自家养的鸡鸭鱼肉，言谈中敬祖尊宗，讲祖德家训族规，尊学有所得、业有所成，光宗耀祖、孝以持家之族人为榜样。大家说起在这片肥沃的土地上建起的一个个养鳗场、鲜花基地；说起走出村子不再回头的年轻人和去城里带孙子爷爷奶奶的城里生活；说起在外闯荡最终叶落归根回归故里的愿望；说起姚坊的一座座老宅夹在新建的一栋栋小楼间，旧房子不拆不修，朽木破瓦，空占着一方土地。新旧房子混杂，一个村子显得凌乱无序。为什么不学习浙江湖州乡村拆旧建新的管理方式？延续了千年客家人生活的方式悄然改变，人们正在放弃纯粹的农耕生活，又一次背井离乡，去城里生活。千年以前，中原黄姓成群结队地走进姚坊，如今一家一户陆续迁出，散居在各地。无限追忆，万般感叹。夜深酒酣时，抓阄定好来年清明祭祀的主持人家，各自散去。第二天，祭扫祖辈。只有同族的几家人。但程序一样，热闹也一样。第三天，祭扫父辈。只有自家儿女同去。公公婆婆安息在青山之中，留下三个儿子传承黄姓香火。谁能看清谁是谁的轮回？

　　人生，无论是精彩、坎坷、富贵、贫贱，终了只会化作一缕青烟。河水流过千百年，用尽全力人生也只有一世。远道而来，奔波了几天，穿越时空，于生命的来处与归处感知祖先的生命气息和情感温度，安妥了一颗心，熨帖了一腔乡愁，又到了离开的时候。

乡村的露天电影

◎李新旺

很多年以前，小镇是没有电影院的，我们在露天看电影，星星和月亮共赏。

那时每当电影下乡，就像一场盛会，村民们把庄稼提前入仓，让老牛及时归栏。午饭过后，孩子们三三两两，抬着长板凳，争先恐后地赶赴放映点，为全家占个好位置。放映点通常在两处，学校操场和墟场。电影尚未开场，短椅长凳已是排得满满当当，静待老少宾主落座。

起初，电影放映用的是小银幕。至于放映机多大，胶片几毫米，观众不懂，也不关心，只要能放出电影就好。正片上映前，一般会加个"套餐"——放映员自制的幻灯和中央新闻纪录片，这是村民了解时事的重要渠道之一。序幕不可缺，革命歌曲在小镇上空环绕，雄壮、激扬，村民忙放下手中活计，匆匆赶来。有时，镇村干部也会借此机会发布个通知，说点生产生活中的注意事项，效果意外地好。后来，单机换成了双机，小银幕换成了大银幕，时称"宽银幕"，电影里的人物形象变得高大起来。

千万别小看了露天电影，那时放映的可都是货真价实的"大片"。如果还有印象，看过了《红楼梦》《西游记》《梁山伯与祝英台》《画皮》……这些"大片"着实火了许多年。自从《少林寺》上映后，各村忽然冒出许多光头，一夜之间出现了许多拜师习武的青少年，田头地尾，白天黑夜，长拳短腿，虎虎生风，随时可见。那阵势可与现在流行的广场舞相媲美。

而《地道战》《地雷战》《渡江侦察记》，这些电影让孩子们练就了一双"火眼金睛"。电影为乡村送来一股强劲的春风。

那时热衷看电影的当数孩子们。只要听说邻近某村放电影，一群小伙伴结伴而行；有时东村，有时西村，去时暮色渐浓，归来满天星辰。当然，孩子们并非每次都能如愿，扑空在所难免，那是"情报"传递失误，串错了村庄。这点冤枉路影响不了孩子们的兴致。他们一路天高地阔地侃，还有一路蛙鼓蝉鸣做伴。如果赶上农忙时节，孩子们则要乖巧得多。农家孩子懂事早，农田里的活，他们样样都落不下。即便电影再好，也只能忍痛割爱。

除了镇、村组织的电影"公映"，电影"包场"也是常有的。乡里人家好客，喜热闹，逢娶亲嫁女做寿，主人多会包一场电影，请亲朋好友乡亲观看。用乡里话说，一为名声，二为庆贺，三为人气。

前些日子，和老李谈起电影往事，额上的皱纹掩饰不住他内心的激动和兴奋。老李今年六十多岁了，是福建省三明市清流县长校镇的电影放映员，整整三十年，从未离开过乡村电影事业，直到十年前乡村电影退出历史的舞台。在与老李的交谈中，我得知了不少放映人的故事和情结，比如"跑片"。"跑片"是份辛苦而紧凑的活，县上分配给乡镇的电影拷贝计时计量，必须按规定时间接片和还片，否则就会耽误其他乡镇放映。拷贝到乡镇再次分配，放映人一天得跑多场，经常是东村放，西村已经来人等着挑运设备。"跑片"期间，家里再要紧的事都先放一边。几个场次下来，天都快亮了，放映人买来一碗农家面条，算是消夜；困了，拼两张课桌，搭个铺，也睡得香甜。如今，老李做了爷爷，家庭和睦，并不曾听他抱怨什么，依然乐呵呵，酒量不减当年。

山明水净，月朗风清。送走晚霞，洗去一日辛劳和汗水，大小村庄沉浸在幸福温暖的梦境中。多少年了，电影里的故事伴随孩子们的成长渐渐远去。露天电影也成了一代人的情怀和记忆。

（原载《三明日报》，2017年9月24日。2022年10月，获中宣部"我家的'人世间'故事"全国主题征文优秀奖）

"叫化"先生

◎李新旺

论辈分，他是我的堂伯父，在搬迁新居之前，他家就在我家斜对面——一条逼仄的乡镇老街，一座古旧的木瓦结构小房子。"叫化"先生是村里人对他的尊称。从小，我都喊他"叫化"大伯，顺应了大人们的意思。

只是，这两个字应该写作"叫化"还是"教化"，我至今没弄明白，似乎都有道理。好在读音上并没有差别，街坊们不会为喊错名而尴尬。

"叫化"先生的外表难免凡俗，他貌不出众、话不张扬，甚至很有些"猥琐"的样子。走在大路上，他总是埋下发红的鼻梁，碎步如莲，身若蝼蚁，顾自低着头，目不斜视，偶尔喃喃自语，嘴角还会漾出会心的微笑。如果有人前来招呼，或是求教，"叫化"先生非但不抵触，反而十分欢迎。这时候，他仿佛变了一个人，一改羸弱之气，话里话外，滔滔不绝，大至时政要闻，小至市井民生，文至之乎者也，上下五千年俨然成竹在胸。辞赋华章从他胸膛奔涌而出，低迷的神经顿时兴奋起来。

对于穿着打扮，"叫化"先生向来随意得很。夏天一件军绿色的确良中山装，冬天一件蓝布面旧棉袄（晚年换成了军大衣），常常上扣错到下扣，可他却不曾有效地校正。"叫化"先生当然也换装，但这两件衣服依然是他中年以后最重要的装配。

小节不拘，大事不糊涂，"叫化"先生是读书人，自然晓得这个理。

他不抽烟，不酗酒，不与人争名夺利，"让人三尺又何妨"，这是他终牛遵循的信条。"叫化"先生唯一的乐趣就是吟诗、写字、看报纸，遗憾知音难觅。周围十里八乡的村民仰慕他的才气，那一手漂亮的毛笔字，遇有嫁女娶亲、节庆庙会、宗祠盛典，一应红白喜事，便有许多亲朋好友来请，以此增光添彩。"叫化"先生题对吟诗作赋，忙得不亦乐乎，偶尔得个小红包，收获几句恭维话，更令他心满意足。前年我到余朋乡东坑村采风，忽然看见村部展板上张贴着他与县内外文朋诗友们的唱和，哦，原来"叫化"先生并不甘于寂寞。

天性与生俱来，"叫化"先生总喜欢与文化人交往。村里、乡里几位老学究在世的时候，他们会不约而同地走到一起，寻一处安静之所，品茶、研墨、讲古，酣畅淋漓地谈经论道，尽释情怀。晚年，"叫化"先生去得最多的地方大概是镇中学江老师夫人开的小卖部了，因为江老师爱好书法和诗词，常到店里帮忙，两人志趣相投，惺惺相惜，见面即有聊不完的话题，道不尽的辛酸。说起"叫化"先生的遭遇，江老师至今心存感慨。

"叫化"先生祖上开垦过几亩薄田，传到他这辈，正赶上家庭成分划分，他由此被评为"地主"。他自信没干过亏心事，但因"地主"头衔，日子过得很是坎坷。

其实，说是"地主"，他们绝大多数人的生活不比贫农好过，苦菜、糙米、粗糠，能填充饥肠就行。熬过这段艰难而苦涩的岁月，转眼春暖花开，儿女渐次长大了。五男二女，七个孩子，狭小的老木房再难容纳这一大家子，"叫化"先生开始张罗建新房的事。

因了生活的窘迫，"叫化"先生的儿女大多没有受到良好的学校教育，小学读几年就不得不辍学，回家帮衬做农活。年龄更小的两个儿子，读到初中毕业，该升学时，因为家庭出身不好，只允许其中一人上高中。最终，选择成绩更加优异的幼子继续学业。幼子不负父望，1978年高考金榜题名，顺利进入本省一所中专学校，跳出了农门。哪曾料，天有不测风云。那年寒假，小儿子回家帮忙，运砖的拖拉机在半坡打滑，他跳下来推车，结果被倒退的拖拉机给压着了，一条鲜活的生命至此消逝。我记得他的乳名，叫"作田"，正值十八年华。三十年后，"叫化"先生那位半疯半癫的三儿子喝下农药，了却了尘世恩怨。

新居终是建起来了，在离村庄不远的地方，临河，单门独户。

按理说，子女成家立业，子孙满堂，做父母的可以卸下肩上的担子，安享晚年。况且，"叫化"先生舞文弄墨，有美好的理想和追求，确实应该放松了，由内而外，全身心的。可惜好景不长，"叫化"先生不幸患上了尿路结石，整日整夜地痛不欲生。他的子女凑钱带他到过县里、市里求医，但收效甚微，一直得不到根治，"叫化"先生连出门都很少了。繁花似锦，绿韵如潮。在某年初夏，一个风雨交加的夜晚，"叫化"先生趁众人酣睡，飞身投进校溪河，化作一片浪花，随波远逝。一声巨响成为他生命永远的绝唱。

家乡新农村建设日新月异，人民生活水平节节高升。忘了他吧，这首《题福源寺》，他多年前写下的诗歌，或许能为他找到灵魂的尊严：

"仙人峰顶月明珠，万象奇观更特殊。雾绕云遮山隐约，林深花密色模糊。眼前桃李知多少，足下巅峦香有无。清景留人皆自得，虚心一点作冰壶。"

或许还应该补遗。"叫化"先生，真名：李松春。别号：之垂。生卒年月：不详。

（原载《三明日报》，2018 年 10 月 23 日）

吾乡·清流

◎张 华

　　一株兰，在一夜露凝后，悄然绽颜；一盏茶，在一瀑沸水后，舒展浮沉；一座山，在一季沉默后，新绿叠翠；一座城，在一条深巷中，在一道山弯处，枕着岁月沉淀的古老记忆，迎着山乡和煦的晨晖曦光，缓缓而来。

　　远离城市喧嚣，寻一方清新之地，必有一次云水的相遇。

　　这里因"清溪潺绕，碧水洄流"而名"清流"。水是清流的神韵，它在千年客家古邑的倒影中静静沉思，在深山飞瀑的奔涌中驻足聆听，在九龙洞的古老传说中追忆远古，在山巅险峰的日出中观云逐雾……那千年来相承的文脉古风，那万年前深植的闽台同根，那一山一水积淀的生态涵养，都在这场云水的相遇中幻化成了一幅淡雅的水墨画，古老、清新、悠韵而绵长。

　　停下脚步，深深呼吸。把心停泊于喧嚣之外，寻得一份安宁；把心潜藏于山水深处，重拾那份回归。

　　归来何处是吾乡？吾乡是一份淡淡的乡愁。

　　浅浅薄雾中，老屋炊烟已升起，一天从这里开始。深巷之中，旧石磨已摇响，豆汁缓缓流出，豆香弥漫，温暖的气息便是家的味道。古宅深院里，老墙斑驳，兰香依旧，精雕细琢间，传承着一个个古老的祝福。旧宅门前，唢呐吹响，十番锣鼓声起，高低回旋间，一缕乡愁悠远回哧。再汲一壶冷泉，煮酒当歌，所有流逝的时光，所有飘远的记忆，都在一杯杯浅酌中慢慢找回，渐渐浓郁。

夕阳西下，余晖层染。吾乡便在这淡淡的光影中，慢慢沉淀，又渐渐清晰；吾乡便在这浅浅的情愫中，缓缓升腾，又悄悄安放。

归来何处是吾乡？吾乡是一份自在的悠然。

山，在脚下，不再是难以逾越的高度。拾级而上，世事纷扰轻轻放下，留一瓣心香在怀，缕缕清明从心底升起。南山茶园，新叶正吐绿，择几朵芽尖，烹一壶酽茶，冲、泡、对饮，往事在舌间品味，悠然在唇齿缓缓回甘。世事万千，可从容，亦可放下。樱花园里，芬芳已尽染山头，拈一缕花香沁脾，看一季落花如雪，时光穿梭，而花下是永远的少年。温泉深处，雾霭蒸腾，与水相融，涤净万千尘埃，寂静的岁月深处，独享这份自在与安然。

放下心头羁绊，与内心真诚对视，只在那一瞬，初心回归，简单而质朴，轻松而悦然。

归来何处是吾乡？吾乡是一份心底的守望。

古道深深，老屋巍巍。每一处残破的旧宅院里，都有曾经温暖的烟火；每一条沉寂的深巷中，都有曾经爽朗的欢笑；每一口老井边，每一条青石路上，都曾落满拥挤、匆忙、闲适和人生里的来来往往。老樟树下，旧学堂里，恍惚书声渐起，从土壤里贪婪汲取厚养，而终有一日打开一扇扇窗扉，游子在去往远方。时光已远，乡情犹在。而无论往何方，总有一缕目光在身后默默守望。

归来何处是吾乡？静静等待，等待每一次花开，每一次远行，每一次归来……

（原载《三明日报》，2022 年 3 月 16 日）

已把他乡作故乡

◎张　华

　　城市的发展是一面镜子，它从历史远处走来，折射着今昔，映照着明日。

　　时光易老，一晃来清流小城已二十余年。二十二年相守，对小城的山、水、人、文、风有了更多的了解，并深植于心，它的简单与恬静、喧闹与繁华，它的昨夜与今晨、来去与过往……

　　二十二年前初到小城，便觉小城极小。出门二三百米，街道似乎就到了尽头；环城仅需半小时，市井巷尾就摸了个熟。当时小城所有的繁华几乎都拥挤在小小半岛之内。在老一辈人记忆中，他们儿时小城只有文化街和生产街两条街道，以圆石、石板铺成，窄的地方两旁商铺的遮阳布挂出来就可以连在一起，当地人笑言"左手买香烟，右手买火柴，东门磨豆腐，西门听得到"，可见其小。出了半岛，就越过了老城墙，如同出了城。

　　小城亦古。城里老人至今还常常回味清流古八景之姿，东门桥头过去有一座雁塔，每年春秋鸿雁迁徙，多从塔顶飞越，与晨钟相映，名为"雁塔晓钟"。在小城之南青山绵延处，可见白云层涌，缭绕半山，恍入仙境，名为"南极白云"。夏秋之夜，于东门倚桥望月，皓月当空时，水中同一轮明月，名为"龙津望月"……而今，古八景多数已只能在老人们的叙述中回味，在老照片的余影中想象了。

　　小城慢慢地越过龙津河，越过北山，向东拓展，向北延伸。向东，这里曾是绵延的东华翠嶂，家中老辈人讲述，过去这里四处青山，极为偏远，小孩们往往三五成群来此，家里条件好的推着板车，条件差的挑个扁挑，带把镰刀来此砍柴拾柴。而今这里已成了小城的新区，建起了汽车城、建材城、新汽车站、文化三馆，一条笔直宽敞的道路延伸向小城的远方。东华翠嶂之下，古时曾有一座东华书院，科举时代，不少青年负囊背米，来此读书，俗称上东华。今日东华山下，依旧书声琅琅、书香浓郁，城关中学、孔子公园的兴建将古老的书香之风继续传续衍播。

而向北，北山新城无疑是新时代的愚公移山之笔。北山过去名为北寨山，与县城仅一河之隔、百米之遥，20世纪50年代还曾有虎豹出没，猎猪伤人。1997年我初到小城那年之夏，因连续暴雨，北山滑坡，泥石流挟石而下，若继续流入龙津河，阻塞河道，隐患极大。北山改造工程由此而启，此后二十余年，筑堤建渠，拓路清淤，并于沿河之侧建起苏区广场，又开山辟新，移山造城，数十幢新楼拔地而起，而今已成为一座新兴之城。城市的发展往往超出人的想象，今日立于北山之巅，城市新姿尽收眼底，它已不再是初识的那座固守半岛的小城。新城继续向北延伸，北山之后，曾经的桥下乡郊俨然又成了一座新区。

静寂的时光流淌中，小城愈发隽美。1997年初来清流时，城区仅一座街心公园，最早为武庙，建于1972年。街心公园内，梧桐、广玉兰郁郁葱葱、清韵飘香。园内还有一座六角凉亭，金黄琉璃瓦，是人们休憩之所。而今日，城市公园却如星点缀，绿荫成廊。沿河而行，十二公里两岸，步步为景。可于九龙公园品读九龙赋，于龙津桥下端看现代书刻，也可至南滨世纪公园细悟二十四孝石雕。可行于木栈道，听蝉鸣于耳侧，观柳拂于清风；也可行至水门堤岸，看青山倒影，华光流淌，随水潺潺而往。还可继续登高，至铜锣山公园，环绿道而行，于半山俯瞰小城的今日，期想他的明天。城市之美还在于这样静好的时光里，于清晨，薄雾浅风中，看山色渐明，小城初醒，如此之清丽；于夜幕，微波轻漾处，听虫鸣细语，伴华灯初上，如此之和煦。

城市发展是一面镜子，折射着国家七十年发展之程。二十二年前，我远离故地，植根于此，在青春光阴的歌行中，寻觅着这座城市的过去，经历着他的当下，共期着他的未来。而这座城市，在青山碧水相映中，在历史义脉的延续中，在继续向前的时光中，愈发生机勃勃。

（原载《三明日报》，2019 年 9 月）

冬日清流

◎兰茶英

一

　　猜想，未回之前，清流城的冬日已经威风凛凛以待；回来之后，清流城的冬日正轰轰烈烈、如火如荼地上演。

　　可是，清流城的人依然十分平静，他们对自己的天气知根知底，熟知脾性；他们知道自己的大戏演到第几折，是文是武，是苦是烈；他们有赵子龙大战长坂坡的刚烈与气度，兵来将挡，水来土掩，三十六计，条条是道，哪一出、哪一计，胸中分明。日积月累，年岁相迭，清流城已经从两军对垒、剑拔弩张中悄然而退，演练为诸葛亮七擒孟获的从容与闲余。尽管，清流被冬气围个水泄不通，但他们总能见缝插针，翻出五颜六色的花样。一件小棉袄，有莲花围领、百合翻领、剑兰立领。按照袖子大小，有桃花水袖、白云散袖、金蛇舞袖，配上不同布料、裁剪样式，一时山重水复，柳暗花明！

　　最见场面的莫过于早晨，严霜盖瓦，湿雾缭人。街道两旁，巷子深处，小吃林立，煎炒炸烫，香酥脆软，一应俱全，热气腾腾。如果时间盈余，不如到兜汤店里烫烫心、热热脚，牛肉亦普通，做成兜汤端上来，已非凡品。只见浓处如云，清处如水，似乌龙静立，黑丸辉映，性如敦实憨厚，又如狡黠滑狭。或放姜丝，辛辣爽口；或放香草，清野醇正。若能等到老头油饼七八个，便胜似走过苏杭，风味绝佳。

也许，这正合了清流的品性，以小见大，见微知著。身处山城，偏于一隅，一切都是不温不火。四面环山绕水，陷入温柔之乡而显珠圆玉润。山水和春夏一起往返，清流从来就是这样存在，从来就是现在，现在的精巧丰富，这样明朗。

二

清流城的南面是家，清流城的北面是校。

每天，骑车从家到校，从南到北，五分钟，反之亦然。

我的车前是人流，我的车后是人流，两边是商店，它们从远到近，拉到跟前，抛在身后，又不断地拉到跟前，抛在身后。在清流，我和我的破车相熟。

出门之前，母亲必交代我戴上手套，晚上穿好大衣。不错，清流的冬天寒冷，但只要做好准备，你便能很好地生活。但我还是渴望阳光，下课的时候，骑上我的破车，到太阳底下晒晒我那发痛的脚趾。我害怕一切没有阳光的时候，没有阳光的阴冷连成一片一片，慢慢袭来，令人不安。我曾经畏惧过涵江的风，但清流的风并不大，它像一张无形的网，从早到晚，随时随地等候，一脚跨入，不能挣脱，可以强烈感受，却无法寻找任何影子，我甚至怀念起涵江的风了。

清流城的人更加安然，在他们心里冬天的样子就是这样。冬日的寒冷激起清流城的蓬勃朝气，广场上天空的风筝多了，地上都是跑的孩子。卖兜汤的叫唤更加鲜脆，扬起高高的尾音；买卖的老婆婆打招呼时不忘加上一句："明天冷了哪，多加一条毛裤呀！"各款小棉袄，花枝招展地穿行过市，无法想象，如果撤去寒冷，清流会变成什么样子。

母亲已经为我准备好了全副武装，不过我不免丢三落四、手忙脚乱，常常带了钥匙忘了手套，或者戴了手套忘了围巾。清流井然有序、按部就班的风度在我身上荡然无存。当寒气一层层逼紧，所有的对策骤然失效。迎着寒气，竟然分外坦然，所有至哀与至乐僵冻在冰凉里。

三

　　我确实忘记过清流城的寒冷。在那个阳光灿烂的星期天，父亲和我挽着手，绕着清流城的广场走了一圈又一圈，周围人来人往，我们心下一片安宁。我相信，我们都看到了时间的无涯，不管时间之有涯与无涯，父亲都很从容，在他眼里，清流稳靠多了，而本来，清流就很稳靠。

　　这不能不让我悚然一惊。我离开清流的日子让父亲茫然失措。

　　不错，清流舒适亲切，世俗精细，而它的背后又承载了多少"坐井观天"——是雍容还是狭窄、"安稳平静"——是务实还是保守的争辩。清流不是失去历史，这也许就是它正在成长的历史。

　　我的脚趾发痛，听说发痛是因为存在记忆，因记忆而痛，是我和清流城之间的阻隔？或者源于两者湮没的历史？我们的历史不会相同，而重要的是，我回到了清流，父亲应该得到一份稳靠。明年冬天，也许我的脚趾还会疼痛，但只是因为寒冷，不是记忆，它的记忆从今年开始。

我的小城

◎兰茶英

　　小城三面环水，四面绕山，安安静静地处于山水之间。对于小城，不存在惊叹艳羡，也不存在高标傲世，它没有沧海桑田的厚重，也没有白驹过隙的匆促。一直以来，它都这样：以山为底，水为色，清灵俊秀，安静从容。

　　小城很小。无论从城东到城南，还是东门到西门，打车的价钱全城相同。出门买菜，从街头到街尾，一路点头微笑，小城里人人都是熟人。陌生的面孔出现，马上被认出，又马上成为大家认识的熟人。如果担心坐车受罪，尽管步行。钱包落了，跟卖主吱一声。车找不着了，一定忘在停的地方。恋人分手，常常邂逅，最终拗不过，和好如初。

　　小城虽小，样样俱全，玲珑剔透，就像是小时祖母收藏的饼干盒，总能给人惊喜。摸摸那光滑的铁盒子，心底涌起无限的甜蜜憧憬，安全可靠。

　　清明前后，春天已在小城悄悄绽放。清雨过后，天空异常温润、光洁，天的边际隐隐透出山色——一丝一丝的绿意，仿佛置身于玉的光年，心里便也柔和了。岸上的风吹起了河水的波纹，吹动了山花的姿容，清凉沁人，姗姗可爱。

　　晚炼的人往回走，放羊人蹲在路旁，他的单车斜斜地靠在山脚；另一边，大羊小羊，挤在一堆吃草。这时，响起几声汽笛的长鸣，回城的轮船绕过山腰，出现在碧水之上。就在这一瞬间，原本迷惘的空间和时间顿时清明，一种感动，一种安宁，无边无际地蔓延开来。

没有慌乱，没有急躁，就是马路也是清闲的。早晨的太阳晒到了半个桥面，晒到了马路中央，晒到了马路边最后一棵樟树。

行人多起来，小吃摊热闹起来。脆滑爽韧的是牛肉丸子，妇孺皆爱；浓香四溢的是红枣花生汤，口感绵密；鲜嫩可口的是鱼片罐汤，舌底生津。喝鱼片罐汤，应该气定神闲。否则，文火煮出的清新味，早被那份焦躁破坏殆尽。小城的早晨，清闲而世俗，一如它的早点，味道浓烈、色彩丰富、品种多样，囊括了人生的百味百态，但喝汤的人——人生舞台的主角，始终都是，装上小菜，摆好碗碟——等着他的汤端上来。等着他的汤端上来，就算是雷霆万钧，也不为所动。这是一种生活态度。

的确，这里不需要过多的诉说。小城的最后一棵老樟树活着。它不会说话，却是活得最长的生命。广场建起来，留下这棵最大最老的树。行人来了，驻足休息；孩子来了，追逐嬉戏；老人来了，成群结伴。樟树伞下，一片声音的海洋。当月色退隐，深夜降临，一切归于平静。所有的包容与对峙，现代与传统，年轻与古老，欢乐与寂寞，都沉静下来。

从起点出发，走了一圈，又回到起点。于是和小城相逢，于是引以为知己。世相浮华，却有幸遇见这青山，这流水，住在小城，内心敞亮、宽阔、踏实。

种菜者说

◎刘光军

　　老婆来清流后，无事可做，一时闲下来浑身不自在，不知什么时候拾弄了一块菜地，像模像样地开起了菜园。

　　说是菜园，其实顶多就一分多地，在小区对过河岸边。说是地，伸手一抓，倒有一半是粗盐大小的石英颗粒，芦苇都长不好。开始，她对南方的土地很不认可，满脑子还是中州大平原的印记。虽南北征候有别，但长期种田的经验弥补了对生疏之地的认知盲区，经过她一系列的改造、耕耘，方寸之地变为模范菜园，长出的四时果蔬引来小区邻居们一阵阵惊羡。

　　对菜地的改造是从熟田开始的，她不知从哪里弄来一堆牛羊鸡粪，均匀撒上，然后锄头挖起与泥土拌匀，再铺一层厚约十厘米的杂草，拍打匀实。夏天，烈日暴晒，雨水浇淋，几个月过去后，杂草已与泥土浑然一体，土中的微生物长出长长的菌丝，散发着有机肥特有的辛腥。起垄后，当年只种一茬秋菜，便继续覆草捂田，老婆说：这地嫩，骨血不全，不可一下将劲使过，会伤田。第二年开春，就按季种下了小青菜、四季豆、芫荽、荆芥、西红柿、黄瓜等，小园子满满当当，煞是热闹。收获很快到来，先上餐桌的是小青菜，青中透黑，猪耳般大小，炒起来肥厚甘甜。芫荽绿中挂红，鹅掌般沉实，辛香爽醇，与油花生相拌，多佐二两高粱烧。而豌豆长出蚕豆大小的身子，生嚼一粒，有甘蔗样的味道。黄瓜、西红柿食期最长，可种两茬，初夏，两者同时成熟，一个顶花带刺、碧绿如簪，一个圆润晶莹、色如宝石。一个清脆沁凉，一个甘洌淳芳，如二女异姝，争宠斗艳。挨到深秋，第二茬黄瓜收根时，那黄瓜就变得肉厚汁少，绵实劲道，而西红柿则皮薄心实，啖之辛中微甜，颇有沙秋梨的滋味。元旦前后，收完大白菜，再种些春节时吃的芫荽、菠菜和西兰花，一年便过去了。

余坐享其成，有时吃饭闲聊时不免媚谀几句，以曲意表达内心的感激和愧疚。孰料，妻以为我虚心取经，每每都大开讲堂，美美地给我上了一堂又一堂的种菜经。

她说：种菜无他，唯应时、施肥、浇水即可。应时，就是应天时，南方无冬，"二月清明菠菜老，三月清明菠菜小"。这是北方黄历，在这里不灵。再如大白菜，老家有"立冬快拔菜，不拔受霜害"。清流这边白菜可在地里挨过冬至。其次是施肥，种什么菜施什么肥，很有讲究。吃叶的要施草肥，含钾。吃果的多施氮肥，肥料不够时，要佐以复合肥，兜施。吃根的如土豆、地瓜、萝卜等，宜多施羊粪肥，性热，可助果实膨大。最不好把握的是浇水，譬如黄瓜、西红柿应在傍晚时浇山泉水为佳，夜里果子抽身有水分补。而叶子菜如小青菜、菠菜等以不含洗洁剂的厨余水最好，有油分。地瓜、土豆等膨根期，不应浇井水，会把根"激"着，以致长不大。忌顶热顶冷时浇水，这样做菜苗受不了，会"感冒"。

余闻之，每每沉吟良久。"家"之与"园"，互为表里，殊途同归。以持"家"之道耕"园"，焉有不成之理？余生而有幸，娶拙荆之妻，持敦伦之家，耕膏腴之园。

拯救"幸福"

◎刘光军

这里说的"幸福",是一棵树的名字。

那是刚迁新居时,一位好友惠赠。一棵学名菜豆树的"幸福树",从窸窸窣窣刚盈尺到葳蕤成荫过人头,转眼已走过十年时光。十年如白驹过隙,转瞬而逝,但对我和这个家庭却影响深远,履痕如新。这十年间,老夫老妻团聚、女儿结婚生子、儿子学业有成。而自己无论身体或精神都经历了一场蜕变,"我看青山多妩媚,料青山看我应如是"。一代生死,一代歌哭,天道轮回,各有造化,按下不表,且说我这棵幸福树。

诗曰:"苒染柔木,君子树之。"自从栖身我家,幸福树便与我日日气息相薄,耳鬓厮磨。睐我以青眼,惠我以凉风,欣欣然,懿懿然,一见两宽,各生欢喜。但变故却在不觉然间来临……

2018年10月22日,早晨起床,惊见幸福树叶落一地,想一夜无风无雨,再平常不过的天气?正诧异间,内弟从老家打来电话,告知岳母夜间突发急症,经抢救无效,已于晨六点过世。来不及细究,妻和我匆忙登车北上。千里奔丧,却缘悭一面,殊为悲痛。

及归来,但见幸福树树容大敛,多数叶子呈纠结状内卷,一副病容恹恹之像。妻施以新肥,浇以米水,无效。未几日,叶片边沿起黄斑,且日有落叶。细审之,不知何时起,叶背及柄干上生出细密的蚜虫,初极小如红蟥,渐长,如虮如蚤,黑压压爬满叶柄,如厚涂一层老漆。妻急买药喷洒，效果有限。眼见虫事日炽，树容日颓。忽想起老家种棉时绝招——人工除虫。遂捡橡皮手套两只，通枝捉来。一手抓定，一手捋之，虫儿肥硕如浆果，能听到虫腹爆裂的声音。每根枝条，每片叶片逐个捏过，如是三天，大体完成了"扫荡"任务。再择重点区域重点"清剿"，搜缝扒隙，"吾日三省吾树"，再如是者旬余，终将可视范围内的虫蚋消灭殆尽。过后，幸福树整株却类似"植物人"状，进入休眠状态，不温不火、不枝不蔓，一副生死看淡的模样，叶子也是一如既往的半青不黄，有时走近它，仿佛能听到气若游丝的呼吸。冬去春来又一夏，直到翌年立秋时分，树枝头始有新芽绽出。初毛茸茸如雀舌，渐次抽身，半个月就成鹅掌大小，嫩绿耀眼，一树新绿绽枝头。在经历近一年的挣扎后，我的幸福树终于活了下来。

托翁说过：幸福的家庭是相似的，不幸的家庭各有各的不幸。但正如这个世上没有相同的两片叶子一样，每个幸福背后的纹理都有着不一样的曲折。幸福需要争取，需要培养，有时候也需要拯救。

正是西南任好风

◎董美娟

　　那个仲春的午后，漫步绿道，至庚晖亭，倚栏面湖，身后异声乍起。悚然：骤雨？猛转身，刚劲温暖的风扑面而来，前方松林摇曳，萧萧飒飒中传来江河波涛之声。松涛！忽然，久违的松涛令我心生遐想。究竟是什么风？能使这片不大的林子形成如此壮阔的波澜，并发出奇妙的浪涛之声！

　　上北下南左西右东，我不禁使出儿时的积累，反复辨认：西南风？怀疑自己的判断。百度。西南风，指从西南方向吹来，吹往东北方向，西南风形成多在春夏季。接着有"天刮西南风，气死老渔翁"的标题引起我的好奇。原来，刮西南风常常伴随着温度高、气压低的天气，此时水中溶氧量下降，鱼儿的活性变差，咬钩不积极或不咬钩。可是，这段话不是我想要的结果。再搜索，跃然于屏的是"愿为西南风，长逝入君怀"，它出自曹植的《七哀诗》；接着是李商隐《无题》中的"斑骓只系垂杨岸，何处西南任好风"格外吸睛。然而，它们只是寄寓颇深的爱情诗中的经典句子。

　　阅读在继续，好风：令人满意，使人喜欢的风。"好风终日起，幽鸟有时来。""好风凭借力，送我上青云。"

　　却原来，西南吹好风，直可凭借其力啊！

　　犹如铜锣山绿道的开辟，引出市民声声惊叹：三百六十级玉阶，雄踞危岫；五千八百米步道，锦绣前程。每当高阳白云相伴，总是快意之行。

经春洗礼，铜锣山上那些天然或移植的名灌珍乔堆起层层翠玉，奇葩异卉更是颗颗明星的点缀；步入绿道，使人雅兴平添，情怀愉悦；恋罢山隈，倚罢凉亭，有叮咚之泉悬崖而秀，有熠熠夕晖于碧湖铺呈金箔，深树丛中盈耳尽是鸟儿的歌唱。在那心销尘想之处，琉璃桥、清幽谷，天堑的跨越，霞彩的梦幻，谁说不是踏进了蓬岛仙山？

经夏复秋百趟来，为民办事见痴怀；最是欢颜临梦际，三五成群话榭台。

年前，还在实践"山水人文融合，提升美丽龙津"之际，那些忙碌在绿道征迁第一线的工作者方教称赞，铜锣山便以"一夜好风吹，新花一万枝"的姿势呈现在了眼前。

因那个午后久久萦怀的巧遇，而萌生庚晖亭习联：庚湖虹带萦，似可与蓬岛流连，鹊桥顾盼；晖阁松涛起，不妨招诗人入座，云鹤来吟。

几次登高阁，面对如锦如绣的清流，亦将我内心的喜悦用方字记录：万千气象垂青一阁，无限风光挹碧九龙。

这方老幼携游，四时宜往的新景致，不禁感慨由衷。它不仅是一条休闲绿道，还是党和政府牵挂民生的九曲柔肠。细细观察：铜锣山几条相互衔接的登山步道，俨然一位昂首挺胸、阔步向前的追梦"人"。

其实，不论"西南风"还是"好风"，在我平时的阅读中曾经默诵。默诵过程，总是赞叹古代文人笔下的情景交融与虚实相间：它们一客观，一臆想，构成人生希望的风景，形成一世执着的追求。反复咀嚼，此风景不仅存在于古诗词之中，而且存在于我们的日常生活，甚至根植于我们的生命之中。温故而知新，那些经典诗句中的"西南风""好风"我已悄然品出它蕴藏千年的芳香。

漫步铜锣山绿道，不但让我见证了西南风的豪迈气势，还满满地感受到了西南风的温馨情怀。

老黄牛

◎李升宝

千百年来，牛是农耕不可或缺的役力。农民爱牛如爱子，视之为神。立春农事开始之际，各地有游春牛、祭祀牛神习俗。屏南民间还有牛节。那天，农事再忙，牛都不下地，大早打开牛舍，任牛去夺斋，给它喂食，还要灌上半瓶酒，让它欢欢喜喜过节。牛无怨无悔毕生耕农地的精神被视之为是老黄牛精神。为保护役力、发展生产，明朝清流知县还下令在每年八月庙会时间禁宰耕牛。三元区城南村有一房邓姓两兄弟禁吃牛肉之习俗世代相传。

每年春耕开始，人们都使用牛作为役力耕田，没有牛的人家便用人工顶替，或高出牛力一倍的价钱雇牛犁田。牛，成了农家之宝。

我家种几亩薄田，也养一头牛，那是一头半老黄牛。牛有时哞哞欢叫，增添家庭的欢乐，却也每天需专人放牧。于是，小时候，我专司放牛之职，每天放学后，赶着老黄牛到校区之畔芳草鲜美之地放牧，我却跳至溪里摸鱼虾或和牧伴打水仗。放牧回家，骑在牛背，哼着歌儿，手持牛鞭，如同骑着马，走在黄昏的山道，悠闲而满足。

春天阴雨绵绵，牛下地犁田，父亲会特意给它灌些酒，他用一只手按住牛头，一手持着竹筒一口一口地喂，比喂小孩子都细心。牛痴痴望着父亲，发出哞哞之声，和他相呼应。冬日，父亲将牛舍铺垫厚实稻草保暖过冬，犁地回来则将它洗得干干净净。夜里，父亲还不时到牛舍探望，唯恐它冻坏了身体。犁地时，父亲手持牛鞭，执着犁的扶手，吆喝不绝，牛鞭却从不对它挥舞，只是举向半空，又轻轻落下。犁完地，回家途中，肩扛犁耙，一手拽牛绳，一路和牛对话，满脸溢满笑容，仿佛闻到金谷的芳香，很是满足。老牛就如此不知疲倦、年复一年耕耘着我家的几亩薄地，和我们共同度过艰辛苦涩的日子。

老牛终究老矣，扛不动沉重的犁耙。于是，父亲决定将它牵到牛市换钱。那天，天气晴和，父亲大早起来，一脸庄重，抬着半桶牛食和米酒，来到牛舍，推开门。听见开门声，老牛迅即翻爬起来，缓缓走至父亲身旁。当吃饱喝足，由父亲牵出牛舍时，父亲对它浑身轻轻抚摸，沉沉叹息。老牛知人性地发出哞哞哀叫，似乎是难舍难分，缓缓走在乡间碎石路上，粗圆的眼里刷刷地淌着泪水伴着父亲走向牛市。

老牛恋家，几天之后，又悄悄循路返回牛舍。那天，邻村买主将牛放牧山上，将要赶回家时，漫山找遍却不见踪影，心急如焚；末了，才想到也许是回到了主人家，走到我家问及，父亲摇头，哪有此事？但还是领着他到牛舍看。果然，老牛躺在那儿，看见父亲哞哞地叫，似是责怪父亲为何那样狠心，将它出卖！父亲淌泪，近身轻轻抚摸，萌动恻隐之心，觉着不能失去一位家庭成员，于是和牛主商量将钱如数退还，把牛赎回。

（原载《三明日报》，2016 年 11 月 29 日）

书信孕育的乡愁

◎李升宝

　　通信工具不发达的时候，书信是传递信息、交流感情至为重要工具。一行行情真意挚的文字，无论是写信或阅读之时，都曾经涌动心头不知几多庄重的喜悦或忧伤。即使是亲人托人捎来几句口信或问候都会激起感情的波涛，因而古之人将一纸薄薄的书信称之为"抵万金"。在烽火连天的岁月，那比喻是极为形象和真挚的。

　　我从小离开家乡，只身奔波在外，每次离家之时，父母总是反复叮咛：别忘了给家人写信！父亲每月都从家乡送伙食费到县城供我上学读书。那时，山村不通邮，更不知电话为何物。于是，恋家心切，每到星期日，几个同村伙伴便共同到县城一间间旅店探询是否有家乡人来挑米贩豆，见了他们都如同见了父母，仿佛能感受到亲人气息和深切的惦念。而上了大学，每当课间铃响，就急急奔向收发室，企盼每日里都能收到同学或亲人朋友的书信。尤其是每见到同学喜滋滋地捧着信阅读，喜悦之情不言而喻。但父母不识几个字，书信需请人写，而山村真正能动笔写信的没有几个，更何况他们整日里也是忙里忙外，难得有"抵万金"的家书寄达。只有期盼在心间。

　　那年，我下放在闽东北的政和山村，一星期才有一次邮期。每到邮期之日，便默默企盼，静静安坐住处等待邮递员敲门；有时迫不及待步行至半路去迎候，但不是每次都有书信，只望着邮递员漾着笑脸、挥着手，从身旁悄悄而过。当邮递员从绿色邮包掏出书信之时，便眼睛发亮，满脸显露笑云，感奋不已，旋即接过，撕开阅读，一目十行地扫描那蝇头小字，排解了恋家的郁闷和对亲人的惦念；而后小心翼翼地珍藏，久久地沉浸在无限的喜悦之中，有一股亲情友情在心里涌动，温暖、熨帖。

每月按期汇一次款回家，也附着寥寥数语，以代书信，或因事耽搁汇款延期，便写封信陈明因由，释去亲人的牵挂。一天，从田中劳动回来，邮递员将信寄存在代销店。正经过那儿时，营业员递来一封信，我接过信停在那儿，拆开阅读，却是传来获得一位千金的喜讯，激动得几是热泪盈眶。由此，激活对故乡美好的记忆：清澈澄蓝的小溪，翠绿无垠的群山，飘香的金谷，如同小红伞的红菇，林中鸟儿唱啭，鸡鸣犬吠，下河摸鱼捉虾的少年……

如今，普及了电脑、电话，信息代替了传统的书信，无论身居何处，或远在万里，只需按下几个阿拉伯数字，亲人的惦念、朋友的交流都会随着铃声的清响，传到耳朵。倾听着亲切的声音，思绪立刻长着蝉薄的羽翼，飞向对方身旁。甚而，在铃声里可以清晰地看见他们握着手机的欣笑。

随着信息时代的迈入，书信也渐渐淡出人们的生活。这个年代里，有许多东西正在离我们远去。可书信承载着的那触动心灵的、温暖醇厚的情感，那墨水的清香，在我的心里永远不会淡去。

（原载《三明日报》，2015 年 12 月 16 日）

父亲的爆栗子

◎李华雨

记得上一二年级时，常常晚上三两个小伙伴聚在我家做作业，因为我家有煤油灯。八仙桌上一盏昏暗的煤油灯，我们几个就趴在桌沿上写作业。那时候作业也不多，一会儿就写完了，几个小伙伴嬉闹片刻然后各自回家。走的时候，我父亲都会给他们点上一支松光，让他们照亮回家的路。

父亲一向和蔼，脸上总是笑容。他特别喜欢我们读书，他坚信读书能改变命运，我们兄弟姐妹只要成绩还好，不管多困难他都支持我们上学。正因如此，我家才能点着煤油灯做作业。

可学习并不都是快乐的事。那天不知啥原因，我们被罚作业了，罚写生字，每个生字写二十遍。那时候也不懂什么体罚，老师让写就乖乖写，要是换成现在，可以一手握着两支笔一起写，一下写两行相同的字（记得我儿子就这么干过）。那天晚上我写了一行就不耐烦了，铅笔一丢不写了。小伙伴宁光说："等下我帮你写。"我因为学习好，成了小伙伴的头儿，他们都听我的，也愿意帮我，宁光帮我写作业是很平常的事儿。

那天晚上，宁光帮我写着生字，我说着闲话。父亲从外边回来，见我闲着就问我咋不做作业。宁光随口说："他累了，我帮他写。""是吗？"父亲问。我笑着说是。话音未落，我脑袋重重吃了一下爆栗子，哇的一声我脱口而哭。

"闭嘴！"父亲黑着脸说，"你以为你成绩很好是吗？叫同学帮你写作业？这点苦都吃不了，以后有什么出息？"

一见父亲黑脸，我马上闭嘴，宁光和另一小伙伴也吓呆了。父亲继续说："要读书就要认真读，好吃懒做就去当叫花子（乞丐）。"

从那以后，每次和父亲在一起我都小心翼翼，一看见父亲黑脸，我立马离他三尺远，生怕再遭他一个爆栗子。

父亲一辈子也就给过我那一个爆栗子，但已深深敲进我心里，历久弥新。

父亲转眼已离开我们二十一年了。如今我们兄弟都已离开农村安家县城，唯有他还留守家乡的山岗上，守望那些他熟之又熟的山川田地，守望我们的后代都能用知识改变命运，而我们只有每年清明才去草草拜祭。此刻我多么希望再受一下父亲的爆栗子，让父亲火辣辣的爱继续警醒我、鞭策我！因为我总是好了伤疤忘了疼，父亲的教诲没能牢记，而今年过半百，方才深切体会到"少壮不努力，老大徒伤悲"的况味。

我知道，父亲的爱已成追忆，即便有来生，相遇不可期，未来的路，唯有我自己奋力前行。

阳台向西（外三章）

◎魏国祥

想起儿子出生那年，我从乡下调到城里。

就职的中学坐落于城西山头，站得高、看得远，天天享受天光长时间的照临。

我的新居，在教工宿舍的顶楼——西照、靠边，前后间。

据说，几乎没人肯要，才让我这既属新到、又老实巴交的人占了便宜。我多么喜欢我的新居，尤其那宽大的走廊（兼阳台）向西。

但是我的浪漫很快就遭遇了考验：日日西照，日日蒸烤。无奈，只好梦回唐朝——让所有门窗日夜敞开，让长风直贯；如此，也往往要熬到后半夜才酷热全消，酣眠方至。

还好，头一年，妻儿在岳母娘家度假。一年后，妻儿归来，可就惨了：一得空，就得按"家规"提水上屋，人工降雨。每天，为博妻儿一笑，只好左右开弓，一回两桶，降水降温。几天下来，就饭量猛增，胳膊猛长，吃了菠菜的大力水手一般。

尽管如此，临西的阳台，仍是我们的欢喜之地。我们轮流抱着宝儿，送斜阳日日西归。一次次，宝儿蹦着、闹着、指着，要那轮气球般的落日，直到弄来一整把大如夕阳的红气球后，儿子才没要我们上天"揽月"。

还有那些学生，也纷纷迷上我家阳台。下了晚自习，三三两两，以看宝儿为名，来到老地方，团团围起。当时，学校大半孩子来自城郊乡下，自卑感很强。于是，他们一来，妻和我就悄悄关上灯盏，邀他们喝茶、观星、赏月。没了耀眼的灯明，唯有朦胧夜光，彼此的面庞依稀淡了，他们才慢慢放开，渐渐活跃起来——

这样，临西的阳台又成了第二课堂，成了师生之家，成了开心解惑的沙龙、俱乐部：茶水一杯杯，欢笑一串串，直到凉露沾衣，直到妻开灯提醒，孩子们意犹未尽，依依而去……

只在那儿住了两年，如今已近十年过去，可是宝儿每回经过那里，还是激动不已——说那里还有他的图书、他的气球、他的"奥特曼"……

阳光弥漫

阳光的味道在卧室里弥漫开来。妻和宝儿把头深深埋进去，探出来；埋进去，探出来，他们在阳光味浓浓的衣堆、被窝里嘻嘻着、逗着。

衣服、被单、家具……凡能洗晒的，我都将它们请出去，享足阳光，再回到家里。整个漫长的暑假，我乐此不疲。

喝足阳光的一切家什，在屋里、在夜里吐出它们芳香的心情；我们在阳光味十足的卧室里打闹、嬉戏，安然睡去……

晒被子，那是讨巧中最讨巧的了，三天两头我就晒晒被子。你要相信，享足阳光的被子，肯定比常年沤在床上的被子更舒爽、更体贴。

阳光无价，清风无边，流水无尽。这些年，我找回了曾经丢失在身边的幸福。比如，洗洗衣裳，晒晒被子，散散心情……所有这些享受，全部免费，全都不远，全都唾手可得。

然而，人们要的似乎是黄金万两、翻云覆雨的刺激，而不是这种淡泊纯真的享受。正如老子所说："乐与饵，过客止；道之出口，淡乎其无味。"他们要的似乎是钓钩之饵，是刀尖之蜜，是热热闹闹、轰轰烈烈——是刺激。可老子又说："飘风不终朝，骤雨不终日。"

你看：他们在喝海水，在喝烈酒，在烧心肺……

天灯长挂

三年了，日落到龙津河，泳毕，往往呆坐岸边，读上几页闲书。

柳荫之下，碧水之滨，借天灯看古今中外、人情冷暖、天地良心……傍晚的光阴溜得太急，一忽闪，夕阳又下山了，而我仍要借余晖再翻上几页，直到夜黑四起，蒙天蒙地了，才肯直起腰，依依离去。

想当年，在老家乡下，没有手表、手机，一台老钟也只能挂在家里。田里山上，干活时，计算钟点，全靠抬头看天、低头看影，或苦等村里的鸡公打鸣。

锄禾日当午，带月荷锄归，那漫步天心的太阳、月亮乃至星星，既是免费高挂的钟表，又是轮流照明的天灯。

每当从龙津河畔野读归来，看头顶、身边一片星灯火海，就往往恍惚：自己究竟是在梦里，还是梦外？

穷人有药，滚水一瓢

滚水洗汤尘，迎客酒不断——整个隆冬，客家人都在热腾腾笑对寒风。

穷人有药，滚水一瓢。这些客家人，这些因战乱、饥荒流落八闽的中原人的后裔，这些曾经"三十亩地一头牛，老婆孩子热炕头"的穷开心者的后人，这些记忆里曾经缺水、恋水，如今扎根山乡、扎根滚滚水源的人民，他们爱水、惜水，血浓于水。他们用滚滚沸水驱病、除疲、洗心、迎客。

从小就喜欢冬天，喜欢拥挤的年尾，喜欢喜气洋洋的门联、爆竹、炊烟。喜欢似乎总在隆冬迎娶的新娘，喜欢那扎着羊角辫辫、把自己烫洗得娇娇爽爽的初恋……

累了、冷了、病了，看父亲添一灶熊熊劈柴，看母亲烧一锅穿心沸水。那水里，有祝愿、温馨、妙药；有屈原的葛藤、蒹艾、香草……看着、想着，腾腾水雾和花香在灶间、在心尖弥漫开来，尚未开洗，疲病就去了大半。先让少许沸水降温，然后渐渐加添：越来越满、越来越热、越来越爽，最后整个身子泡在大澡盆或大王桶里，阵阵热乎、阵阵熨帖，由表及里、由浅入深，直至飘飘然亦仙亦神……

朋友，来呀，到客家，到清流来吧。烫个澡，酒一瓢，说不定从此你就乐不可支，就百病全消。

父亲的乡土

◎罗建华

　　盛夏，父亲平躺在一把竹制旧椅上缓缓讲述往事。母亲偶尔插上几句话，帮父亲找寻日渐久远的记忆。

　　1930年农历正月十四，在清流县里田乡洋庄村，一户贫苦农民家庭，一个新的生命呱呱坠地。那就是我的父亲罗敬海，他诞生在红色的岁月里，从此开启了平凡而坚韧的一生。就在几天前，红四军第一、三、四纵队翻越鳌峰山，途经里田乡，狠狠打击了地方团匪马鸿兴部，取得了锅蒙山战斗的重大胜利，为红四军回师赣南、转战江西打开了通道。伴随着红色革命火种在清流城乡大地燎原，父亲也在困厄中一天天成长。

　　那时，洋庄村坐拥千余亩富庶的良田，但大多数被地主占有。虽然这里的农民世代勤劳耕作，日子仍过得窘迫，常常是吃了上顿愁下顿。爷爷罗开木是村里的一名热血青年，1934年2月，一支从宁化出发的红军队伍来到里田，爷爷和村里的几个后生仔主动给红军当向导，数次乘着夜色冒险来往宁化，肩挑背扛地把苏维埃政府的资料秘密送到村里的兴善寺，交给红军。受爷爷影响，父亲一向坚强而乐观。父亲有三兄妹，一个哥哥和一个姐姐，他排行老三，在家里总能得到多些照顾。平和的日子在八岁时被打破，伯父不幸患上肠梗阻，煎熬数日便撒手西去。爷爷深受打击，身体每况愈下，一年后随伯父而去。失去了父兄，父亲和奶奶及年幼的姐姐相依为命，生活变得异常贫困，在乡亲们的帮扶下勉强度日。为了补贴家用，未成年的姑姑早早就远嫁他乡，成为奶奶一生的痛。不久，奶奶因积劳成疾双目失明，让本已十分艰辛的家庭雪上加霜。

暂时的困苦没有难倒父亲，反而更加坚定了父亲生活的信心和迎接新社会的勇气。1950年，解放军南下进入清流，里田迎来解放。那年，父亲二十岁，正当血气方刚、满腔热情。怀着无比兴奋的心情，父亲和乡亲们热情地把解放军工作组迎进村，又积极配合解放军入户做思想工作，组建村民兵队，父亲任队长。因为工作认真，长校区区长李和贤口头任命父亲为廖李杨（廖坊、李坊、杨坊）乡乡长（1958年廖李杨乡并入里田乡）。父亲工作的干劲更足了。

里田及周边地区得到解放，新生的人民政权让一些土匪及反动残余势力惴惴不安，不时袭扰村庄、抢劫百姓。为稳定局面，县委工作组组长冯惠俊带兵清剿，父亲多次带领村里的民兵配合解放军到长汀、宁化等地清剿残匪。

廖坊溪是里田乡的主要水源，水清、流量大，经廖坊、李坊、杨坊、里田四村，河流两岸却有不少土地因缺水成了旱地，收成极少。守着溪流，田地干旱，建坝引水成为当地百姓多年的梦想。1957年，清流县政府提出"一坝两渠"规划，在廖坊村口建设解放陂水利工程，拦河建坝蓄水，两岸建渠，引水灌溉。长校、里田、灵地等乡镇派出民工积极支援工程建设。父亲吃苦耐劳、勤勉肯干，深得工程队队长吴木根信任，委任父亲担任政策股股长，负责组织群众，协调建设物资，检验工程质量。父亲吃住在工地，离家不足五里却很少回家。两年后，大坝建成，两岸旱地变成千亩良田，全乡村民奔走相告。至今，解放陂大坝建成七十多年了，仍完好如初，源源不断的甘泉哺育着这片肥沃的土地。

父亲是种地的一把好手，劳作成了他一生的乐趣。父亲至八十五岁时才恋恋不舍地离开耕地。父亲今年九十一岁，仍坚持种些菜、养些鸡鸭，把房前屋后打扫得干干净净。他说，人活一口气，只要还能动就不能坐吃山空。在土地上劳作了一辈子，其实父亲就没有真正放下过，对乡土的那份挚情，对亲人的那份关爱。

粮食是父亲的命根子，每次收割完稻子，总要细心捡拾掉落的稻穗。吃饭时，如果看到我们这些子女没有把碗里的饭吃完，或者把饭粒洒到桌面上，父亲就会严厉批评。许多年后，我们逢年过节回家相聚，饭桌上总是那么清清爽爽。勤俭节约，珍惜粮食，父亲的教导在子女心中深深扎下了根。

父亲对自己和家人"小气"，对村民和有困难的人却很大方。农闲时节，母亲会用大米加工制作成锅边糊、糍粑、米果……东家送一盆、西家端一碗，常常是自家没吃上别家已吃完，很快大半锅就所剩无几了。在那困难的年代，走村串户的乞丐多，凡上家门的，父母从不大声呵斥，总是关心地询问打听，家在哪，家里有什么人，发生什么事，边说边往乞丐递过来的米袋子里倒米。遇到饭点还管饭菜，自己吃什么乞丐就吃什么。饭菜本就不多，孩子们时有情绪。父母总会说，人家有困难找上家门，你们连这点同情心都没有？

父亲年少时吃的苦多，设身处地为别人着想，却是那么乐观和豁达，即使在20世纪60年代的灾荒之年，心里的痛只有他自己默默承受。那年，奶奶因饥饿旧疾复发，生命奄奄一息。奶奶平时喜欢喝酒，甚至临终前都还在念叨着要是有口酒就好了。在那个饥荒年代，肚子都填不饱，哪来的酒？父亲连夜跑遍全村，好不容易借到半斤老酒，奶奶喝下后，带着知足的笑容离开尘世。这件事深深地印在父亲的脑海里，每当想起，眼里就忍不住泪花闪烁。

或许是因为奶奶遗传，父亲也喜欢喝酒，那种高度的烈酒。田间地头、茶余饭后，父亲喝下几口，便觉得精神倍爽，但极少见他喝醉。父亲心里有度，无论饮酒还是处世。

母亲生育了七个孩子，除长子外，其他孩子出生时，父亲都不在身边。那时父亲担当的事多，或者在永安修路，或者在县里学习开会，或者在修坝筑堤，或者在烧炭炼钢……母亲毫无怨言，独自默默承担。孩子出生前，自己准备剪刀、热水、衣布等，前前后后为自己接生了六个孩子，母亲因此成为村里有名的接生婆。如今子孙济济一堂，各自皆有成就，父母已然欢喜心宽。

父亲年轻时没有加入中国共产党，后常为此遗憾着。然而，父亲心中有党，对党充满崇敬和爱戴。他常对乡亲们说："共产党真有本事！"

（原载《三明日报》，2021年10月22日）

父亲的笑

◎曾富珍

　　"女儿，村里修铁路了⋯⋯"电话那头传来父亲比平日更高语调的声音，我能想象他此刻脸上洋溢的笑容。

　　父亲说的是兴泉、浦梅这两条铁路清流段的建设工程，现已竣工，将极大改善革命老区的交通状况。在20世纪60年代，我的家乡横溪村距县城十公里，一条蜿蜒崎岖的羊肠小道就是通往县城的唯一之路。听母亲说，在收割松油的时节，父亲每日挑着百来斤的松油，踏着这条山路去县城卖了换回馒头给哥哥姐姐吃。一个来回就要用上大半天的时间。这条路就是父辈们担着家庭责任，融入汗水一步一步踩踏出来的。看着哥哥姐姐吃馒头时咀嚼很久才舍得吞下的欣喜样子，爸爸笑了，那年他三十岁。

　　我和弟弟相继出生，这条山路已拓宽，它的身上印刻的不仅是脚印，还多了自行车、拖拉机的纹痕。父亲为家添置了"凤凰牌"自行车，还有更令我们欣喜的"黑白电视"。

　　这是村里第一台电视，父亲捣弄接收天线时，引来许多围观的人，我和弟弟像个用心学艺的小学徒，幸福而又自豪地跟随父亲准备随时听从"差遣"。父亲捣鼓半天，终于可以打开电视看了，我们都无比兴奋而又庄重地等待这一刻。当电视屏幕跳出的不是我们所期待的影像画面，而是闪动的无数刺眼的"黑白豆子"时，我和弟弟有些许的失望，但还是紧盯着跳动的屏幕，期待奇迹。几试未果，父亲最后竟"冒险"在楼上与邻居屋檐处用木板搭起"天桥"，往这"天桥"上穿孔，用碗口大小的圆棍支起了"天线"，才有了屏幕上的影像。尽管屏幕上闪动的画面时断时续，但我和弟弟还是加入自己的想象，看得津津有味。"可以了吗？""清楚些了。""好，这样可以了。"楼上的父亲在天台转动支起天线的圆棍问，楼下的我们盯着电视屏幕答，也不知道这样对话了几回，最后终于成功了，那是一种比过年还兴奋的兴奋！父亲每晚都会笑着为来我家看电视的邻居摆好椅子……这一年，父亲四十岁。

再后来我们家换了彩色电视，无须高高支起天线就有清晰的影像。邻居家也陆续有了电视，在县城读初中的我们也有了属于自己的自行车，每周六下午骑车回家就是最幸福的事。只是这条见证我们长大的路显得"苍老"了些，因为长期的雨水冲刷，加上设在村里的县林业伐木厂装载木头的重车来回碾压，路面更加破烂不堪。"晴天一身尘，雨天一身泥"是当年走过这条路的人最真切的感受。尤其是快到县城龙津河畔——横口这一地段，便成了黄水和着黄泥的"水泥路"。汽车行驶这段路，有时会陷入坑中，车轮打滑难以着力前行，司机最后只好下车寻石垫在其下，才能解救这挣扎在黄泥中的轮胎。即便是车轮与黄泥的"拉锯战"成功，司机侥幸不用下车，这时候行车的感觉就像坐"摇摇车"或是"蹦蹦床"。所以有司机调侃道："只要开车走过大横溪，天下就没有汽车开不过去的路！"更有在外读书的学子感叹：去趟北京都比回趟家乡容易！在众人眼中，十公里的路程竟然这样遥远！

"这周回来吗？我进城接你，放心，路修好了……"在外乡执教的我一日接到父亲的电话。我的思绪顿时飘向远方——记得有一次，父亲骑着自行车载我进城，哥哥也骑着一辆尾随其后，行经横口地段，一个猝不及防，我被"颠"了下来……"丢下来了，丢下来了……"看到这"惊险"一幕，哥哥焦急地朝已行至十几米远的父亲大喊……

后来，国家实行"村村通公路"政策，从县城到村里的路面全部铺上了水泥，村民出门再也不用愁了。摩托车取代了自行车，小车、大车取代了拖拉机，而村里曾经风光无限的县伐木厂早已封山育林，改做绿化工作。路好了，山里的货物源源不断地运出山外，村庄富了，村民的钱包逐渐饱满起来，家家户户都盖起楼房……这如银蛇般伏卧于地面的公路在阳光的照耀下熠熠生辉！车轮顺畅地在路面滚动，坐在父亲摩托车后座的我第一次发觉龙津河畔这么美，家乡也不再遥远……"再也不会把你丢下了。"父亲笑着说，这一年父亲五十岁！

随着经济的飞速发展，人们也有了新的标配。带有时代气息的传呼机、电脑、手机相继出现并不断更新。在父亲六十岁生日这天，我们送他一部手机，他面带喜色不断翻看："科技这么发达了，这手机能看电视？"

如今铁路都修建在家乡了，一条宽大而平坦的沥青路横卧于龙津河畔，在这赏景健身的人们络绎不绝……而已七十多岁的父亲也紧跟着年轻人的步伐，会用微信，会刷抖音……他常和我们视频通话，互报平安；常用微信发一些防骗防灾养生之类的视频，叮嘱我们一定要看。关心时事的他常洋溢着微笑对我们说：中国很了不起！我们现在正处在一个好时代！

是呀！新中国成立七十一周年，祖国如一个蹒跚学步的小孩正步入壮年，如屹立东方的雄狮正在崛起！父亲见证了祖国的发展和飞跃！

（原载《三明日报》，2020 年 5 月 22 日）

最忆故乡地瓜甜

◎陈秋蓉

　　闽西八大干之一的地瓜干之乡是我的故乡。地瓜在家乡普遍种植，经加工，变成精美食品后再走出家乡，家乡也因地瓜出名。地瓜又名"番薯"，据说是明朝万历年间传入的。家乡地处福建小山村，山多田少，多为红土，土地贫瘠。而地瓜产量高，又耐瘠，成为20世纪家乡家家户户解决粮食不足的不二之选。

　　地瓜一般有拳头大小，若是土地蓬松，加以田间管理，可比碗头大。地瓜吃起来也方便，生熟都可吃，生吃爽脆可口，煮熟了则香甜糯软，若是打过霜的，煮熟了还会溢出一股甜丝丝、黏乎乎的汁来。

　　如此人间美味，让人垂涎三尺。然而，有一段时间，我对地瓜却敬而远之。

　　20世纪90年代初，我对生活稍微有了些记忆。那时候，我们家总是吃地瓜稀饭，或者直接拿地瓜当主食，特别是地瓜丰收后的一段时间，餐桌上日日都有地瓜的影子。为了让我们姐弟多吃点，父母总是变着法儿煮地瓜，煮地瓜粥、蒸地瓜条、炖地瓜泥、烘焙、火烤……父亲最擅长的就是烘焙一锅的地瓜，把地瓜烘得软软的，最大化地流溢出地瓜的香甜。

　　在他人看来，能饱餐一顿香甜的地瓜是件很幸福的事，尤其是奶奶。她总是对我说，她小的时候只能喝稀稀的米糠汤水，吃的大都是野菜，有一餐没一餐的，能有地瓜吃饱就"了不得"了。可是，记忆里的那段时光，地瓜的味道对我来说不是甜，而是实在的腻。我曾好几次吃着吃着都反出地瓜味儿来，吃地瓜成了我的梦魇。当时不能理解明明米缸里还有米，而母亲仍要日日细数、节省粮食。我是多么希望能日日饱餐白白的大米饭！

后来，杂交水稻不断推广改进，粮食产量大大提高，国家制度越来越优越，减轻了农民负担，生活越来越好。地瓜渐渐淡出了我的主食圈，白米饭填饱肚子不是问题，餐桌上的菜品也越来越多样化，日子过得越来越精致。一天，我和母亲聊起当年吃地瓜的日子，母亲倒是印象不深，因为那些我的"甜蜜的负担"，却是母亲满满的幸福。母亲说起姐姐出生的第二年，是家庭联产承包责任制分田到户的第几个年头，遇上歉收，家中没米下锅，要到处借米借物。相比之下，有地瓜能吃饱，比起那段"无米之炊"的艰难要幸福多了。

如今，地瓜早已不是我们的主食，但它却以我们喜欢的方式融入我们的生活。我们把地瓜加工成地瓜粉，当作菜肴的勾芡；或者把地瓜煮熟晒干，作为平时的茶点；抑或者把地瓜切成条，油锅里炸成金黄酥软的薯条，成为孩子们的最爱。但是，所有这些都没有过去那段日子那满锅地瓜的浓香了。

现在，很久没吃上地瓜，倒思念起那些年的地瓜味来，那一股含在嘴里甜腻的浓香。毕业后去往他乡工作，这种思念愈加浓厚。又到地瓜栽种的季节，总忘不了问问母亲"家里种地瓜了吗？"。每到地瓜收获的季节，回家总想着能尝尝以前那样的满锅地瓜香，或者吃上一碗香甜的地瓜粥。想吃的不仅是地瓜味，更是地瓜情，是那些一起度过的艰难岁月，那段一起温存的时光，浓浓的香甜里饱含着浓浓的故乡味、故乡情。

（原载"学习强国·福建平台"，2022 年 4 月 25 日）

母亲，我好想您！

◎江天德

有位诗人这样写道："一千位母亲，就会有一千种爱；一千种爱，却都是一种情怀。"母亲，我永远缅怀您！

洗脚水

每当我回到嵩溪家里（父母住在农村），年迈的母亲就老远赶来迎接我。她那爽朗的笑声、问候声常引起邻居羡慕的眼光，那眼光都沾着"醋"味。"回来啦，儿子回来啦！""吃饭了吗？我去烧火。"这时，母亲要是看见我神情高兴，她就会多唠叨几句，告诉我村里发生的大小事情；如果我脸上带着疲惫，她就会静静地坐在一边，审视着我，也心事重重。稍事休息，母亲就会颤着颤悠悠的步子，端来一盆早已用手试过、热度刚好的水。

"累了就擦个脸，洗个脚，去休息。吃饭时我叫你。"母亲总是这样心疼地招呼着。

"端水那么重，我自己会来。要是摔倒了怎么办？再说，我都三十多岁的人了，自己会做嘛。"我老是这么责怪她。

每次，母亲都会笑着说："母亲为儿子端洗脚水，那是前世的缘分，你做我的儿子，我是你的母亲，应该的。"

可是，母亲，我从来没有为您端过洗脚水啊！您却永远地离开了我们！我好惭愧呵，好羞愧。

盐巴饭

20世纪70年代初期，我读完了上坑亭单人校的一二年级，进入塘背完小读书。学校距家有五华里，三餐都回家吃肯定是没法做到的，家住上坑亭一带的学生，上学的时候比其他村庄的学生多了一项负担——带饭，中午饭。

上学带饭虽说是负担，却也是同学炫耀家庭富有的好机会。吃饭的时候，有的同学饭盒里盛着猪肉；有的同学带的是鱼；只有我默默地躲在旁边吃着母亲一早起来为我做的盐巴饭。

吃盐巴饭是家里经济拮据的证明。盐巴饭是在捞饭的时候将米汤汲干，烧小火，然后放入盐；用锅铲碾、压，稍微有些锅巴，味道更好。一般要四碗饭倒进锅里才能做成一盒盐巴饭。在困难时候，我多吃了两碗饭，意味着家里人就得少吃。母亲说："盐巴配饭，腿脚硬，身体好。"

有一位作家在他的散文诗中写道："前天，我放学回来，灶上有一碗盐巴饭；昨天，我放学回来，灶上有一碗盐巴饭；今天，我放学回来，灶上没有了盐巴饭……"

想起母亲做的盐巴饭，愈发想念母亲。

煮豆浆

母亲煮豆浆是极认真的。她会在头一天把黄豆倒入簸箕里端出去晒，说这样的黄豆好褪壳。傍晚，黄豆收起来后，她会细心地将黄豆用米筛筛过，拣去土块、石子和瘪豆子（农村许多农户都是用水泥地晒粮食）；然后，用米升筒量好需要做豆浆的量。家中人口多那是要多些，还有邻居也是不能少的。

母亲把筛拣过的黄豆用自家的石磨褪壳。只见她右手推着磨把，左手往磨斗眼里添黄豆；母亲介绍说，黄豆褪壳是为了好出浆，未褪壳的是不好出浆的。黄豆褪完壳，豆壳也要留住。做啥呢？母亲骄傲地说："缝个袋子装进豆壳给孙子做枕头，清心养身，保护头脑。"

筛完豆壳，母亲会将豆子放进水桶里浸泡。水浸过的黄豆，一来好磨，二来豆浆嫩，好喝。

早晨，我们想多睡会儿，那石磨"吱吱呀呀"声，早已声声入耳，母亲已经开始磨豆浆。黄豆磨完、滤渣、下锅，添把干柴煮沸，乡下称之"大开"，也就是开锅的意思，新鲜的豆浆就出来了。每当这时，母亲总会拿个较大的碗，盛上满满的一碗豆浆，放入白糖，留着等我起床喝。几个妹妹喝的就少了，在母亲眼里她们是女的，男的在家里是要挑大梁，做事业的。

说实话，喝豆浆在农村基本还是奢侈品。只有逢年过节的时候，家家户户做豆腐，豆浆未放入石膏前，那时才有豆浆喝，用母亲的话说："喝豆浆清凉祛火，不会心躁。"豆腐招待客人，做菜用，豆浆还是要喝的。

现在，因工作关系进城了，生活也有规律；每天早晨上班路过小吃店，总要驻足，问：有豆浆吗？

那浓浓的豆浆，让我思念母亲；那浓浓的豆浆，像母亲那浓浓的乳汁……

我好想再喝母亲煮的豆浆。

喝姜汤

昨夜，多年的同学相聚，我不免又喝高了。妻子端来姜汤，让我醒酒。

喝着妻子为我精心炮制的姜汤，望着姜香四溢的大碗姜汤，我又想起九泉之下的母亲。

记得上小学四年级的一天，我上山去砍竹子，那是学校下达的任务——每个学生要交三十根竹子。我们同班三个同村（同学）伙伴，一起相邀到后山去砍竹子。早春的天气，时晴时雨。上山的时候，天气晴朗。刚砍十来根竹子，老天就下雨了，是倾盆大雨，把我们三人淋了个落汤鸡。我们三个同学冒着大雨坚持把竹子砍齐。三个人捆好竹子，用稚嫩的肩膀扛起竹子，一路跌跌撞撞（因为雨天路滑），到家的时候，都成了泥猴。干活的时候，倒不觉得什么。回到家里放下竹子，不禁打起寒战，哈欠连天。母亲看见了，心疼得不得了。她连忙起火烧水，让我洗了个热水澡。又找来一个陶瓷罐放进姜块，利索地捣起来。我洗好热水澡，母亲就端上了热气腾腾的一大碗姜汤。她连声说：

"命仔，喝，快喝。喝了去寒湿。"

"喝了姜汤，去床上捂热。"

我喝完姜汤听话地上床躺着，或许劳累的缘故，不知不觉睡着了。昏睡中，我做了一个梦，梦见老师表扬我，说我砍的竹子数量最多，质量又最好。我多砍了十根竹子。我正做着美梦时，母亲在我耳边轻声叫唤我起床："起来吃饭，起来吃饭哩。"

第二天，我的那两个同学没有一起去上学，他们的母亲让我代替请假。因为他们昨天上山砍竹子，被雨淋感冒了，现在还发烧了。

同学的母亲说完，看着我，惊讶地问："你也被雨淋了，怎么好好的？不会感冒？"

我肩膀上扛着竹子，喘着粗气，不假思索地回答："我没事呀。昨天，我妈妈为我做了姜汤，我喝了姜汤，所以没有感冒！"

如今，我才知道生姜可作药用，有许多的保健功能。久违的姜汤沁人心脾，浓浓的姜汤让我怀念母亲。

记忆里的冬天

◎ 巫仕钰

秋天没有走远，冬天已随一场秋雨骤然而至。村后树林里尚未红透的枫叶有些措手不及，在雨夜里黯然飘落，树叶与树枝的告别有些潦草、有些无奈。早起的我打开房门，却被一阵冷风挡回屋里。冬天来得有些急，有些突然，像久违的老朋友。

我生长在闽西的崇山峻岭里，这里的冬天没有北方"千里冰封、万里雪飘"的恢宏气势，但它的严寒却让人刻骨铭心。小时候的冬天来得早且严寒漫长，霜降一过就开始下霜，每天寒风习习，脸上火辣辣的，像猫爪子在抓；到了晚上气温降至零摄氏度或零摄氏度以下，湿润的空气凝固成粉末状，停驻在草上树上屋顶上；早上起来一看，满山遍野白茫茫，浓雾罩住了半个村庄，冷风直往脖子里钻，脊梁骨冰凉冰凉，牙齿上下直打战，走在路上霜芽子咯吱咯吱地响；太阳一出，这白色的精灵很快就隐于雾中，为第二天的故技重演养精蓄锐。这样的天气有时连续一两个月，按部就班、循环往复，好似有意考验人们的意志与耐力。

但冬天没有就此打住，霜降结束后开始下冻雨下雪，把它的严寒劲儿悉数抖搂出来，把南方的湿冷表现得淋漓尽致。我小时候住的是青瓦大围屋，每逢下冻雨，经一夜寒风的劲吹，屋檐下会结上晶莹剔透的冰凌，短的二三寸，长的近一尺，一排排，尖溜溜，似冬天送给围屋的辟邪剑，又像寒风给围屋系上的围脖，在旭阳的照射下五彩缤纷，与灰墙青瓦的围屋相映衬，煞是好看。这样的天气，大人们无法外出干活，男人在大厅里燃起火堆，围坐一圈天南地北地海聊；女人纷纷寻出御寒的宝物火笼，放入炭火一边烤脚一边纳鞋底或绣花；小孩找借口不去上学，在火堆里烤红薯、芋子，惬意分享大人们秋收后的快乐。

下冻雨常常是降雪的序曲，飞雪在人们熟睡的夜晚悄悄来临。早上起床发现院里院外、山上山下到处都是白色，村庄田野、山峦沟壑银装素裹；村中的百年老樟树也失去了绿色，像位银发智者伫立在雪地里沉思，屋后的翠竹被大雪压弯了腰，变成冰雕向冬天俯首称臣。不怕寒冷的小伙伴，或在雪地里欢笑雀跃，或在堆雪人打雪仗，或把水塘里的冰块取来当玩具，与冬天的冷艳之美构成山村绝妙的画卷。这时，身上的寒意渐消，被冬天舍我其谁的气魄所折服，对冬天敢让山河换新颜的强悍产生了敬畏和崇拜。

冬天也不尽是严寒和不适，也有许多让人期待和有趣的事。入冬，田野里的粮食颗粒归仓后，小伙伴们就制作由长七八寸、直径五六厘米的竹筒及一尺许的小竹片和一段细绳组成的竹筒捕鼠器。每当晴天的傍晚，就背着捕鼠器，用稻谷或大米做诱饵，在田坎、山边寻找鼠路，凡遇鼠道或老鼠洞口，便放上捕鼠器，翌日清早收回。捕到老鼠将其去毛剖腹除肠肚，用水洗净晾干后用谷壳或米糠熏烤，待烤成酱黄色即成闽西八大之一的田鼠干。这美味可口营养丰富的田鼠干，既可送市场售卖，也可佐以冬笋、大蒜、生姜、水酒炒而待客，成为一道色香味俱佳的美食。若到农家能吃上田鼠干，你就是主人家的贵客，就着一壶滚烫的客家老酒，可以温暖一个冬天。

闽西是客家聚居地，客家人因战乱或灾荒从山西、陕西、河南等中原地区，扶老携幼、翻山越岭、辗转迁徙而来，经历战火和灾难的洗礼，再加上开拓荒蛮之地的磨砺，形成勤劳坚韧、崇文重礼、互帮互助、热情好客的特点。闽西的冬天是农闲季节，田里山上该收成的都已入库，婚嫁寿诞等喜庆之事集约登场，辛劳了快一年的人们半闲半忙，遇上哪家办酒席，亲戚朋友都来道贺，左邻右舍集聚帮忙，有的杀鸡宰鸭、炒菜炖汤，有的砌炉灶、架案板，有的搬桌椅、洗碗筷，有的写对联、收贺礼，既忙碌又井然有序；待厅里厅外摆满八仙桌，十几二十碗菜肴备齐，就请主客入座，放鞭炮启动酒席。大人一边唠嗑一边劝酒，小孩边吃边玩屋里屋外穿梭，其乐融融，那热闹劲儿和幸福氛围把冬天烘托得美美的。

当然，小时候最让人期待的是过春节。过了腊月二十，年味渐浓，外出的人们陆续返乡，小村开始热闹起来。小孩从大人口中得知外出的父母或哥哥姐姐会回来过春节，就早早地在村口翘首以待，等到的就跑上去相拥欢叫，帮忙提东西，说笑着往家里赶。没等到的虽有些失落，但会流着鼻涕在寒风中坚守，直到期待的身影出现。这时，小村才正式进入过春节的氛围，大人忙于送灶王爷、杀年猪、祭神灵、拜先祖，小孩也忘了寒冷，颠前跑后跟着大人一起忙碌，直至燃起守岁烛，拿到压岁钱才安然入睡，在睡梦中把吉祥的冬天带到来年。

在我的记忆中，小时候的冬天才似乎是真实的，那时叫三九严寒。小雪已过大雪将至，几次降温又几次升温，好多年没下一场像样的大雪了，让人有几分惆怅几分念想，日子向深冬走去。

山村情愫

◎邓煌生

蛟坑那地方，村前是怪石嶙峋的猪牯山，村后是莽莽苍苍的东岭山脉，东岭峰峦叠嶂，相连公都垮、山坑、大岭顶几座大山。村内有塘尾溪、门口溪、艾坑溪三条小溪穿村而过，在村口鳗精潭交汇后向南流入九龙溪。村子地势高差明显，村民房屋依山坑而建。因三条小溪在村口汇合，故而得名蛟溪又名蛟坑。四十多年前，我和二十余名清流一中72届高中毕业的同学在这里当知青。而后，有的人入党、有的人上大学、有的人提干、有的人招工等先后离开这里，各自从蛟坑出发走向自己的人生。

回忆四十多年前，在清流县余朋公社蛟坑大队插队的日子，春天铲土肥，夏天抢收抢种，秋天铲茶山，冬天修大寨田，让我饱尝了人生的酸甜苦辣。难忘的知青岁月有收获也有遗憾，有温馨也有苦涩，有欢乐也有泪水，给我留下了满满的回忆。然而，最让我怀念的是蛟坑土楼里的沈菊秀大妈。我和她同在一个生产队，她像母亲一样对我关怀呵护，我亲切地称她为大姨。

菊秀姨其时六十多岁，个子不高，皮肤白净，满脸带笑，衣着整洁，宽厚待人，人缘极好。我从她灶间一张发黄熏黑的奖状上得知她丈夫叫陈炳发，是个老队长、老党员，已去世多年了，她孙女已出嫁，她自己过着一人一户的生活。

插队半年后，开始夏收夏种割稻子了。我初次割稻子的时候，镰刀拿得比较平，不懂得镰刀口要向下斜，结果一不小心镰刀割到了我左手的食指，只见皮肉翻开，瞬间鲜血就涌了出来。社员赶忙用烟丝帮我止血，用斗笠带将伤口绑紧。此后在手痛无法出工的一段时间里，是菊秀姨叫我到她家吃饭，又是煮凉茶为我消炎解暑，又帮我缝洗衣服，让我度过了那段生活不便的时光。

有一年秋天，蛟坑流行疟疾，俗称打摆子，我难以幸免。持续几天躺在床上，头痛、发冷、发热。每天一饭盒冷饭配酱油汤难以下咽，饿了几餐。在我万般无奈，惆怅寂寞、迷迷糊糊的时候，听到有人敲门，开门一看是菊秀姨，她从竹篮子里端出一碗热气腾腾的红菇煮面条，面条碗里还卧着两个煎香的荷包蛋。菊秀姨说："自己养的一只鸭子生蛋了，煮了一把面条，趁热吃一点吧，别饿坏啦。"我鼻子一酸，眼眶红了，心中百感交集，仿佛又回到了家里，眼前站的好像是母亲。

又是一年早稻吐花抽穗期，房前屋后的稻田被鸡鸭糟蹋得乱七八糟，大队部广播通知要求各家各户这段时间禁放鸡鸭，违者扑杀。在农村得罪人的事一般都安排知青去做，守护生产队稻田打鸡鸭的任务就落到我的肩上。一次到屋背田，看见一只七八斤重的黑色母番鸭带着一群小黑鸭子，在生产队的稻田里窸窸窣窣啄稻穗，我毫不客气一竹竿打了过去，母番鸭带着一群小黑鸭子四处逃命，我接连补打几下，黑母番鸭一家便丧命在我的竹竿下。晚上在生产队部记工分时，才听说我打死的母番鸭是菊秀姨家的，母番鸭死了，一群小鸭子也跟着死了。在那物资匮乏的年代，农户养的鸡鸭平时舍不得吃，留来生蛋，逢年过节用来招待客人。菊秀姨难过极了，眼泪汪汪哭了很久，我十分后悔、内疚、难过。

半年后，我被选调招工到三明钢铁厂。离开蛟坑的那个早晨，下了一夜的鹅毛大雪，天气寒冷极了。我在村口又看见了菊秀姨，她在寒风中站了很久，是特地赶早来为我送行的，她从怀里掏出六个红蛋塞进我的口袋，还殷切地对我说着一番祝福的好话。虽然时值大雪纷飞，但菊秀姨不计前嫌的真情实意让我感觉心里热热的。我心里明白，菊秀姨送我的红蛋一定是她去借来的，因为她家的鸡鸭被我打死了。我独自挑着行李朝余朋公社所在地走去，回望站在茶树林边的菊秀姨，我一边流泪一边招手，心情无法描述，脚步渐行渐远。

十年后，我调回清流工作。终于有机会重返蛟坑村，当我怀着感恩之情来探望菊秀姨时，却得知她老人家已过世多年。我独自坐在那长满青苔的屋厅里，回忆起在这里生活的时光，心中充满痛苦和遗憾。

知青屋

◎邓煌生

　　在油茶花开满山坡的季节，我和几位老友去了余朋乡，有机会又回到了插队时的蛟坑村。这是一个很平常的日子，没有节日，也没有什么社会活动，村里像平常一样宁静而祥和。从村民的脸上可以看出他们过得安康知足，只是熟悉的面孔少了，没有了熟人，更难寻找昔日的"亲人"，但还是让我不由得想起五十年前这里曾经有我的家。

　　我径直向村中那座知青老屋走去，在一棵歪歪的开满白色李花的老树旁，找到当年住过的知青屋。老屋没有被拆，依然还是老样子，只是显得老旧沧桑，没有了往日的喧嚣。

　　由于20世纪80年代初没有了知青来源，蛟坑大队改为建制村，知青的老屋低价卖给了村民，如今已是民宅了。

　　一个年轻女人抱着孩子站在门前，惊讶地看着我们这些不速之客。我赶忙自我介绍："我是蛟坑的老知青，以前曾在这里住过，想进去看看。"女主人笑嘻嘻地说："可以，可以！"不顾女主人惊讶的目光，我激动地闯进了屋里，踏上了楼梯，险些绊了一跤。靠楼梯口临溪第一间就是我曾经住过五年的家，那时我的家产有草席、被子、蚊帐、箱子、煤油灯，还有斗笠、蓑衣、锄头等农具，最值钱的是我养了近一年的四只大公鸡。

　　离开农村在城市漂来漂去五十年，如今又回到了曾经为我遮风挡雨熟悉的家。我不禁记起"物是人非事事休，欲语泪先流""年年岁岁花相似，岁岁年年人不同"的千古佳词。心情可谓百感交集、感慨万千。

知青屋是在1972年冬建起来的，当时清流县余朋公社为安置知青，拨出专款在蛟坑大队建造了一座木结构两层木瓦房。二楼房间背靠背分成前后两排，每排六间，共有十二个房间，四周是通道。每个房间大概十平方米，从中间隔起了半高的木板墙，两人一个房间，房间安放两张单人床，靠床的木桶存放大米粮食类物品和斗笠、蓑衣、锄头等农具，桌子上面放置着煤油灯和我们的生活小杂件。一楼是代销店、卫生所、下放干部住房等。1973年2月，这里安置了四个生产队的二十余名清流一中高中毕业的知青。起先他们按生产队为单位，三五人一伙自己做饭。后来大队为知青新盖了一座知青集体食堂，有厨房、餐厅、储藏间、洗澡间。知青住房周边紧邻小学校、大队部、大礼堂，这里当时是全村最热闹的地方。

知青屋位于村中心的一个小山岽上，门前是条进出村的路，说是路却很窄，只能够一人赶一头牛，挑一把犁耙行走。

路下有条狭长弯曲的溪坑，小溪从莽莽苍苍的东岭起源，一年四季潺潺流进蛟坑村，村民依清澈的小溪两岸居住，每隔几步就有铺设木板桥连接两岸方便村民来往。每天清早知青们过桥到井边挑水，到溪边洗衣。更有早起的村姑藏着心思，一边洗衣一边不时仰望着楼上的知青，其中的秘密只有她们自己知道。

小溪流经知青屋前时，河床断崖跌落数米，溪水沿石壁落入深潭中形成一块天然的瀑布。每当暮春时节，暴雨过后，瀑布流量就会骤增，溪水从高处奔腾而出，水花飞溅，气势磅礴、声若雷鸣。瀑布发出的声音并不影响我的睡眠，闻着哗哗溪水声反而让我感到安全、放松、好睡，因为下大雨可以不用出工。溪水猛涨，石洞里小鱼纷纷出来觅食，有的知青拿起鱼竿在知青屋门前溪钓鱼，一会儿就能钓上半桶石斑鱼。

我怀念山村的夏夜，凉爽、安静、放松、惬意。"双抢"收工后，想喝酒的人溜到楼下代销店沽上一碗老酒，来不及细细品味，一口气喝光，顿时感觉浑身舒坦，缓解了疲惫。辛苦一天后的知青们在知青屋休憩聊天，有人拉起了二胡，吹响了笛子、口琴，有的带来手抄歌本，有人翻出《战地新歌》《洪湖赤卫队》《绣金匾》。知青屋常常飘出阵阵琴声、歌声，琴声虽不美妙，却也余音绕梁，引来当地男女青年的共鸣，为寂静的山村带来了生机。那些日子再回忆起来虽说很平淡，却是一起下乡插队同学们农村生活的真情写照，我们的梦想和青春都留在了这里。

1977年秋，看到国家恢复高考的报纸后，知青们又集聚在知青屋，一起重新翻出搁置多年的高中课本准备复习备战高考。尽管时间仓促，复习资料欠缺，没有老师辅导，十来个同学克服当时政治因素等困难，白天出工，晚上在油灯下复习到深夜，有的同学连鼻孔都被煤油灯熏黑了。大家抓住这难得的机会，经过近一个月的互相关心、互通有无、取长补短的刻苦学习。1977年冬天，一起下乡插队的十余个同学终于走进了清流县高考考场。

1978年春天，大多数知青陆续收到大中专院校的录取通知书、招工录用通知书等，先后离开知青屋，各自从蛟坑出发走向自己的人生路，在不同的岗位上都能挑起重担，成为单位的中坚力量。原本热热闹闹的知青屋人去楼空，失去了往日的辉煌，许多知青的故事、情缘、经历、情结被尘封在知青屋。青山依旧在，溪水仍长流。如今，知青屋历经五十年沧桑还坚强地立在那里，成了一个时代的痕迹。

那一幕

◎杨 创

那年，咱兄弟约定，一定回家过年。

除夕之夜，我们一群大孩子携妻带子地来到双亲居住的老屋，与二老共度佳节。我们又像回到了从前，有说有笑、有唱有跳。

吃完年饭，时间不早了，忙碌一天的兄弟嫂子各自回家休息了。父母执意要我们就住老屋。我们陪着二老交谈了许多，多半是关于我们的工作和家庭。

屋外寒风呼啸，室内也感觉脚指头冷得生疼。临睡，我特意为他们准备了两个暖壶暖暖被窝。老屋有两间，中间有一道互通的小门。我们和二老只隔一墙，听着他们已入睡，我才放心躺下……

不知何时，"哐啷"一声将我和妻子一同惊醒。我们直奔两位老人的房间，开了灯，发现母亲仰面直挺挺地躺在离床约两米的地上，脸铁青得吓人，旁边一个红色的热水壶已经破碎了，泥地上还散着热气。

那一幕着实让我大惊失色："妈，妈！妈！"没有回答！父亲还在酣睡，我拼命摇醒了他，他也手足无措。我一看手表，此时正好是大年初一凌晨一点。

时间就是生命。妻子和父亲照顾母亲，我径直奔向大哥住处，并及时把本村医生叫了去。

谢天谢地！母亲终于醒来了。医生说没什么大碍，只是体力不支而引起的，适当补充些营养、注意休息就没事了。

当我问起母亲为什么半夜起来时，她说想找点水喝，岂料……

我不禁埋怨："你为什么不叫我们帮你？"母亲说："我叫了你爸好几声，他竟然像死猪一样睡得烂熟，我想，反正也没什么事就自己起来了。"

"妈，你以后可不能这样了，看您躺在地上，我自己都要晕过去了。"

本想，利用假期好好地孝敬一下两位老人，就当这十几年不孝之子的一点儿补偿，可就因为一壶水……

母亲出生于富贵家庭，20世纪60年代，因为追求"爱情"，辞了文工团工作，硬生生跟那个后来成为我父亲的男人来到穷乡僻壤的宁化县禾口乡（现改为石壁镇），成为一个名副其实的农民。母亲能说会唱，人缘也好，当过妇女代表。然而，当时现实的生活与她的预期存在很大的差距：艰苦的生活条件、繁重的家庭负担、丈夫的平庸与惰性，使她几乎失去了生活的信心。可以说母亲期待的浪漫爱情和美好生活可谓昙花一现，勉强维系婚姻、家庭，让她难以割舍的，可能就是我们这些被她称作"讨债鬼"的五个孩子。她含辛茹苦、严厉乃至尖刻地把我们养育成人，真是不简单。我理解她，理解她作为母亲、妻子、媳妇、女儿所做的一切。

成家之后，在妻子与母亲之间，我力求当好"磨心"。我记住了姑姑曾经对我们兄弟几个说的话："男人一定要在老婆和母亲间当好磨心。只讲她们的好话，哪怕她们的坏话，你也要把它扶正了再说。婆媳关系处得好不好，就看你们这些男人们啦！"可是这对于我们男人来说并非易事。但我努力做到了，母亲与妻子的婆媳关系很融洽。

但儿媳毕竟是儿媳。母亲离世前卧病不起。我们兄弟姐妹轮流照顾了一段时间，但各自都有自家的事。因为母亲晚年大多时间都跟我们过。妻子虽嘴上不说，但我从她脸上就知道她心里有些不痛快。为此我尽量抽时间照顾母亲，多陪陪她老人家。记得那段时间，我发现母亲大小便很不方便，我硬是用锯片与菜刀，花了三四个小时，把一张实木的靠背椅子在中间挖开一个直径十几厘米的洞，让她能够坐在椅子上大小便。看见我手上磨起的一个个血泡，母亲把我拉到床前，用她那布满青筋、干瘦的手摸着我的手心疼地说："孩子，真是难为你啦！""没事，这不是我应该做的吗？只要您好好的，做什么事我们都愿意！"

我想：后来做的一切，算是儿子对那一次疏忽导致的一幕所做的一点心理补偿吧！

　　那一幕，我后怕至今，愧疚至永远。

婚宴记

◎邱林根

    在众多宴请的礼节中，比如长寿宴、升学宴、乔迁宴，可以说只有婚宴有着最重要、最隆重、最烦琐的仪式。

    我的家乡清流，对办东道的厨师叫"厨官师傅"。平日里，他们与土地为伍，与粮食、蔬菜相伴，并无异于常人之处。只有在喜事场上，他们才被东家以"天地君亲师"中的"师"称呼，身份便有了一些特殊。

    几乎每个村庄都有一两名会办东道的厨官师傅。他们或许不知"八珍"是怎么烹饪的，亦无缘见识"食不厌精，脍不厌细"的孔府菜，更叫不出几道"满汉全席"或"烧尾宴"中的菜品名号，不论是批切镂斩，还是煎炒烹炸，全靠代代相传、耳濡目染。他们用娴熟的烹饪技术制作出富有地方风味的菜肴，灵趣中透出憨鲁，粗粝中带着精细。

    随着时代发展变化，如今有"移动酒席"下乡了！原来按本地风俗，不管谁家办喜事，同家族的人和左邻右舍都要去帮忙——锅灶砧板、杯盘碗筷刷得纤尘不染；蛏干目鱼，鸡鸭牛肉，逐一备齐。现在村里出去打工的人多了，也就基本是包给"移动酒席"办，多少钱一桌照算，只烟、酒自己负责。

    婚宴这天，一大早"移动酒席"就忙开了！只见厨官师傅马步扎得稳当，灶前翻炒尽显如虹气势，帮手左右助力，不敢怠慢。厨官师傅说，办酒席讲究五个字：质、色、形、味、器，缺一不可。对于食材的质，东家向来很在意，鸡要用自家养的土鸡，鱼要用九龙溪放养的溪鱼，其他食材也多是清流特产，如赖坊花生、大蒜、嵩溪豆腐皮、粉条等。俗话说，一方水土养一方人，一方人办一方菜。要想做出亲近唇齿的味道，就不能忽视本地食材，因为它们接了我们脚下的地气，还有渗入我们肌体的水汽。

灶膛里，杂柴毕毕剥剥地燃烧着；蒸笼中，炊烟袅袅娜娜地往上冒……搅动鸭蛋的嘚嘚声，切葱姜末的唰唰声，粗斩细剁肋条肉的马蹄声，给白斩鸡、八宝饭过油的噼里啪啦声……各种声音融汇在一起，抑扬顿挫、和谐悦耳。院子里的花花草草也被这喜气感染了，高兴地摇曳着。

办好一场酒席，招待好客人，尤其是女方来客，对一个厨官师傅来说，是极其重要的！只有这样，他才担得起"师"这个称号。新娘从娘家到婆家，不管是远在天涯，还是近在咫尺，心情都是复杂的，喜悦、期盼或是感伤。从某种意义来说，一桌好酒席，对于新娘和她的亲友是一种心灵上的慰藉。

先上迎宾点，接着上冷盘，或摆放整齐，或点缀衬托，然后才是正菜。客人可以通过菜品来看出东家对他们的重视程度，通过口感味道对"厨官师傅"的厨艺高低有个初步了解。菜品如人品，菜品不好，证明厨师敷衍潦草；菜量如人的气量，这里要求适中的量；菜不厚实，说明东家薄情，不够慷慨。

当菜上至一半，新郎、新娘要来敬酒了。这时，厨官师傅就要暂停一下，待敬完酒，继续上菜。每上一道菜，都要"鸭不献掌，鸡不献头，鱼不献脊"，要把最厚实、最好吃的腿肉正对着上座，这是规矩。

一桌酒席，甜食是不可或缺的。最后一道菜是"喜多多"，它是有寓意的，它代表夫妻之间和和美美，生活甜甜蜜蜜……这时，长舒一口气的厨官师傅来到大门口，看看众人，双手擦擦围裙，额头沁出细密的汗珠，脸庞红润，让人感到很温暖。有熟悉他的便与他打招呼："辛苦了！"

当客人散去，厨官师傅也收起厨具要走时，东家就包一个红包（大概是师傅一天的工资），提一袋糖、饼作谢礼，而浓浓的乡情、友情和亲情，却在人们的记忆里经久不息……

最幸逢时老　终成享福人

◎李廉德

　　唐代诗人刘禹锡在《酬乐天咏志见示》中喜吟："莫道桑榆晚，为霞尚满天。"诚哉，信然。福星高照，福佑中华。国运昌隆偿福运，人生最幸老逢时。

　　《尚书·洪范》记载"五福"曰：第一福是"长寿"，第二福是"富贵"，第三福是"康宁"，第四福是"好德"，第五福是"善终"。我很有福气，非常幸运地成长、生活在新中国和共产党温暖的怀抱里，终生心满意足地体验着中华民族博大精深、源远流长之"福文化"——知福、惜福、修福、积福和享福。

　　民国二十六年十二月十八日（1937 年 1 月 30 日，身份证是 1939 年 12 月 18 日，当年父母怕抓壮丁有意把年龄报小），我出生于清流县李家乡鲜水村一个农民家庭，父母文化程度不高。童年读私塾。1950 年春父病，辍学在家劳动，10 月父病故。1951 年家乡土改，工作组林组长动员我到李家小学复学，次年小学毕业，9 月到清流中学补考入学；1955 年"五四"加入青年团，7 月初中毕业，保送永安师范读普师。1958 年 7 月师范毕业留校任教，放牛郎当了老师的老师，幸福感油然而生。1961 年 11 月 1 日加入中国共产党，次年 7 月获福建师院中文系本科（函授）文凭，8 月调永师附小任副教导主任。1968 年任工农兵小学（附小改名）"革委会"副主任。1971 年 7 月调城关镇任党委委员、政工组组长，12 月升任"革委会"副主任。1977年借调槐南水电工程指挥部任副组长,1981年"归队"调实验小学任党支部书记。1983年借用教育局任党总支秘书、《永安教育志》主编。1989年根据本人要求调教师进修学校当语文教研员,兼任《永安教研》和学生优秀作文选《小荷尖尖》主编。1997年出版教育教学论文选集《笔耕集萃》,次年获"小中高"职称,2000年1月退休。

我是幸运的,成长在新中国、新社会,在前进道路上得到学校、单位和诸多贵人好人的关爱、扶持和帮助,改变了命运,从小立志当老师的美梦成真。无条件服从党组织安排,哪里需要到哪里,无论在哪个岗位都牢记入党誓词,坚守"廉"与"德"之本性和底线,埋头耕耘,不问收获,默默品尝为人民服务、教书育人过程的快乐和幸福。

2000年3月应聘北门小学当校外德育辅导员,次年3月永安市开展诗词进校园活动,北门小学率先成立小荷诗社,由我和王磊之任指导老师。随后聘任市关工委秘书长兼诗词进校园辅导站站长,2014年在市关工委第二次退休。2010年3月永安老年大学增设格律诗词班,应聘任教,2019年12月在老年大学第三次退休。2021年喜获中共中央颁发的"光荣在党五十年"纪念章。退休二十年来,在老有所养、老有所依的前提下,老有所教、老有所学、老有所为、老有所乐,践行终生舌笔兼耕之初心和使命,倾心尽力报效党和祖国人民的养育深恩,怡然自得安享晚福——"五福"。

一、安康福

羁旅永安已六十七年,永安即永远平安,平安是福。现居住的智佳苑——坐落仙泉山,这是古时仙人显灵的风水宝地,安居是福。1992年患糖尿病,三十年了,十年前又有高血压,这都是老年常见病,保持平常心,既来之则安之,管好嘴迈开腿,不吸烟不喝酒,粗茶淡饭,坚持吃药,管控病情,和平共处,严防发生并发症,没有影响学习、工作和生活质量。退休后虽然住院三次,动过手术,但都很快恢复元气,保持健康,心灵安宁。20世纪60年代初就佩戴眼镜,几十年须臾不离。前几年左眼做了白内障手术,视力奇迹般恢复,走路、看电视都不要戴眼镜了,真可谓返老还童。

每天早饭后和晚饭前，坚持到后溪畔或燕江滨漫步、活动，呼吸新鲜空气，仰望蓝天白云，骋目提神醒脑。天天沉醉在"学教乐为"之中，阅书报、敲电脑、看手机，隔空与诗友文朋交流，怡情悦性、心驰神往，不知老之将至也。安康是福。

二、诗教福

热爱教师职业，立志终身教书。于是退休后，即应聘担任北门小学校外德育辅导员和诗教指导老师，二十年如一日，风雨无阻，坚持义务诗教。2010 年又聘任老年大学诗教老师。跟少年儿童、老年朋友一起学习诗词，既当老师又当学生，实现终身从教愿望。担责任、尽义务、获双赢，这是福运福气，修福积福。北门小学诗教活动得到社会肯定，《三明日报》《福建老年报》多次报道，三明市教育局、关工委、诗词学会在该校召开诗教现场会，推介其诗教经验和所取得的成效，被誉为三明市诗词启蒙教育试点学校的旗帜，我两次应邀到三明市诗词启蒙教育试点学校教师培训班授课。老年大学退休后，格律诗词班学员为了跟我继续学习诗联，2020年 1 月创建诗苑习耕微信群，每月由我出题、审校，诗联作品群里交流，汇总编成美篇，已编辑二十五期，成为群友学习交流诗联的练兵场和精神园地。在任燕江诗社社长和诗词进校园辅导站站长期间，应邀到全市各中小学讲授诗词常识，近年还应邀到诗词沙龙和诗词研讨会授课，跟师生、诗友学习交流，乐此不疲。2019 年应聘担任三明市诗词学会指导老师，跟各县（区）诗友私微学习交流，探讨切磋，为传承和弘扬中华诗词、普及和提高诗词创作水平尽绵薄之力。

我"因穷得福"，当年清流中学班主任甘怀玉老师对我说："你父亲病故，家庭困难，学校研究保送你读永安师范，师范吃饭不要钱。"师范是培养教师的摇篮。我也"因祸得福"，"文革"期间学习创作诗词，成为诗词爱好者。后加入燕江诗社、福建省诗词学会和中华诗词学会，以诗交友、以诗为伴，终身受益。

三、笔耕福

我的正业是教书，业余爱好是写作，读书、教书、写书是我的人生三部曲。退休后，仍然笔耕不辍，创作诗词、散文，写论文和文史资料。退休后自学电脑，打字、编辑、收发邮件，方便而快捷。2000年出版文学作品自选集《故土情思》，2007年出版诗联选集《仙泉诗选》，2013年出版《仙泉斋诗文集》（三卷），2021年出版《仙泉斋诗文续集》（三卷），向中国共产党成立一百周年献礼，纪念入党六十周年，赠送曾关心、扶持、帮助过我的老同学、老同事、老领导和诗友文朋，回报社会，知恩感恩报恩。《仙泉斋诗文续集》是《仙泉斋诗文集》续编，主要内容是2013年7月至2021年6月八年间笔耕的诗词、楹联、散文、论文、文史、诗评、讲稿和电子邮件等选编，达六十四万字。2013年恢复每天写日记，原计划入编的这八年日记，由于篇幅太长，忍痛割爱。"综合卷"选编20世纪60年代初的学"毛著"日记、"文革"日记和退休后的部分旅游日记，这是历史记录和生活屐痕，敝帚自珍。2016年，福建省全民阅读组委会授予"书香之家"荣誉称号。

2021年10月24日，永安市退休协会教师分会、作家协会、诗词楹联学会和燕江诗社，在北门小学联合举行李廉德《仙泉斋诗文续集》赠书仪式，老领导、老同事和诗友文朋六十人参加。29日，《三明日报》"夕阳红"刊发杨家璋、万曲的《义务辅导超廿载 赠人玫瑰有余香》报道，介绍赠书仪式盛况。会后，市内外有五十多位诗友文朋发来祝贺、感谢诗词，勖勉鞭策，情真意切，倍感幸福。

四、旅游福

退休后，旅游成为生活重要内容。《沁园春·雪》曰："江山如此多娇，引无数英雄竞折腰。"我是普通舌笔兼耕者，也为"江山如此多娇"而陶醉。在旅游过程中感受天人合一哲理，激发灵感，活跃思想，培育豪情；在旅途中感悟人生真谛，升华生活质量，提高精神境界。旅游不仅仅是游山玩水图娱乐，更是一种学习和体验。旅游的过程，就是学习、锻炼、陶冶的过程，既增长见识和增强体能，又亨受美景和怡悦情趣。跟队旅游，结交新朋友，培养团结友爱的互助品质和团队精神。旅游不仅饱眼福、口福，更饱心福。

畅游北京、新疆、浙江、贵州、广西、海南、福建等省区市名胜古迹、大好河山，为地大物博的美丽祖国而骄傲和自豪。瞻仰上海、嘉兴、韶山、瑞金、井冈山、长汀等革命圣地和参观永安、清流、宁化等红色旅游景点，重温革命前辈艰苦卓绝的斗争业绩，深切感受今天的幸福生活来之不易，身在福中更知福惜福。跨出国门，游览韩国、日本、泰国、新加坡、马来西亚和西欧八国，编印《游欧剪影》相册，每张笑脸都是满满的幸福感。

五、亲情福

三个孩子，践行"凭本事吃饭、凭本分做人、凭本性处世"家训家风，都自食其力，没有后顾之忧。女儿女婿已退休，有房有车，安度晚年。两个儿子都是研究生，获高级职称，有专业特长为祖国和人民服务；长孙、孙媳也都是研究生，已婚生育；次孙今年北师大本科毕业将留校读研究生。五小家一大家，四代同堂，坐享天伦之乐。亲情是福。2005年，跟惠清重组家庭，她两个女儿也都成家立业，自食其力。我们五个孩子和睦相处，亲如一家。和谐是福。

近几年，我们都到福州跟儿孙一起过年，阖家团圆，迎春接福。有福之州，福天福地福文化。儿子自驾带着我们游览国家5A级旅游景区省级历史文化街区三坊七巷，这是福州历史之源、文化之根、文脉昌盛之地；游览省级历史文化街区上下杭，这是第一批国家级夜间文化和旅游消费集聚区……走福道，观福景，品福食，享清福。耳濡目染，增长见识，真切感受到国家历史文化名城、全国文明城市、全国宜居城市之福相和魅力。

孔子在《论语·雍也》中提出"仁者寿"，即德者寿。同理，师者寿，诗者亦寿。寿是福。今年八十五了，伞寿乃大寿。我是中华人民共和国从站起来到富起来到强起来的见证者、参与者和受益者，是有福之人也。虎年福见，春临福满门。

最后，吟咏一首名为《虎年咏福》七律作为结束语：

"福字神奇举世崇，音形寓意古今融。贴门祝贺家邦旺，剪纸追求事业红。不负仁心赢鹤寿，终偿汗水获年丰。康宁富贵乃天道，五福人人握手中。"

一路芳华，且歌且行

◎邓云东

　　1993 年 8 月，我从师范学校毕业，加入了人民教师队伍。那年我十九岁。

　　即将走上工作岗位，对我来说，新鲜而令人神往。报到那天，只身一人来到清流四中，并没有想象中的美好：两幢教学楼，都是 1981 年投入使用的三层砖土房；一个运动场，是由沙土平整而成，一阵大风吹来，尘土飞扬。接待我的是校长，见到我就说了句："来了？好好好，好好工作。但我要事先说好哦，没房子住，得自己解决。"

　　"好"字特别多，可是我的心碎了一地。即便这样，我还是踌躇满志地开始了我的教师生涯。在那时，我们学校初中部的生源被称为"猪尾巴"，全都是一中录取完后收来的学生，教学状况可想而知，因此，辍学率极高。有一次，班上一位伍姓孩子没来上学，我便骑着向同事借来的自行车，独自到离学校十二公里的小村子去家访，中途还摔了一跤。当我带着满身尘土找到他家时，家长一脸无奈。那孩子正好挑柴回来，见到我便泪水打转，欲言又止。后来，我把他带回了学校，代价是我向校长保证，学费从我的工资里逐月扣除。三年后，我的第一届学生毕业了，所谓的"猪尾巴"们居然上了宁化师范一人，三明卫校一人，一中一人，这样的中考结果已经很难得了，引起一片惊呼。一年后，四中初中部独立设校，就是现在的清流县城关中学。我继续教初三，成绩斐然，全班大部分学生都考上了中专、师范和高中。

我还是时常感到迷惘，似乎什么人都可以对教师这一职业指手画脚地评论一番：上街买个菜，你若讲价，对方便怼来一句"老师真的会算"；与人闲聊，你若说话大声了些，便有可能招来"群殴"——"老师怎么可以说粗话"，诸如此类的讽刺和挖苦时有发生，我的心里有了些许阴影。

2008年暑假，城关中学整体搬迁，新校址是在清代东华书院旧址上新建的校区，一流的设施，美丽的校园，让我感慨万千。国家对教育越来越重视，学生上学有"两免一补"，教师的地位有了明显改善。就在那年，我三十五岁了，那个伍姓孩子找到我，给我鞠躬，向我致谢，他已成家立业。我是一个感性的人，受不了那深厚的谢意，但从那天起，我从心里感到了作为老师的真正价值。教学生涯越来越顺利，成绩越来越显著，各种荣誉接踵而来，职称顺风顺水、逐级上升。再后来，学校成为全国新教育实验学校，我成为学校新教育实验的负责人，外出参观、培训和学习的机会多了，福州、厦门、杭州、苏州、成都、武汉、海口……不断接触到先进的教育教学理念，视野为之一新，内心为之一振。我已经把教师这份职业当成事业来经营了。

近几年来，教育投入大幅增加，同事们都有同样的感受，幸福指数越来越高。2013年8月，教育精准扶贫的春风吹到了山区：民建思源佑华教育移民班落户清流，我有幸成为2014级五十个农村贫困学子的班主任。三年后，他们全都顺利进入高一级学校学习，他们勤奋、懂事、向上的精神一直感动着我、激励着我。

二十九年的教师生涯，每当教师节、春节来临，我都会收到学生们寄来的贺卡，一片一片，像彩色的花瓣，织成缤纷的画卷。这都是孩子们送来的优秀答卷啊。

行动就有收获，坚持就有奇迹，奔忙在基础教育的路上，拥有每一个温暖的春天，所有的冰凌都可以融化，所有雾霾都可以驱散，所有关于爱的故事都会浓墨重彩地上演。很清楚地记得，2018年教师节期间，中央电视台《欢乐中国人》栏目报道了河南淇县油城小学"一校一师一生"的感人故事：徐泽峰老师，三十年扎根山区，直到全校只有一个叫徐佳淇的学生，仍然开足开齐并精心上好所有课程。徐佳淇是幸运的，因为他遇到一个好老师；油城小学是光荣的，因为它拥有一个好老师。

我们是幸运的，遇见了一个大好新时代，我们还有什么理由不撸起袖子加油干呢？我坚信，还有更多、更美好的变化将会展现在我们面前。正如某文中所言："和一群志同道合的人一起奔跑在理想的道路上！回头有一路的故事，低头有坚定的脚步，抬头有清晰的远方。"要爱，就深爱，伴随幸福、温暖和收获。一路芳华，且歌且行！

第三辑 ／ 人文风物

古雅灵动　松风万壑
——闽西客家古村建筑群落"活化石"赖坊古民居解析

◎刘光军

　　古民居是古代门第门榜文化的精华，是一方古老土壤中文化的融缩与积淀。解析古民居，在书香翰墨中得以更深地了解一座村落的历史和文化渊源，在古雅灵动中感受万壑松风。

　　"中国历史文化名村"赖坊村，始建于南宋咸淳二年（1266），是一个以客家人为主体的村落，拥有四十多座建于明清时代的古民居，集民居、宫祠、庙宇、寺庵、街巷、水网、城寨为一体，堪称闽西地区古代客家古村建筑群落的活化石。赖坊古民居村庄背依丰山余脉后龙山，呈扇形分布于山前台地与河岸阶地间，文昌溪在村前潺湲流过，如玉带缠腰。背山临水，负阴抱阳，形如"仙人撒网"，是客家先民顺应自然、"卜吉而居"的典范。《赖氏族谱》中这样描述："背山临水，平畴环列。龙珠寨矗其前，后龙山恃其后。文昌溪由寨下迢递而来、蜿蜒而去，四周群峦耸翠。远山匀称，近山环抱，坛屏高大，罗城周密，朝晖夕阴，气象万千。"

　　赖坊的栖居是诗意的，赖坊的布局又是理性的，有着完整而系统的规划和设计，至今整个村庄原始布局依然完整。现存明清时期古建筑一百余处，且连片分布，街巷井然。村落内的房屋格局，以宗祠为中心，聚族而居，高低错落又尊卑有序。街巷水网交错纵横、布局完整。交通、商贸、学校、城门、码头等社会性基础设施和宫庙祠堂、祖屋、民居等各建筑单元形成支脉清晰、纵横交错的有机组合。不仅保存完整，而且大多至今仍发挥着它的社会功用。古厝整体大抵坐东朝西，多为砖木结构，素雅端庄，与山水融为一体。传统的两面坡悬山顶于重叠的山墙背后，以中轴线对称分布，面阔三至五间，中为厅堂，两侧为边厢，厅堂前是天井，采光通风，换气排水，院落相套，营造出纵深自足型的生存空间。整个民居以天井为中心，造就了"四水归堂"的格局。而建筑局部的精雕细刻是整座建筑的华彩乐章，砖、石、木三雕艺术准确传神。彩映庚、翰林第、棠棣竞秀、来清、迎熏、慕荆、攸叙等一批诗意盎然的民居名号，涌动着墨香四溢的文化氛围。它们是古代门第、门榜文化的精华，至今读来仍令人唇齿留香。

"迎熏"民居位于赖坊赖武村中北部，单进两厅合院式民居建筑，由山门、坪院、门厅、上厅、厢房及左右护厝等几部分组成，砖木结构。卵石铺就的坪院左首耸立着青砖砌就的硬山顶门楼，风格素朴典雅。门额上方墨书"迎熏"字样，典出《南风歌》："南风之薰兮，可以解吾民之愠兮。南风之时兮，可以阜吾民之财兮。"相传，该《南风歌》相传为上古时期帝舜所作。意思是南风清爽阵阵吹啊，可以解除万民的愁苦啊；南风适时缓缓吹啊，可以丰富万民的财物啊。借歌词的寓意，不仅巧妙地道出大门的朝向（南），更表达出希望家族平安无辐、广进财源的美好愿望。

位于文昌溪畔的"彩映庚"，是赖坊古民居群落中最完整的一座。门前碧水如带，屋后烟火万家，隔溪远眺，朝山如屏如架，是客家人崇山敬水、卜吉而居的典范。合院式民居体量小巧精致、布局合理，由大门、坪院、中厅、正厅以及厢屋、护厝等部分组成，砖、石、木"三雕"艺术精美，是封建社会晚期没落文人的画心之作。"彩映庚"三字被镌刻在门楼门额上方，《诗经》有云："东有启明，西有长庚。""庚"在天干第七位，原为脱谷之农具，象征"秋时万物庚庚有实"；"庚"在五行中又属金，彩映庚的真意为："祥光异彩照在朝西开的门第上，五谷丰登且多金。"如此多的美好愿望浓缩在三个字中，且翰墨飘香、古雅灵动，这种松风万壑的文字造诣令今人叹服。

"来清"民居是一座建于清代早期的老屋，近三百年历史，抬梁式结构的正厅龛柱及壁柱上，仍然悬挂着众多当时的楹联。在清乾隆时期，该房先后有两人出仕浙江丽水和山东日照知县。保留着赖坊最多的传世文物。"清"，应该是汉语言文学语境里最贞洁的汉字，"来清"，既包涵"清气东来"的悠长之音，又涵盖"雏凤清于老凤声"的清越之鸣，寄寓着先人对后世子孙光其阀阅、克绍箕裘的殷殷厚望。

赖坊祖庙前，越大圳沟，翰林第左侧，立着一座府第式建筑，门楼巍峨、墀头参差，一片粉墙黛瓦守护着深深庭院。这座名叫"棠棣竞秀"的府第式民居有着近两百年历史。在明代的启蒙课本《幼学琼林》中，有"兄弟联芳，谓之棠棣竞秀"之句，表述了该建筑为兄弟共建的来历。与其他的古民居有所不同的是，在近一千平方米的大坪正中，用卵石俏色砌有一"太极阴阳鱼"图案，历经两百余年光泽如新。据说，在每月的朔月子时，有缘的人会看到阴阳两只鱼眼，发出烁烁之光，两条鱼衔尾而游，上下穿梭，洄游不止。

赖坊众多民居中，翰林第是值得推介的一座。它位于后龙山下、山塘背前，主山四季葱茏，泉流长年不断。朝山山形匀称，近山低平如几案，远山阜起如插屏，文昌溪如玉带缠腰，前后呼应、左右相称，是一处极为难得的风水宝地。房内人才辈出，曾有"一门三进士，比屋五举人，十八蓝衣拜寿"的乡颂。明宣德年间进士、翰林院编修，也是永安设县的首倡者赖世隆即出自此门中。翰林第现存建筑建于清光绪年间，为两进合院式府第建筑，由门前大坪、门厅、中天井、前厢、后天井、正厅、正厅边厢及左右护厝组成。该建筑体量高峻、装饰素朴，中厅与正厅太师壁上方各悬挂一漆金匾额，中厅者上书"文明继美"，正厅者上书"椿荫槐荣"。"文明继美"匾系清光绪年间物主赖初兆的弟子为其做寿所敬贺。

大樟树荫庇千年，大圳沟日夜流淌，翰林第、彩映庚、棠棣竞秀、来清等祖屋和民居在垂暮的岁月中，依然有着风吹不去的芳华。它们隔着遥远的时空，仍在述说着那来自远古的絮语。

仓盈古镇　嵩口之州

◎张　华

　　"仓盈"语出《诗经·楚茨》"我仓既盈，我庾维亿"，意为仓中储米极多。古时能以"仓盈"作为地名，足见该地曾经田肥野沃、富庶一方。清流县嵩口镇位于县域中部，一直为仓盈重镇，宋属折桂乡仓盈团，明洪武间属仓盈乡，清道光年间属仓盈里，民国时属复兴乡。嵩口镇区所在地的上坪村因位于嵩溪溪与九龙溪交汇之口的坪地上，故而得名嵩口，又被称为嵩口坪。传闻，明清时此地曾有驻兵，故又名嵩口营。

　　这是一处依水而生的古老之地，九龙溪自北向南贯穿全镇，便利的水运交通将中原汉文化源源不断输入此地，并植根厚重，古姓氏、古祠、古桥、古树，无不传递着久远的文化古音。这是一处因水而灵的膏腴之地，粮丰林茂、鱼跃禽鸣、农耕渔樵，山环水绕间，有清泉叠翠，又有温泉之乐悠晬于深谷。这又是一处因水而兴的枢纽之地，自古便为宁化、清流两县通往永安、福州的重要水路，在革命战争时期更成为物资运输的重要通道，成为拱卫清流城区的重要防线。而新中国成立后，这里不断书写传奇，以"移民大镇""工业重镇""森林康养小镇"的时代新姿，焕发出新的生机。

　　历史光华总是容易在岁月尘埃的堆积中渐渐黯淡，却又在与时光的追逐前行中而熠熠生辉。品读这座古镇，走进她的历史深处，寻找她曾经被遗忘的过去，寻觅文化根深处最肥沃的土壤。

清邑中地，水运繁荣

旧时，清流县有七里，仓盈里因地势平坦开阔、水域丰富、物产丰饶，与永得里被同列为"上乡"。民国版《清流县志》地理志这样记载：县分七里，里有八图，仓盈、永得为上乡，坊郭次之，罗村又次之。由此可见，历史上仓盈即为清流重镇之地。旧时的仓盈辖现在的嵩口、田源两个乡镇，民国时统图十一，辖三十村。仓盈之形，亦塑造了嵩口之州。"州"的古字形像水中有小块陆地，本义是水中的一块陆地，这个意思后来写作"洲"。嵩口有多个村以"州"命名，如嵩口上坪因王审知后代桔隐迁居于此，被称为"桔州"。此外，嵩口还有塘州、青州等地名，大抵也是因地形而得名。

仓盈自古为清邑交通要津。旧志记载，清流通往邻县永安、连城的古道，仓盈为必经之地。一路由县城东门出城，经杨梅潭、崆峡岭、嵩口坪、围埔亭、梓材坑、木南青、沙芜塘、矶头行、大岭顶分界入永安县城，全程一百公里。一路由县城东门出城，经杨梅潭、崆峡岭、嵩口坪、马排、范元、田口、李家分界入连城县城，全程一百公里。

仓盈自古又为清邑重要水路，龙津河出清流城后，过崆峡岭，向东入仓盈，自西北向东南贯穿全境，途经嵩口坪、马排、围埔、范元、沧龙、木南，赴九龙滩，水势甚急，入永安境。过去，宁化、清流两地人们要前往福州，走水路可由县城直达省城，形成了便捷的水运交通，山区的木材、粮米由此路贩运至省城，又将省城的布匹、纸张、盐等运至山区。水运的繁荣，带动形成了当地独具特色的艄排文化、龙舟文化，形成了九龙溪上一道独特的风景。至今，老嵩口人谈起艄排、龙舟，依然记忆犹新。当年艄公号子曾在九龙溪岸声声回响，一艘艘艄排沿溪而下，辗转于滩险涛急之中，奔流向前；当年龙舟鼓乐曾在老镇古村遍遍激荡，一支支船桨随鼓声齐进，穿行在层层白浪间，气势浩荡。而这一幅幅生动磅礴的画面，描绘与书写的正是一代代古村民与水相融、搏击风浪的智慧与勇气。

因地处清邑中地的地理优势，仓盈嵩口在清流发展史上占有重要地位。相传，围埔古村曾是清流置县的候选之地。据旧志载，宋元符元年，提刑王祖道行至清流驿，爱其山水明秀，遂奏疏置县清流。但坊间又有传闻，当年置县时，围埔村以位于清邑中部、联系各乡便利，且地势开阔平坦的地理条件而与清流城关同时成为候选之地。两地相争，难分伯仲。这时有人提出用称土重的方法进行选择。择两地同量的土壤称重，质重者赢。结果，清流城关土壤重于围埔而胜出，成了置县之地。而坊间又有传闻，说城关胜出，是因为城关人精明，在土里掺了铁砂，故而土重。当然这只是传说，无从验证其真伪，但却从侧面佐证了仓盈里在清邑历史发展中的重要位置。

一溪沃野，物产丰饶

清流县邑历来稍狭于旧，属于山高田少的地貌，明清旧志中描述"万山之中地少平旷，田鲜膏腴"，这样的自然条件无形中制约了地方经济文化的发展。而位于清流中部的仓盈里，九龙溪贯穿全境，在溪域两岸形成了较为平坦、肥沃的土地，及优质的灌溉和生产条件，带动了溪域两岸农业生产发展。

"仓廪实而知礼节。"据旧志记述，明清时期，清流邑内设际留仓、预备北仓、东仓、西仓、南仓、儒学仓等六仓，其中际留仓、预备北仓、儒学仓位于清流城区，东仓位于永得里（地名嵩溪），西仓位于四保里（地名长校），南仓位于仓盈里（地名嵩口）。东、西、南仓除储义外，仍给价各里里老收籴，以防岁歉。凶年则散之，丰则敛之。亦古常平义仓之意。

肥沃的土壤、丰富的水系、优质的资源，造就了仓盈一地的物产丰饶，农、林、油、茶品质俱佳，并行销甚远，百姓"凡陆路而樵、水而渔、人人自食其力而易足"。自古以来，这里便为"鱼米之乡"，民国版《清流县志》记述，围家埔、仓龙、药范、嵩口坪盛产粳米、糯米、黄豆，并行销永安、福州等地。这里"木秀甲于汀属"；旧志记述，和源、林寨、龙源、沧龙、梓材坑等盛产松、杉、楠、樟，并行销福州、广州、香港、天津等处，木材秀美甲于汀属。这里油产极为丰富，旧志有载，桐、油茶二木出产最富，用以制油行销邻境，特别是茶油为扬州香油专用茶油，故茶油所行甚远。而仓盈种茶历史略短，民国初年，有江南僧至境，遍山种茶，依松萝制之，有香有色，围埔、梓材、薯坑等乡间传其种。范元等村还有种植厚朴等药材的传统,范元村过去也因而命名为"药范"村。

嵩口又被称为"温泉小镇"。明嘉靖县志记载:"温泉三所,一所在池溪,一所在嵩口,一所在丘源,沸汤热手,不可近。其源皆出山下,可熟鸡蛋。"清道光志则载:"温泉有四,一在池溪,一在热汤,一在丘源,一在赖坊。"这里的池溪为今天高赖的高坊,热汤为马排月汤,丘源为邱寨,赖坊为高赖的赖坊。现据勘探,嵩口直接出露地表的温泉有高赖、邱元、马排月滩、苦竹坑、塘州五处,温泉总流量每天一万吨以上,其中高赖沸泉水温九十摄氏度,夜滩温泉水温六十三摄氏度,富含"锗""氡"等微量元素。2020年,国家林草局正式批复同意福建清流温泉国家地质公园的命名。

文韵深厚,古风悠远

千百年来,九龙溪潺潺而流,畅通了清邑之地与外界的经济往来,也畅通了山乡之地与中原之地的文化交流,形成了悠远、多元、独特的仓盈文化。

这里有古老的祖先文化,追溯到一千多年前,魏征、江礼、王审知等后代辗转迁徙,结庐于仓盈里,并传播繁衍。今天嵩口的魏氏宗祠、江礼公庙、闽王庙等古祠古庙虽为后世重建,但代代相承的宗族谱牒记载了祖先血脉,华荫如盖的古树林摇曳着悠远的文化古风,历辈祖先留下的传统文化痕迹依稀可寻。唐代著名政治家魏征第八代孙魏文俊在此繁衍生息,从此迁出衍播海外宗亲五万多人。围埔村至今仍完好地保存着唐相魏征后裔四修、五修明清版《魏征族谱》及1991年六修《魏征族谱》,其谱系完整,为全国罕见。元末明初开闽王审知公第二十一世孙王桔隐由围埔迁居仓盈里桔州,至今已繁衍四十多世,主要居于嵩口上、下坪,共有千余人。嵩口上坪闽王庙,祀奉开闽王审知塑像,每岁清明日八月初七集族致祭。

这里有着悠久的人文历史。江礼公庙所祀之神,名江礼,仓盈里人,宋乾德元年(963)时任湖南潭州判官,率两千清流乡兵,远赴湖南征讨叛军,后以身殉国,时年四十八岁。乡人赞其忠孝、忠烈之义,在仓盈里上坪溪上为其立祠。元末义臣陈友定（1329—1368，归化人）幼时在仓盈里桔洲成长，因家贫"佣于仓盈罗姓者"，后成为王氏女婿，并受其资助，经营产业，数四荡覆，"因为明溪寨卒"。陈友定年少时在仓盈里的所闻所识，成就了其骁勇善战、忠贞义勇的一生。他在清流功绩甚丰，"因南山之险，垒石为城"，筑城墙防御；又"凿石去障，水运汀粮"，疏浚九龙滩水道。

这里还有着独特的"静室文化"现象。经查考旧县志及李世熊《寒支集》，1646年南明隆武皇帝一行人逃难入闽，由延平府入清往汀州，其间于九龙溪沧龙村休整，随行中有"六七高缁"（高僧）留了下来，遁隐于此，沿九龙溪岸先后开辟了九座静室。这九座静室中，有五座位于仓盈里仓龙（今嵩口镇沧龙村），两座位于仓盈里药范（今嵩口镇范元村）。这些高僧在创建静室之后，外僧内儒，讲经论法、交友吟赋、甘贫守寂，并植松种竹，修圃建园，成就了一道独特罕见的"静室文化"风景。今天，在嵩口镇沧龙村还留有龙峰静室及住持戒月瘗塔遗迹，其他六座静室遗址虽已不存，但仍可寻其遗迹。

当翻开厚重的历史书页，走进仓盈古镇，品读嵩口之州的过往，与大多数客家古镇相似，所有历史的华光、人文的风采、民俗的智慧，都如那条波光依旧的九龙溪一样，默默地奔流向前。

（原载《三明日报》，2022年5月31日）

寻味清流

◎张　华

记忆在舌尖上，回味在乡愁中。

客家人的乡愁，是离开故土后对乡情和乡味的思念。它源于古镇深巷中，一口土灶老锅里香得飘溢四散；源于家宴的阖家欢乐中，一席"八碗四盘"的其乐融融；源于层层沃土下，一份精耕细作的倾心厚养；源于绵延的山野间，一种自然的原味呈现；还有那清溪潺流、山泉叠涌中，又留下多少舌尖上的回味和乡愁里的追寻……

每一道美食都有它的故乡，每一道清流客家美食里都融含着浓浓的乡愁。

去街巷中寻味，那里深藏着客家的味道。路边那碗热气四溢、醇香浓厚的兜汤，是清流客家人当汤做菜、驱寒饱暖，或站、或蹲、或端饮的唇齿留香；巷边那块晶莹剔透、冰沁入心的仙草冻，是伏热之夏，客家人取自山野珍草，煎煮熬凝而成的清凉之品；街头那口柴火锅慢炖的炆豆腐，是清流山水才能烹制出的细嫩滑爽；而窄弄深处，似乎还有一股豆腐渣饼的酸馊怪味在飘溢，但你不会嫌弃，那是一个时代的记忆在岁月沉淀中的悄悄发酵。在那些至今仍承袭的古老节日里，客家人用青草丸添绿春的色彩，用立夏丸迎接夏的到来，用打糍粑来欢庆丰收，用炸麻蛋期待来年兴旺，用颗颗金豆送去新春吉祥。齐家喜庆之时，我们食大块肉、大块鸡、大块鱼，再举大碗，饮客家老酒，那是归家齐聚后的团圆与欢喜，那是清流客家人血脉里流淌的豪爽与酣畅。还有肉皮酸辣汤、目鱼肉丝汤，那是老清流人为解海味之馋，山海混合的奇思之作、珍鲜之品……点点记忆，缕缕乡愁，在舌尖上品思，欲数还难。

乡愁又是一片旷野的思念，离不开那平畴沃土和深山野径。位于武夷山南侧的清流，土壤肥沃、山林丰茂、物产丰饶。在那层层沃壤之下，嵩溪黄豆破土而生，在那流传七百多年"国母点水成卤"的故事里，成就了贡品嵩溪豆腐皮"一煮就熟、久煮不烂"的传奇。在青山环抱的林畬盆地，已有五百多年种植历史的雪薯，薯肉雪白细嫩，既是美食，又可作淮山入药。而红荷芋只产于灵地姚坊，移植至三公里外，香味变淡，口感完全不同，这样的神奇怎不令人惊叹。当踏入漫山青野中，寻觅美食的乐趣更是层层涌来。上山挖笋、采菇，翻山越岭，寻鲜而至，其乐无穷；铲茶山、摘茶籽、榨茶油，清流客家人在辛勤的劳作中享受着大自然最珍贵的馈赠；做竹筒装田鼠，穿"战衣"挖山蜂，客家山里人在寻觅美食中体验挑战深山危险的智慧与胆识、惊奇与乐趣。此外，草根药膳的清香，全羊宴的多样美味，让人的味觉与视觉一起惊艳。远行的客家游子常常惦念老家的那碗煲汤，不止飘溢着清新的林野之味，更糅杂着家人精心烹制的爱与牵挂。

乡愁还流淌在那一条条清澈的溪涧里。九龙溪在原始丛林中蜿蜒而行，远可见清溪潺流、绿荫如盖，近可观鱼翔浅底、虾戏水间。优质的水源环境，孕育了优质的清流溪鱼。在沙芜塘，在嵩口坪，儿时下河摸螺、拾河蛤、抓沙鳅、捞虾蟹，戏水间的快乐更胜过对美食的品味，待多年后回味，却是无尽的乡愁。今天的"清流溪鱼"已获得地理保护标志，溪河中草鱼、鲤鱼、白刀、鳜鱼、鲶鱼等鱼类，以煮、烩、蒸、焖、煎等多种形式被端上餐桌，唇齿留香的不仅仅是鱼之鲜嫩，更是家乡之水，那份久久难忘的甘甜。而李家鲜水村，那座古老的客家村落，杨柳拂堤、碧波微澜，四季恒温的鲜水冷泉里生活着珍稀的鲹鱼和珍珠虾。若可以，烹二三尾鱼鲜，斟一浅酌，在冷泉之畔，在客家宅院里，享一番水乡人家的闲适，让美食与时间一起在舌尖停留。也可到嵩口温泉，至源头，在那静谧深处人家，在热气涌动的九十三摄氏度温泉小池，体验温泉煮蛋的神奇……

食不言美，因乡愁而彰。当我们沿着清流客家人的足迹，一起回味街巷占味、家宴美食，一起寻味墟日集市、节庆欢年，再去田野里寻那股清香，去山林间采挖那道珍馐，去清溪之侧品食那尾鱼鲜，清流客家美食之味便在舌尖久久绽放，流年不逝，乡愁意更长。

（原载《三明日报》，2019 年 5 月 7 日）

耄耋老人和她的客家蓝衫

◎吴火招

　　客家人在长期的迁徙垦荒年代，客家妇女几乎把一生都无私地奉献给了她的家庭和子女，她们的勤劳刻苦与坚毅节俭，充分体现在客家服饰——蓝衫的各个细节之中，不论从材质、构成、制作甚至是穿着形态上，蓝衫几乎已成为客家文化精神重要的代表性符号之一，三明市清流县作为客家之地，穿着蓝衫的人已经所剩无几，亟须政府相关部门的保护。

仅存一人穿着

　　行走在清流县长校镇的主街道上，总能看到一位满头银发的老妪坐在自家门口，执着地穿着属于她那个年代的服饰，看着眼前的过往。

　　老妪名叫魏满金，今年九十八岁，20世纪30年代从长汀嫁到长校镇长校村，同属客家之地，让她一直保留着传统客家女性的装扮特色。

　　梳着一头丝丝平整的发髻，穿一身宽博的大襟衫，衣长及膝，下身着七分大裆裤，三分之一小腿及脚踝处用红绳一圈绕着一圈系绑着客家"水裤"。其实是一块镶有绲边的帕子，穿时把其中一角覆于脚面，其余部分用红布条系绑在小腿及脚踝处，具有袜子的功效。除此外，她还手戴"竹节镯"，脚着尖嘴绣花鞋。

　　当地对此装饰有一顺口溜："头上梳起龙船髻，脚上穿着尖嘴鞋，大边小镶'士林蓝'，金环银镯响当当。"

"记得小时候有一些长辈穿，后来穿的人越来越少，印象中前十来年还有十几人穿，后来有穿的都去世了，现在全镇就剩我母亲一人在穿了。"魏满金的儿子李先源告诉记者，他的母亲穿了一辈子的蓝衫裤，身上的这套虽然穿了近四十年，却几乎没有任何破损。

"母亲是典型的传统客家人，一生操劳，不管是家务还是种田，她一样都不落下，后来岁数大了，还做草鞋卖，一直到九十多岁了才改做一些简单的蒲团。"李延年说。

在谢满金的房间，还看到摞得高高的一摞蒲团，做得细密紧致，看得出，她年轻时一定是个慧心巧手的女子。

十三岁学习蓝衫裁缝技艺

谢满金的蓝衫是镇里一个叫邹春仙的裁缝做的。邹春仙，今年六十岁，是镇里唯一还在做蓝衫的裁缝，但是做的数量也已一年比一年少。她说自己的技艺是从父亲和姐姐那里学的，父亲那时很苦，迫于生计，九岁开始学，小小年纪学技艺，一没学好，就会挨师父的打。

后来父亲把技艺传给了叔叔和姐姐，家里也开起了裁缝店。邹春仙十三岁的时候，一放学回到家，就得帮忙家里做蓝衫的布扣。别看小小一个布扣不起眼，扭结的过程需要花费大力气才抽得紧，成型后还要用重物敲击打紧，这样打制出来的布扣才圆润、饱满、耐用。在刚开始学用重物敲打黄豆般大小的布扣时，还常常因敲不准而敲到自己的手指。

"我们做布扣很注重'出头'。"邹春仙说，打制出的布扣纽头上有八个和九个结眼的差别，九眼的更饱满结实，客家人喜欢用九眼，听长辈们说九眼的顶端多出一个结头，有"出头"的含义。

邹春仙的父亲在三十九岁就去世了，她自己也才不过十五六岁，多种原因也没再上学，于是和弟弟跟着叔叔学习裁缝。

"做蓝衫裤，不需要很准确地量身，对穿的人没有很严格的要求，不管高矮胖瘦都可以穿，所以，有时候一件好的蓝衫可以穿很久，甚至还可以母女相传。"邹春仙告诉我们，整体裁剪制作起来不难，最难的是对蓝衫的装饰。

无以为继的家族裁缝手艺

客家蓝衫的装饰不多，主要是用现成的织带或配布裁成细条镶绲在襟头、袖口处。年轻人与老年人的镶绲略有不同，年轻人花样较复杂漂亮，除了有细绳之外，还有大边，即所谓的"大边小绳"。年轻女孩的衣服襟头镶绲明显，从大襟头领口绕经后颈缘，一直延伸至右前身片的小襟里面，而老年人的只有前襟才有。

最细的绲边大约是用四分（约一点二厘米）的布条，用缝纫机对折缝合后，再对折缝合，成为零点三厘米的绲边，必须缝得又直又匀，否则袖口在接合的时候，绲边若不直不匀，就会错位或者宽窄不一。

"眼睛要一直盯着，手还要稳，不能分心，如果一不小心车到外面，这条绲边就没用了，就得重新裁过布条。"邹春仙说，这还只是直的，较简单，更难的是领口处，"厂"字形的衣领要全部绲边，两条绲边还要平行。另外，衣领的制作和绲边也尤为重要，做大了立不起来，达不到立领的效果，还会外翻，做小了又勒脖子。

"来做蓝衫的都是老人家，年轻人早都不穿这样的了，现在市面上卖的衣服又便宜，款式又多，靠做这个早就挣不来饭吃了。"邹春仙告诉记者，她的叔叔年迈体弱，人在连城四堡，已经不做了，自己的姐姐也没做了，还有一个弟弟也没做了，现在外地开挖土机。

问及是否有人跟她学时，她无奈地笑笑说："已经没人稀罕了，都是老古董的东西了啊。"

客家勤俭精神符号之蓝衫

客家人在迁徙垦荒的年岁里，离不开女人的劳作，她们的勤劳刻苦与坚毅节俭，正体现在蓝衫的各个细节之中。

"蓝衫的材质以棉麻最多，色彩以蓝、黑为主，比较吸汗透气不怕脏，样式上宽阔，应该是为了便于劳作，以前的女人每天都要做很多事情。"

邹春仙说。

蓝衫在穿着时，袖子必须反折，用线缝紧或用布纽固定，形成袋状空间，可作为放置东西之用，称为反袖口袋。

反折的袖子一定要折好扣正，不可以随便平放下来，否则会被视为懒惰或者家中有亲人遇丧。到了冬天，为了遮挡里面所穿衣服的袖子，也为了保证干净卫生，客家女人们会做两个类似现在的袖套套上，再用安全别针别在反袖上。不同的袖子即使搭配同一件衣服，却又像是一件新衣裳，一衣多穿的巧思也体现得淋漓尽致。

在小襟（或称内襟，被掩盖在里面）的处理上，有许多拼接。"以前的人，在小襟的制作上，有时甚至用两三块以上的其他多余布料来组成，主要是为了节省布料，也为了充分利用边角料，不至于丢弃浪费。"邹春仙介绍道。

客家妇女穿着传统蓝衫，还会将前襟提高拉折塞入裤腰形成"前襟短后襟长"的造型，可使弯腰工作时不会垂下弄脏，只有在重大的节庆典礼、家中有丧事或祭祀、拜神时才会将衣襟放平。拉塞前襟时也要特别注意对直前中心线不可以歪斜以彰显端庄整齐。为了因应将衣服塞入裤腰的穿着需求，也为了方便蹲坐，蓝衫两胁边都开有很高的衩，长度大都超过五十五厘米。

邹春仙还告诉我们，有的客家妇女在劳作时，也会在蓝衫外穿一条黑色的围裙。这种围裙看似简单，但在裙头处有一块长约二十厘米，宽约十厘米的刺绣，上面或是梅兰竹菊，或是麒麟狮象、或是龙凤对称等图案，体现出客家女红的精湛技术。

与客家蓝衫对应的还有尖嘴翘鞋，用制作衣服剩下的碎布打线纳千层底，鞋面上绣有做工精美的各种刺绣，鞋尖而翘，俗称尖嘴翘鞋。

不论从材质、构成、制作甚至是穿着形态上，蓝衫都紧密地体现出客家妇女的勤俭，蓝衫也几乎成为客家文化精神重要的代表性符号之一。

"一些有较复杂制作工艺的蓝衫，很多都没有了，因为我们这里有个习俗，老人去世后，她生前穿的衣服都要随老人烧掉，因此除了魏满金穿的那两套之外，没见到有保存过任何一套客家蓝衫，连个样本都没了，全部消失了，很可惜啊。"长校镇一位德高望重的老者告诉记者。

（原载《三明日报》，2014 年 6 月 23 日）

地滚龙灯　千年手艺的坚守

◎吴火招

坚守五十年手艺的老人

"做滚灯的毛竹，砍到谁家的，谁都不会介意，都愿意免费提供出来。"温求旺今年六十八岁，从十几岁开始学做，到现在已做了将近五十年。

"大概五根竹子做一个滚灯。"温求旺边说边把砍好的竹子抬到温家山的老村部门口，在那里陆续来了三四个与温求旺年龄相仿的老年人，他们简单沟通了几句，便分工有序地开始了今天的工作。

温求旺做的是精细活，主要是滚灯的中心部分，包括螺杆（类似传动力装置）和车身（类似轴承的作用）。螺杆需要承受较大力度，是带动整个滚灯滚起来的发力点，因此选用的是有一定硬度又不易开裂的Y形茶树兜，Y形一边的分叉处挖一孔，作为安装滚灯的扶手，另一边则与车身相连。

以竹子为材料，做成直径一到五点五米不等的各式圆形竹架，竹架内装有对称的两束竹篾，作为滚灯的"火把"，火把随着"滚灯"的滚动而不断翻滚，蔚为壮观……这是每年正月初一至十五，清流县温郊乡温家山人必开展的活动，从宋朝末年开始至今已有近千年的历史。

今年三十岁，在厦门工作的温富甲说道："车身是两边都有竹节的竹筒,中间挖出的孔用于置放火把,左右两边的竹节处挖出孔用于置放螺杵,因此车身是固定整个滚灯的中枢,必须牢固。"虽说在温求旺的手里已经做了无数个,但他仍然很细致很虔诚地比画着孔的大小,生怕弄错尺寸,与其他配件搭配不起来。

温求旺的另外几个老伙伴,有的在忙着做竹插销,有的在合力做火架(类似车轮的辐条)。

根据滚灯的大小,有三个火架的,也有四个火架的。火架再以车身为圆心,互相交叉着形成一个圆形,再在最外围围上一圈竹平面,这叫大围王。

"滚灯在滚的过程中,会有一些火花溅出来,因此在大围王的里面,还有一圈小围王,小围王上还缠绕有滚灯须,滚灯须是一种藤状植物,围上去既美观又能防止火花四溅,保证安全。"温求旺说,这些全部搭好后,再在两边的螺杵上穿过前后长出滚灯一米左右的竹子扶手,滚灯就算做成了。

淳朴善良的民风传承

把剖成一定厚度的竹篾扎成一捆,晒干烤干之后,装入火把壳中,再插在车身上,点燃竹篾,滚灯前后四人抓住扶手,最后点燃火把就可以滚了。

"滚灯滚得慢一些更好看,所以大一些的更受欢迎。"今年六十八岁的温富荣是组织整个滚灯活动的负责人,他还说,领头的滚灯高度在以前是有一定讲究的,一般高度都是路两边屋子瓦片的高度;如果哪家的屋子出现乱搭乱盖,屋檐超过瓦片到路面的部分,滚灯一经过,就会把那多余的部分滚掉。而滚灯把哪家的滚掉,哪家都不会有怨言,这也是温家山人特有的保持村貌的习俗。

"在以前,滚灯的前后都有乐队,比如锣、鼓、唢呐、琵琶、笛子、扬琴什么的,现在少了,队伍也少人也少,只剩滚灯前面一支乐队,大概五六人。"温富荣说,夜幕降临时,全部一起滚起来像一条活生生的长龙,热闹非凡;滚到谁家,谁家就以鞭炮迎接,并燃香点烛,摆放丰富的祭祀品，祈求来年风调雨顺、平安吉祥。

传承并留住乡愁记忆

温富甲，三十岁，就是地滚龙灯的年轻人中的一个，在厦门工作。由于工作忙碌，以前正月初五、初六就外出了，今年特地留下来寻找小时候的记忆，并第一次参与了滚灯。

"滚灯很有趣、很热闹，希望自己的事业能够如这滚灯越滚越红火，财源滚滚来。"温富甲笑呵呵地对笔者说道。他还告诉笔者，滚灯是一个协调配合的活，前后的人必须要扶得稳，走得同步，不然稍不注意，就容易从侧边倒下。因此越是大的滚灯，需要的人手越多，除了前后带动滚灯滚动的四个人外，左右也需要人手帮忙。

滚灯在村里滚完一圈，这群年轻人已经汗流浃背了。微寒的山区，他们也穿不住外套毛衣，索性穿着一件单衣，围在一块儿，热烈地聊着刚刚滚的经过。

"我们村里六十岁以上的老人都会做滚灯，我们这一代的年轻人回来也都很支持这个活动，希望我们的下一代、下下一代都能看到，因此不会让这门手艺在我们这一代断了的。"温富甲说道。

（原载《三明日报》，2015 年 3 月 18 日）

清流城建记忆

◎罗炳文

　　依山傍水，如天然氧吧，清流是一个宜居宜业的好地方。20 世纪 80 年代，时任中共福建省委书记项南到清流调研时称赞："清流清流，誉满全球。"时任福建省人大常委会主任程序欣然挥毫题写："清流有希望，山区一明珠"。

　　坚持"完善功能、挖掘内涵、塑造特色"原则，充分发挥山水的独特优势，保持"太极之城"风貌与现代城市建设相结合，注重把"山环水绕""山水建筑"和谐融入城区建筑特色。为做大做美城区，着力打造宜居宜业的生态休闲城市，2009 年 11 月，清流县城总体规划获市政府批复，县城规划控制区面积从十八平方公里调整到三十三平方公里，建成区面积从三点二平方公里扩大到八平方公里以上。2016 年，清流县城总体规划（2009 年版）实施评估报告完成专家评审，编制综合交通、县城景观风貌、县环境卫生设施、防洪排涝、城市通信基础设施、燃气管网、绿道网七个专项规划，以及电动汽车充电基础设施、暴雨强度公示修订、县城开发边界拟定三个专项规划。

　　新修编的县城规划，清流县定位为海西养生之地、温泉之都、宜居之城、太极水城、生态之县。中心城区规划形成"一带三轴、一心四片"的布局结构。一带，指龙津河滨河景观发展带。屏山路发展轴、迎宾路发展轴、长兴路发展轴为"三轴"，以老城（太极水城）为中心的"一心"以及中心片、南城片、西城片、北城片的四个片区。

把客家文化元素融入城市建筑中，力求城市风格鲜明、独具特色，清流县突出规划、项目、景观三个重点，积极推进中心城区东进西扩、南移北展，旧城改造和新区开发并举，凸显出"山区明珠"的特色。如今，已完成雁塔片区、三角尾片区等旧城改造，东城、北山、桥下、城南等新区开发初具规模。随着城关中学、实验中学、清流一中、城关幼儿园、屏山小学、屏山幼儿园、特殊学校等教育设施，城区防洪堤、主要街道拓宽改造提升工程，以及文化体育、医疗卫生、移动通信、供电网络、城区供水、城区供气、汽车站、污水处理、生活垃圾无害化处理场等公共设施的建成投入使用，中心城区环境更加优化美化，城市综合服务功能不断提升。

城市发展讲究三分建、七分管。2012年开始，通过实行城区园林绿化社会化养护的改革，城区园林绿地养护水平明显提高。2013年，清流县制订实施《清扫保洁市场化方案》，按照"政府管理、社会监督、市场化作业"的原则，建立城区环境卫生清扫保洁管理体系，引入竞争机制，实行环卫清扫保洁市场化。2014年，强化垃圾填埋场的监管，抓好垃圾渗滤液的达标处理；完善城区生活垃圾收运体系建设，实现生活垃圾收集设施城区全覆盖，做到城区生活垃圾日产日清。2015年，环卫清扫保洁市场化顺利进行第二轮招投标，城区道路清扫保洁面积为七十五万平方米，成功完成保洁队伍及服务的无缝对接，确保城区清扫保洁质量。

清流城小巧玲珑、美妙恬静，实施"一河两岸"夜景工程建设，让这座山区小城更加增添了迷人的魅力。至今，城区已完成一千零六十七盏LED路灯改造，高空建筑物外墙轮廓景观灯改造，城区亮灯率达百分之九十八，美化亮化城市环境。整治城区占道经营行为，开办早市、夜市，缓解城区农贸市场容积不足的压力，妥善解决游动摊点和占道经营等群众反映强烈的问题。城区主要街道通过加强市场管理、规范城区停车秩序、整治违章户外广告、渣土车整治、"两违"治理、城区卫生保洁、市场设施修缮、照明设施维护、园林绿地管护、市场管理、燃气安全监管、完善监督机制等系列措施，进一步提高城市管理水平。

二、三产业的繁荣发展，是一个城市活力的重要体现，是做大做美城区的重要支撑。2006年始，特别是党的十八大后，清流县将城区建设与聚集产业紧密结合，努力构建创业服务平台，完善创业服务体系，营造良好投资环境，提高产业承载力。按照以城带产、以产兴城、产城一体、互动发展的原则，坚持把聚集优质要素作为城区建设改造的主攻方向，以城市建设改造为依托，着力构建园区经济、特色旅游文化经济和现代商贸物流服务经济等现代特色产业体系。城区随着城南工业园（含集美〔清流〕共建产业园）、清流县电子商务产业园，以及电子商务产业、物流快递产业的持续发展，为吸纳城区人口就业、提高产业承载力发挥重要作用。

把城区当景区来规划建设，全力打造"海西中部最佳人居地""休闲度假旅游目的地"，合理规划沿河建筑布局，科学设计沿河景观，形成山水城市独特的沿河景观带，凸显"山城""水城"的风采和神韵。1994年"5·2"洪灾，冲毁、冲垮城区的两座大桥（龙津大桥、凤翔大桥），县委、县政府及时组织重建、修建。2010年，兴建九龙廊桥；2014年，拓宽改造凤翔大桥，修缮龙津大桥、清流大桥。在清流城区形成五座景观大桥：龙津大桥、凤翔大桥、清流大桥、九龙廊桥、清流沙溪大桥。

清流县是中央苏区核心区二十一县之一，为加大红色文化宣传阵地基础设施建设，2013年，兴建苏区人民广场，运用不同的载体表现红色文化的主题。至此，清流城区形成四个特色文化广场：龙津广场、九龙广场、苏区人民广场、王连三音乐广场。

2014年，兴建太极公园和屏山公园。太极公园位于九龙廊桥至清流县公安局大楼路口，建设龙津河沿岸景观一万平方米。屏山公园位于屏山路路段北侧，总面积一百零八亩，园内种植大树古树，以及配套的步道、木质座椅、地下水电管网、公厕等。2017年，新建铜锣山绿道休闲公园，建设休闲步道全长六千米，其中：环山绿道三千五百米、支线登山步道二千五百米。清流城区已形成十三个景观休闲公园——凤翔山公园、九龙公园、文相公园、留芳公园、南滨公园、儿童公园、世纪公园、三和公园、尚书公园、孔子公园、太极公园、屏山公园和铜锣山绿道休闲公园。

九龙公园位于龙津河畔，北起凤翔桥，南至清流大桥，全长一千零九十八米，占地三万六千平方米，总投资两千两百万元，由景观大道、文化长廊、桂花广场、九龙广场组成，成为居民休闲、娱乐、健身的好去处。自然景观与人文景观交相辉映，"新景观"与"古八景"有机融合，清流城区由此形成了"太极之城"的独特风景线。

茶香缕缕

◎兰茶英

月色半隐，一弯银白流淌。一日的风尘在这安宁的抚摸下退去、退去。一杯香茶在临风的窗口，飘散着，飘到月空，飘起无限的记忆，飘着飘着，思绪到了父亲那头。

第一缕茶香

父亲好茶，却远没有好的茶具与丰富的茶学，亦没有名茶，买茶通常到市集，不问名称，只看茶色、咀茶味，捧起一把茶叶托在掌心，眯眼细瞧，如果颜色还行，再拈上两三片叶子到嘴里，用牙嚼、用舌探，和着唾液徐徐送入肚里，中意的话，不讲价钱，称上几斤，回家里喜滋滋地密封好，然后单等他的小友（名野谷，年龄比父亲小一大段）每日不少的"巡视"。野谷来了，父亲先是炫耀，然后他去厨房烧水泡茶，第一杯自是父亲先占了，野谷牢骚满腹。父亲笑嘻嘻地倒好一杯，端到小友面前："你就先喝吧，再迟连香味也没你的份了。"野谷啜了一小口，啧啧称赞之声不迭，早把怨气消散。

父亲独自一人，喜欢用一个圆柱形的瓷杯泡，属他专有，闲着无事，杯不离手，判断他有无外出，专只看他的杯在不在。许是潜移默化的作用，我喜欢上了他的茶，他的极浓极苦的茶，学着他放上半壶茶叶，先洗一遍，再缓缓冲入开水，茶叶在冲击之中打旋，越旋越高，越高越慢，无力地卜沉，下至底端，或许还会上升一些，最终免不了躺在杯底，舒展它的叶子。当然，也有一部分浮在水面，很是得意——但至少这是少数。

我对父亲说："你看，茶叶的挣扎极像人，它始终不愿被沸水浸泡裸露，但最终裸露无余，失了养分，躺在底处，我们呢，现在应该是最底层的茶叶。"父亲先是惊愕，又慢慢缓和，若有所思地吸一口茶，深深埋下头，去品尝它的极苦，要知道，我的家庭正面临种种困难的包围。

从福州返家，父亲正在厨房，见我提了大包小包站在门口，先是感到意外，继而欢喜，接过包，拉我进去，把我按在椅上，转过身就走。回转身时已捧了他自己的瓷茶杯，兴冲冲地送过一壶热茶："给你，新泡上的。"在热气缭绕之中，我低了头，抿一口，一阵排山倒海的苦涩侵袭嘴腔——冲走旅途混沌、焦虑、麻木，慢慢地过去五分钟，甘醇之味生于舌，丝丝不绝，穿至内心，散至脑髓。对了，这就是父亲常挂口边的唯一茶经：苦至极处，甘至极处。而在我，在这一杯茶，苦即甜，甘则更甜，直上了无比的境界。

第二缕茶香

爷爷的茶香也吹来了，吹来了这第二缕茶香。

爷爷比父亲老多了，他的茶比父亲的更浓更苦，直苦至五脏六腑，我只有在勇敢时才去尝它。

爷爷配有两把茶壶，轮着使用。每天天不亮，奶奶烧好水，开始泡好一壶，放在灶窝熏，然后煮饭。等米爆开了月牙，爷爷起床了，这时并不喝茶，开了厅门，坐在藤椅上，一直坐着。坐到太阳出来，照了半个村子，又照了整个村子，渐渐泄了气力，退回它的黑房子去。爷爷一般在太阳照了半村时要喝茶，我在暑假回去，自然由我去灶窝取茶，兼取一个小碗，放到他面前。他用右手（左半部瘫痪）提起壶桶，筛满小碗，硬是一口一口地吞下去，吞了半碗，停了许久，再吞另半碗，茶壶便重新放回灶窝。灶膛虽然停火，灶窝仍然有余温，所以无论何时需要，茶总是热的。

爷爷的余生在藤椅上度过。他不需要任何活动，也不允许有多大活动，习惯了在藤椅上坐一天、一月、一年，直至九年，他病了以后的九年。每当我玩了一整天回家，我勾起了一天的快乐，一天的又疯又跑又跳，而后端了矮凳坐在他旁边。他老得快，出乎意料地胖了，长出许多肉，并无血色，松松地垮下来，像本不属于他身体的一部分，本就是错误地生出来。他是给茶苦麻痹了，整个一张苦脸，不再有梦想——怎么就有一生的传奇经历：青年时逃抓壮丁，躲古寺，学武艺；中年时闯荡南北，工作四方，半老时仍余兴有足退休留任，怎么老到现在，一无所剩，丝毫的气度也随茶渣给泼出去了？

决定在家陪一陪爷爷。他靠着椅，眼似闭非闭，我在一旁读书，奶奶早串门出去了。他喊茶，我去端壶，他却不同往日，自己踱到厨房，定在吃饭时的位置。给他斟满小碗，我也拿了小杯自斟自喝，我们不说话，都喝茶，褐黄的茶水在碗里泛出一圈圈波纹，生动地、活泼地一圈圈表演。爷碗里的是大圈，我杯里只有一个圆晕，碗里的、杯里的，配合默契，一点一点地，柔和周围的空气。

"爷爷，忍着些，我也知道。"我咽下一杯。

一丝凄凉掠过茶水，爷爷用正常的右手捏紧无力的左手，无奈的笑容牵紧了嘴边的沟壑，无声地掉入茶碗："我，还不明白？这茶喝了一辈子。"

再不吐半字，剩下茶圈摇晃。爷爷后半生的茶，只会苦掉五脏六腑，它的余香倒了，倒在我家门前的沟里，再也飘不回来了。

现在，我开始第三杯茶，我的第三缕茶香呢？

第三缕茶香

沸水倾注而下，叶子轻轻浮动，去掉茶沫，注水，叶子更见碧绿，清香荡漾；合上盖子，倒杯，清清一色，入口淡然，了无痕迹。会余，满室生香，甘甜之味层层缠绕。

我已然回校。

端起茶杯，二十年已过。

茶涩全无，平顺清简，回甘分明，似曾相识中，一种况味，清晰模糊，潜伏而来，另有弦外之音，隐约闪烁，生疏亲近。

能分清红茶绿茶，正味走酸，至于其他，茫然不知。还好，随遇而安。主人热情，来者是客，坐下，喝茶，聊天，走人，去者自去，留者自留。我不善言辞，亦能安坐。

股票风云，抵制萨德，雄安新区，教育两难，伴随红袍普洱，一一过场，相互辉映。或者，生老病死，七情六欲，荤素笑谑，亦庄亦谐，与茶的温婉粗犷两可。

劳累结束，信步借光，闲聊闲喝。生活有边界，茶事无限制。无论轻重缓急，坐下即放下。侃侃也好，静默也罢。离场相忘，生活继续。

爷爷逝去，我到中年。现在以前之间，艰辛奔劳，一度戒茶。甚至忘却，长长的岁月开头，从小与家人喝过的浓茶。

生活的沉重与桎梏不会停止，愉悦与自由同样。很多以为忘却的味道，其实根深蒂固。然而，背后的沧海桑田，执着过多，苦涩难当，无回甘之勇，全然失了茶的灵气，淡然则长久，接受即平静。

茶色翻飞，高谈声起。现世安稳。

龙吟静室

◎兰茶英

初听龙吟静室，恍若在遥远的深山云层里，并不曾去，周围也鲜有人提及。似乎它是一个缥缈所在。不知名的日子又过了些，竟然渐渐看到它的画册，隐隐地，一丝况味埋藏起来。

秋风怡人，阳光刚好的恰逢唤醒久存的念想，在混合着草香味的路上，龙吟静室越来越真实。

稻谷已割，田野一片刚丰收的宁静，孕育着静静的喜悦。老农牵牛走过，树枝斜伸，阳光闪烁，新的世界徐徐舒展。导航显示龙吟静室到达，一条峡谷横亘，无法逾越。

车退回路口，改道，至余朋，重新折返，暮色沉下，只有风刮的声音。迷茫笼罩了每个分子，短暂的沉默后，我们决定再试试。摄影界的朋友纷纷回电，告知路线，夜色更加浓重，上坡、盘旋，颠簸，黑色的树林透出微黄的光，久悬的担忧终于放下，所有的想象就在眼前。

一椭屋宇，檐角飞起，清秀静穆，苍老的木质散发年代的气息。我们跨进门槛，穹顶精工古旧，天台两进浅池，荷花卓立，荷叶掩映了中间的青砖小路，流水照影，两厢窗格为梅，泛出微白。走厅廊，一边是岁月的木格，一边是瓦下之荷映流水。走青砖小路，两边是屋内之荷过人头。翠幔依依，雾自无心，梵音空响，那一瞬间，美四溢，震慑身心。

夜色徜徉，茶入杯盏，山风穿堂，月光当井，林木为门，话语投合，直觉高旷脱尘。宾主尽欢，我们告别海慈法师。

日常琐碎，凡事起伏，更多地，我流连于水南街103号，花草也在，龙津河水流过。对于龙吟静室，我们总不能忘怀，陆续去了六次。竟然不曾想过，同样是夜里，我只身前往。犹记得水月亭人声喧哗，我悄然坐在第一次的圆通小厅，面对眼前如墨一样的大山，百感交集。

"龙吟静室，在梦溪里东坑。高山峻岭，至巅可五里许。僧人是岸，江南人，大家子弟，初创此山，且购书甚富。"（《康熙·清流县志》）"梦溪塔者，今塔则迁于梦溪之东溪，龙吟静室之左畔也。"（《梦溪塔铭》清·李世熊）

龙吟静室，它的独特之处在自身所蕴含的灵秀书卷气。我们和龙吟静室的相逢、相知，也在这一刹那会意。冥冥之中，我们百折不挠，终没有与龙吟静室失之交臂。人与物如此，而人与人，何尝不如此？一会即意生，即相通，会意之间，契合的愉悦使平凡的生命熠熠生辉。纵电光石火，亦非以一己之力能把握，大概各有定数。三百多年前，高锚是岸等六七人和大儒李世熊把寄托了他们理想的梦溪塔迁到龙吟静室左侧，他们的理想破碎，而静室却无意间推动了书院文化发展。

水南街103号已不复存在，最后一次我们去龙吟静室在正月，时天至寒，不遇主人。《梦溪塔铭》："梦可矣，无梦可矣。"沉浸在梦溪里，是梦，还是不梦？至于"无觉无昏，非生非昧"（无醒悟无昏沉，不是生活也不是糊涂），我不是佛家子弟，未能参悟。

《梦溪塔铭》："水流花开，天空云霁。"三月，龙吟静室春景应如是，不管悲欢，一切会意，拈花微笑。

粽 香

◎李新旺

    离端午还有几天，节日的气氛已经很浓厚了，家家户户都在忙碌，厨房里飘出诱人的清香。姐姐和我守候在灶旁，望着满锅的粽子，脚步一刻不舍得离开，盼着粽子快些出锅。母亲总是说："不急，不急，等水再滚几阵就好。"还顺手把几个鸡蛋放进锅里。

    待粽子出锅，箬香混着米香，堆放在簸箕里，虽然令人垂涎，却不宜立即食用，需晾一会儿，待糯米凝固后就有了黏性。父亲找来晒衣的竹竿，一串接一串地挂起，在屋厅排成长长的队列，似随时等我们去检阅、摘取。母亲吩咐："快去送几串给隔壁邻舍，娥子嫂她们还没做呢。"村里人心眼实，彼此照应着，谁家粽子先熟，就会给邻居送一些，尝尝鲜。我腿脚勤，一路小跑，去了许多家，很快完成母亲分派的任务，姐姐则在家用红头绳织蛋袋、剪红棉布缝香包，兄弟姐妹每人各一份，晃悠悠地挂在胸前，上街炫耀去了。

    第二天上学，母亲取来粽子装进姐姐和我的书包，直到塞不下。母亲说："过节了，给先生带些粽子去，要记得先生的恩情。"母亲不识字，却特别崇拜有文化的人，尤其对老师，向来称呼"先生"。来到老师住处，我从书包里摸出粽子，恭恭敬敬交给老师。老师赞扬一句："真懂事。"我便满心欢喜，上课更有干劲了。

    其实，那时的粽子并不精致，馅料也有限，大体可分为碱粽和肉粽两种。碱粽用的碱是草木灰烧制，以现在流行的说法，应属于绿色食品。局限于当年的物资条件，馅料基本为红豆和白扁豆，都是农家自产，掺杂在糯米间，颜色看起来倒也丰富多彩、视觉不差，往里加些五花肉就成了肉粽。这是传统风味，丝毫不影响粽子黏柔的口感。放学回家，肚子饿了，随手取下一个，拌些红糖或白糖，解馋又充饥。有时，去地里干活、上山砍柴，也要带上一些，当作点心和午饭。一大锅粽子，因为晾在通风处，不易腐坏变质，从节前吃到节后。于是，人们的心情在相当长一段时间都持续在端午气氛中。

端午那天，母亲早早就在大门旁插好了艾草和菖蒲，一阵异香扑来，爽心提气。午后，开始烧香藤水，滚了一遍又一遍，在锅里沸腾，冒着热浪，直到香藤的有效成分完全溶解在水里，变成橘黄色，方舀入水桶，一时漾起淡淡的藤草香。按乡间习俗，家里每个人都要用香藤水洗个澡，祛病消灾。父亲是一家之主，承担养家糊口的重担，排在首位。母亲忙家务做食材，分不开身，总是等到最后。香藤又名紫金藤，是一种中药，据《本草纲目》载，补男子肾，敷恶疮肿毒。香藤具有祛风止痛、活血化瘀等功效，为农村人普遍使用。常言道："穷人有药，滚水一勺。"端午时节雨水多，空气潮湿，用香藤水"洗汤"是最恰当的时机。我们姐弟贪玩，母亲不厌其烦地催促："洗汤啦，洗汤啦，一年无病无灾。"

端午虽不如过年盛大和热闹，家庭条件稍好的人家也会给孩子们扯布做身新衣裳，作为换季衣服。我家里兄弟姐妹多，条件一般，除非过年，平时难得换新衣。这一天，看见邻居小伙伴穿上了崭新的"的确良"衬衫，我哭哭啼啼闹着父母要，怎么劝都不听。后来，惊动了住在隔壁叔叔家的奶奶，强拉硬拽，好不容易把我安抚住。姐姐至今没忘记这件事，偶尔仍提起："家里兄弟姐妹，就数你最任性。"我笑笑，难以辩驳。

妻儿喜欢吃粽子，时常从市场买些回来怡养胃口。当然，现在粽子的品种和口味已经十分丰富，甜的、咸的、大的、小的，尽可根据个人偏好而选择。近日，孩子问我："端午节快到了，回老家看望爷爷奶奶吗？"父母一直住在乡下老家，曾到县城住过一小段日子，因为"不习惯"，急匆匆地赶回老家住去了。我想告诉孩子，奶奶从来不说"端午节"，而称"五月节"。和往年一样，今年仍回乡下老家过五月节，陪爷爷奶奶好好唠唠春耕夏种、古往今来，因为那是生活的根。

（原载《三明日报》，2022 年 5 月 18 日）

火车的回声

◎李新旺

对火车的最初印象，源自小学读过的一篇课文《詹天佑》。青龙桥附近的"人"字形铁道，火车奋力爬坡而升起的浓浓黑烟，穿越隧道时鸣响的呜呜汽笛，从纸上跃然而出，动人心魄。然而那时，家乡唯一通往县城的公路省道"建文线"仍是"老掉渣"，沙土为面，蜿蜒成行。

小火车是见过的，就在县城。20世纪80年代初，我因病休学到县医院治疗，偶尔闲暇外出，便有了接触新鲜事物的机会。南门桥头，一条窄窄的铁轨沿龙津河岸逆流而上，长长地伸向三十里外的拔口村，那里有一个很大的伐木场，小火车的主要任务就是把伐下来的木料运出山外。可是我始终没有见着它奔驰的情景，只有几截小火车皮静静地平卧铁轨上，附着野草、生着锈，像一个失宠的弃儿，寂寞且孤独。其实从那时起，伐木场已经逐渐停止了采伐，转而开始封山育林。直至数年后，铁轨终于被扒去，龙津河沿岸建起了广场和步道，供市民休闲娱乐、漫步健身，清流的小火车从此淡出人们的视野。

父亲年轻时曾参加鹰厦铁路建设，一直带着母亲，作为本地民工队队长，成为数十万筑路大军中的一员。谈及往事，年迈的父亲总是抑制不住内心的激动和兴奋。艰苦的生活、繁重的劳动、疾病的困扰，乃至九死一生的经历，在父亲的话语中早已显得风轻云淡。但他总忘不了那些牺牲并长眠在鹰厦线上的工友，每每提起又惋惜，铁路运营后父亲极少坐火车。

我的第一次远行就与火车结下了缘分。20世纪80年代末，我参加完高考，要去省城上学，经县城的班车，一路颠簸来到三明荆西火车站。严格地说，这是一个货运站，贮运场堆积如山的木材、钢筋、水泥及其他待运输的货物，着实让我这个刚刚走出山门的乡村学子开了眼界。荆西站的客运列车一天有几趟已经记不清了，但一定不多。我们买的是学生票，半价，到福州四块八，当然是硬座了，就是木头椅子的那种座位。首次火车之旅，穿山越岭，摇摇晃晃到达省城，耗去九个多小时，屁股略微生疼，沿途有一些好奇，没有太多惊喜。下了火车，浑身沾染灰黑的粉尘，用手往脸上轻轻一抹，掉下许多颗粒状物体，像个黑人儿。

　　之后的几年，坐火车有了经验，便在两地间有规律地往返，也不在荆西站上下车了，而是在三明火车站。有时等车时间长久，从下午等到下半夜是常事，就会到火车站附近的录像厅看录像片消遣，饿了就近吃些小吃或自带的面包。那时的火车站旁边开着许多录像厅，通宵达旦地供人观看，无论福州、厦门，还是在三明，各地情形大抵如此。

　　最难挨的时候是排队购票，歪歪扭扭的队伍越排越长，等上一两个小时很正常。当然，买到坐票的概率很低，一票难求，能进车站已经属于幸运。检票进站，不少旅客直接从车窗翻爬进去，车上的人并不阻拦，人满为患，为了追赶有限的上车时间，风度并不重要，这不怪他们。在此期间，知道了更多关于火车的常识。比如：什么叫慢车，什么叫快车，什么叫特快列车。要是能坐上武夷——龙岩特快，那是十分惬意的事。特快列车不需停靠沿线的小站，不用长时间等候其他车次通过，相比慢车快捷得多，福州到三明只需六个多小时，不像慢车，走走停停，到站通常要多花两三个小时。碰到节假日旅客拥挤，火车上连站立的空间都有限，用"金鸡独立"来形容有些夸张，但是仅存"立足之地"却很贴切。即便这样，仍然极少听到人们抱怨，忙碌于生计的辛劳，人们在旅途中洋溢出来的是更多的知足和动力。

　　那些年，那些火车外表都涂着绿色的油漆，也就是现在人们说起的"绿皮火车"。许多年过去了，铁路发生了翻天覆地的变化，高铁、动车、舒适、快捷，如雨后春笋在祖国大地上布下畅通的网络，连接着城乡，连接着世界，连接着人们的心。人们不再为出行担忧，不再为生计困扰，处处都焕发着无限生机。如今，三明到福州的行程缩短至七十分钟，我真想带上父母坐上动车来一次说走就走的旅行，可是他们老了，再也走不动了。

令人鼓舞的是，家乡的高铁建设正在如火如荼进行中。兴泉、浦梅两条铁路清流段的工程将在一年半后完成，届时，山区不再封闭，清流通往山外的路将更加便捷、快速，并迈入经济和文化发展的快车道，革命老区实现新的腾飞指日可待。

前些时候，偶然和朋友谈起，我又在福州动车北站排队购票，等候了半个多小时。他们觉得多么不可思议，都进入高科技时代了，一部手机就能解决的问题，这不是明摆着浪费时间和精力，傻吗？我不介意朋友的说笑，就是想找回点当年的感觉，不是说怀旧是一种幸福吗？而当再一次听见火车的回声，其情如初恋，甜蜜且悠远。

（原载《三明日报》，2018年10月7日）

左拔故事

◎董美娟

　　拔里村是清流县龙津镇最偏远的建制村，县北四十里，属革命老区村和移民村，分散居住，十个自然村沿着清溪呈 Y 字形分布。左边叫左拔，右边叫右拔，村部所在地叫拔口。全村土地面积约十六平方公里，耕地面积一千四百四十四亩，林地面积两万一千亩，二百一十户，九百六十八人。在那交通不便的年代，左拔几个自然村的经济文化中心仿佛是宁化湖村，圩逢四九大人小孩必往湖村去；右拔几个自然村的经济文化中心似乎在清流的嵩溪，圩逢三八人们有事没事尽往嵩溪跑。不管是去湖村还是去嵩溪路程均不超过二十里。左拔与右拔的往来，近道翻座山，远道绕拔口向左或向右便是。

（一）乐山水

　　今天要说的是左拔，自拔口乡村公路傍山溯溪，五六里路，七八个弯，踏过泗洲桥，你就进入"福禄"之地。古人说拔里地势"葫芦"形制，那么，左右拔就是这个葫芦里两半丰富的瓜瓢了。东海徐氏五世祖尚祯公从宁化泉上下里的谌亨徙居董家岭，有史五百余年。董家岭地处左拔上村，而徐氏后人多安居中村，如今中村徐氏大多是十六世祖徐宗周的后代。徐宗周，又名徐宗庄，当地人呼其徐庄。

徐庄是当地一个口碑绝佳之先贤。但大多数人只知其建筑于左拔中村沙塘背那足以称之为豪宅的封火高墙及青砖阔院，漾洄阁碑中这样记载："广厦，于中邨东南山麓，绵亘百余间。"还有那高耸于广厦前方，象征着功名的石桅杆，它为徐氏宗族赢得了荣耀。石桅杆又称石笔，在科举制度下，文人以笔为晋升的阶梯，笔对于崇文尚学的客家人来说备受尊崇。徐庄七世孙徐玉林介绍：一铭文碑座与三根石桅杆一字排开，中间那根石桅杆顶部镶着如旗铁件，风大的时候，"铁旗"呼啦啦转，很是威严，另两根是石斗穿杆的石笔，四角基座。那么其官阶为贡生，也就是漾洄阁碑中所载的"明经"。在那曾经耸立石桅杆之处，族人口口相传着：文官下轿，武官下马。

有人说：当一个人富裕到一定程度就会提高教育水平和审美观。尽管后人一气相传：徐庄，赚钱多，赚钱苦。然而，物质生活的充裕并没有让他迷失，他深感人不过历史长河微微一滴，钱财拥有再多，生不带来，死不带去，于是他一边辛苦挣钱，一边不断地将辛辛苦苦挣来的银子付诸城乡公益。为乡邑建学堂，为行人建亭阁，为宗亲建祠堂，为修桥铺路重金捐助。其怀着对大自然的敬畏与崇尚，还为自家广厦高大的石门楼镌上"乐山水"三个大字。

乐山水，当然不是简单地喜欢山和水。余秋雨先生总结道："中国古人喜欢用比喻的手法在自然界寻找人生品质的对应物，因此，水的流荡自如被看成智者的象征，山的宁静自守被看成仁者的象征。这还不仅仅是一般的比喻和象征，孔子分明指出，智者和仁者都会由此而选择自己所爱的自然环境。"我以为，这才是对孔老夫子"仁者乐山，智者乐水，智者动，仁者静，智者乐，仁者寿"较通俗的释义。所以说，徐庄的"乐山水"，应是向往和愿望达到"仁者乐山，智者乐水"之辈。从他一贯慷慨解囊、热心公益可见一斑。他用自己的行动诠释着特立独行的休养。

不难理解，几十年沿九龙溪或驭舟或放排，不能不说不是九死一生；从九龙溪到闽江，不能不说开阔了视野、通达了运脉、拓展了财路。到了天命之年，他毅然将自己安顿在了"葫芦"里——在外人看来难免有落后倾向的左拔。然而那时的左拔已经不是徐庄闭塞的包袱，淳朴敦厚、自足安然，已成为他坚毅的定力。当一个人走进山水，不但精神更加富有，身心也更加滋润；当一个人拥有山水，同清流欢快，共翠峰习静，相伴着即有让人感知无常的水，又有使人领悟恒昌之山，幸哉！福哉！

泱泱华夏，赫赫文明。中国的人迹，从来在大自然中巧妙地突出，又从来都能做到融入自然而达到天人合一。在左拔中村沙塘背那倾圮了的青砖古墙处，耸起几座造型别致的农家小楼。今天因为我的到来，涌出叔伯婶婆热情的笑脸和亲切的问候。小楼前我备感"有客自远方来，不亦乐乎"的客家人质朴的盛情。

（注：耸立于"乐山水"豪宅前的三根石桅杆与一块铭有文字的石碑，在 20 世纪 60 年代作为"四旧"被人为拽倒；石碑亦不知去向；镌有"乐山水"的石门楼也于 2016 年初夏的一个雨夜坍塌。）

（二）佑福庐

从徐氏族谱阅得：徐庄（即徐宗周）生于乾隆甲午岁（1774），十五岁喜得长子，其时徐太太巫氏桂娘十七岁。为达到人丁兴旺的目的，善用脑子的客家人沿用传统方式联姻，娶个比新郎长些的新娘，以保证传宗接代的最大可能。因生意而奔波的徐庄，五十岁时已有一群重孙，可见当时的左龙乡（左拔）已成为徐庄舒适安逸的小岛，亦是其安身立命的绿洲。徐庄继承和发扬了耕读传家的美德，以乐善好施标示他的人生价值，以极强的和宗睦族、崇文重教的传统意识，于自家广厦之南营建了豪阔的学堂（抑或"佑福庐"学堂要比"乐山水"广厦建得更早），聘请教书先生，供族里宗亲及邑人求学。可惜其广厦与学堂均在咸丰八年（1858）遭到"长毛贼"不同程度的焚毁。徐玉林说："我小的时候，常在古学堂废墟上玩耍，但见残存墙基，一碑座，一门楼。"关于学堂门额所镌三字，村里几位长者口述不一，有"佑葫芦""爱葫芦""佑福堂"等。后来门楼坍塌，铭文石碑亦不知去向。

葫芦是中华文化中有丰厚内在的果实，它不仅是自然瓜果，也是一种人文瓜果。葫芦者，福禄也。客家人生生世世不懈追求。至此方悟，人们极力地回忆存在口误的相传，"佑葫芦"抑或"佑福庐"。不是吗？十年寒窗无人问，一举成名天下知。此时此刻，"头悬梁，锥刺股"的读书精神仿佛一束久违的烛光，在古老的西厢摇曳着苦读学子单薄的身影。"佑福庐"正是客家人文耕相辅、诗书传家的美丽梦想和美好愿望。

徐玉林1952年出生，看来这片古学堂遗址废弃已久。20世纪70年代，人民政府于古学堂处兴建了左拔小学。巧的是，我无意中踏上了这块风水宝地，于1980年秋在此代课一周；不巧的是，当时的我未曾听过关于徐庄的故事，否则提前三十几年访古，徐庄的故事将更丰富、更鲜活。徐庄的子孙之后代，也都是在这里通过小学教育走向中学，走向大学，走过人生关键的转折点。随着人口的不断增长，左拔小学一再扩建，徐庄八世孙陈文富（现任拔里村村主任）就是在这里读的小学，在老师带领下种植的十六棵水杉已长成绿韵浓浓的参天大树。漾涧阁碑记中的徐先生以及他的故事经几百年风雨而不衰，犹如这一棵棵葱茏的水杉，艳阳沐浴，春风涤荡，百鸟争鸣。后来村级小学撤并到乡镇政府所在地的中心小学，左拔小学这处自古以来的学堂完成了一段历史使命后再度荒废。

"目不识丁，枉费一生。""细时畏读书，长大笨如猪。""地瘦栽松柏，家贫子读书。"客家人办教育的热情源于中原，而又极大地超过了中原……想起来了，我的同村同学刘伙妹将她的青春和热情腾出了六年，用于左拔小学教书育人。此时此刻，我于心不忍地将眼下极为荒凉的原左拔小学图片发给她。"看到图片觉得很亲切，那是我刚参加工作的地方，也是我在教育战线上为家乡作出的小小贡献。"她还说："好想回到从前那段时光，那是左拔几个自然村中最最活跃的一块土地，七八个老师，几十个学生，上课铃敲响，书声琅琅。"

（注：关于古学堂名，熊良华听说：佑葫芦［左拔方言葫芦与福庐谐音，更有可能是"佑福庐"］；徐运兴听说：爱葫芦；陈文富母亲徐金木未曾上过学，她说头一个字像：石；徐玉林记得：头尾二字是佑、堂。徐金木、徐玉林姐弟俩生长于"乐山水"门楼里，是真正见过学堂门楼之人。）

（三）八角亭

八角亭，是当地人对漾涧阁的一贯称呼。在一处交通要道，有了亭子，无论是三春三伏，还是西风北风；无论是梅子黄时雨，还是山枫赤于霜。长途旅者何必匆匆，于是歇脚贪凉；重任各商不妨坐坐，暂且解渴休闲；再让一方灵山秀水陶然于心，之后便神采奕奕地继续他的长亭更短亭，陆路换水路，汀州向福州，南京转北京。

更早的时候，亭是建在诸侯国的边境线上，十里一亭，是士兵放哨的边防交通站。秦汉时期，官方又在十里长亭间再建一座传递公文的短亭，这就是古人常说的"长亭""短亭"的由来。亭，原为官方所建，之后才有多方集资或个人出资兴建。亭与阁存在着共性，多筑于山冈、水边、城头、桥上供休息，避风雨；相对于阁，亭的体积小巧，结构简单；而阁较为高大，且是两层及以上，通常设隔扇或栏杆回廊，供远眺、游憩和供佛之用。

目前发掘的两座古碑，均记下徐先生致富不忘乡里，常以社会公益的资助和创建形式来表达他对家乡、对父老族亲的热爱。嘉庆十六年（1811）在重建水口泗洲桥时徐先生助钱一万八千文，所捐金额居当时同辈之首；道光十五年（1835）在背倚青山，身环田垅，足立溪旁的清宁通衢建起了"巍峨恍接云霄"的漾洄阁。徐玉林说族叔伯曾描述：高大的八角亭分上下两层，是砖木和铸铁构建；其杉柱直径有四十几厘米，大人的双手方能环抱；其飞檐翘角之铸铁重达几千斤，高阁通体采用考究庄重的朱红油漆；阁内地板是古老的三合土夯就。

营建漾洄阁，不仅仅为行旅者提供中途小憩、解渴、怡心等，它承载着客家人满满的信念。阁中祀奉着文昌武圣和奎星。奎星即魁星，一个人形雕塑，一手执笔，一手捧斗，这就是"魁星点斗，独占鳌头"的由来。魁星被古人认为是主管文运的神，乡人岁时瞻拜，就是祈求魁星护佑寒窗苦读的学子能够金榜题名，既光宗耀祖，又能成为国家栋梁之材。对主管考试、命运和助佑读书撰文的文昌帝君的崇祀都让人感受到古老文风和客家人崇文重教的传统精神。还有对武圣帝虔诚有加、尊崇备至的祀奉，意在用关公"凛然正气，忠义仁勇，赤诚报国"的精神教导后人：拥有学富五车的同时做到品德兼具。

关于八角亭当地还有个传说：亭内一壁有上联求对"退三步，进三步，千银一抔，捡到是大户"，人们将信将疑，但始终没人对出下联，更没人得到"千银一抔"之宝藏。俗话说"穷人想捡窖（窖藏之宝），越想越倒灶"，这是告诫人们要勤劳致富，莫想非分之财，想也是想不到的，久而久之人们就把这事给忘了。多年以后，一纸佬（从前土纸厂的做纸师傅）去湖村挑石灰回来，快到八角亭时，天空乌云压顶，心想还是去八角亭歇会儿吧，石灰若被雨沤湿就不好了。这么想着，几个箭步踏进八角亭，但又觉石灰担子落于亭内有碍后者逃（躲）雨，于是担担未及放下，他便退了出去，将石灰担子置于檐边，然后大汗淋漓、气喘吁吁地入亭靠墙坐下，正想好生歇歇。谁料一个响雷震得背上靠着的砖墙都动了，他起身的同时，砖块砂石伴着乌黑发亮的大小铁团就在身后塌成一堆。砖墙里怎么会有铁团？奇怪！他边想边将铁团挑拣出来，足有几十斤啊！恰在这时一位老伯挑着两只空畚箕也走了进来，见亭里有人又退了出去将畚箕放在檐下再进来。纸佬见来者年长便主动搭腔："老伯，也来逃雨呀？"老伯说："是啊！刚挑粪灰帮村里一孤老耘田。"老伯显然已看到地上的铁团子，蹲下身用手掂了掂问："师傅，石灰担哪去呢？""右拔野猪洋，要沤竹麻了。"纸佬答。"师傅，这东西（指铁团）你怎么担回去呢？""石灰那么重，这些铁也没什么用处，就不要了。""这东西，本来该你得，既然师傅不要，我就用铜钱将它买下吧！"老伯给的铜钱比一挑石灰的价钱还高。纸佬心中乐开了花，雨停即开路，肩上的石灰担子似乎轻了许多。

老伯用铜钱买下的铁团，正是"千银一抔"之宝藏。这故事有两个结尾：一说那老伯就是徐庄三世孙时登，付了铜钱之后他就用畚箕将银团担回家，本来就是徐家的东西，"完璧归赵"了；一说那老伯是徐庄的羽化之身，因为纸佬不识货，就是带走银团也会落入别人之手，纸佬走后他又将银团藏回原处，重新把砖墙修补好痕迹未留。

高阁当衢，雕梁画栋，翘角卷云。当然妙趣横生、雅俗共赏的亭联必是不可少，或道出地名成为诗意的指路牌，或赞美亭之风景或书写挽留客人歇息的盛情美意等。然而，除却壁上求对联那故事外，未见传说未见记载，无疑是件憾事。同事欧阳盛泰在20世纪七八十年代，去湖村访亲或赴圩经八角亭遗址，只见漾洄阁碑座静静地守望这片生生不息的客家人土地，陪伴着漾洄于这片土地的古老长溪，无声地向路人讲述一段繁华的往事。

四保女与酒

◎李升宝

　　四保女子是酒的精灵，不仅能和男人一样大碗喝酒，而且能以纤巧之手酿出一缸缸糯米酒，并将其存储三五年，称之为陈老酒，淡出浓醇的酒香，给贫困山乡增添一种特有韵味。

　　那时，尽管每年生产队口粮不足，但都要种植一些糯稻，分给社员酿酒，即使国家至为困难时期也毫不例外。收完稻谷，晒干扬尽，加工成糯米，直待冬至，各家各户就忙乎着酿酒。酿酒是由女人充当主角，全由女人料理，倘若让男人加盟，必将酿塌，酿成不能入口的酸酒。因为大大咧咧的男人不知酿酒其中的奥秘。男人只能劈柴火、挑水、抬米，由女人指挥。灶膛塞入大块木柴，烧得烈火熊熊，锅里热气腾腾，孕育糯饭清香的热气在屋内弥漫。女人红扑扑的脸庞漾着愉悦的笑云，眼睛晶亮，如同一位指挥战斗的将军，吆喝着男人添柴、加水。糯饭蒸熟后，先盛一碗置放神龛，敬奉神明，这是常盛不衰的礼仪。

　　有酒酿的家庭是和美幸福的。无论再穷的人家，每年都要酿上一些酒，留着招待客人和自家饮用。四保盛酒都是用特制的纯锡制酒壶。酒壶名称名目繁多，有酒壶、双壶、半壶、酒海等，全是以酒的容量命名。届临春节，所有容器全盘搬出洗刷干净，派上各自的用场。四保女子出嫁的妆奁也有几件锡器，盛酒的酒壶也列入其中，这是父母送给女儿的珍爱之物，可用之几代，代代承传。我家那把锡制酒壶长年都盛着酒。母亲爱喝酒，每天将盛着酒的酒壶放置后锅温热，中晚吃饭前后喝上小半碗，成为母亲特有的嗜好，终其一生都没有间断。也许是酒的滋润，母亲九十高龄无疾而终。

会喝酒的人家不到元宵酒缸就空了，无论酿多少酒，都不够汉子们在新春吆五喝六地豪饮。来了客人，有菜无菜无关紧要，而酒是不可少的。女人也成了招待客人的主角，她们在灶头忙得细汗涔涔，端出一碗碗山中特有的菜肴，用锡酒壶为客人斟上热腾腾的糯米酒，声音甜甜："没菜，多喝点酒。"说得不会喝酒的客人也要呷上几口。四保人喝酒不用杯，都是用青瓷大碗，碗里的酒盛得满满。女人拎着酒壶为客人斟酒，脸庞被灶火映得红扑扑的，像是化了妆，显得分外妩媚，偶尔也陪客人喝上几口；被客人逼得无奈之时，就端起大碗豪气冲天，咕咚几声，干得碗底朝天，可以和汉子们相匹敌，在酒场谁说巾帼不如须眉？但女人从不喝醉，不像男人喝得昏天黑地，趴在桌下还嚷："酒、酒！"没有喝醉，似是不热情，只有将客人灌得颠三倒四才告终。女人们才收拾狼藉的杯盘，而客人却带着歉意褒扬："你家酒好！"我虽没经历过酒醉，却经历过一次次那样的场面，见过许多酒徒被灌得分不清东西南北，找不到回家的路。这时，我心里便升腾起缕缕情思，如果没有四保女子能酿出那样的好酒吗？

是酒酿造了四保女子的神韵，还是四保女子酿造了酒的神韵，谁能说得清？也许是刚柔相济，是酒和四保女子共同创造了那种天造地设的神韵。

（原载《三明日报》，2013 年 2 月 19 日）

闲云野趣南极山

◎李华雨

"山不在高，有仙则名。"清流南极山便是这样。

南极山，是清流城关南部的一道屏障，位于城关南区之尾。沿山脚的千年古道向上，一路流水淙淙，林木苍翠，修竹摇曳，带给你声色的愉悦，消解你登山的疲倦。

依次过了土地祠、汀州亭，便到了云海寺。这是一个依山而建的较大规模的寺庙群落，建于20世纪90年代末，寺名来自旧时清流八景之一"南极白云"，大约取的是"云海四茫茫"之意。虽然寺里供奉的是佛祖，与南极山最初的旨义不一，却依然香客如云。寺前一块空坪，旁边设有许多健身器具，似乎与寺庙很不和谐。但每到落日前后，上山路上健身者络绎不绝，空坪上的健身器具派上了用场。如今的南极山已不独是香客们的专利，更是清流城关广大健身爱好者最好的去处之一。大殿之前的台阶两旁，分层种着许多花草，春桃夏荷、秋菊冬梅，四季飘香，为庄严肃穆的清修之地增添了一分亮色。

新砌的石径绕寺而行。云海寺右侧的石径陡峭如天梯，静静趴伏在一片林木之间。即使在阳光灿烂的正午，攀登天梯也无日晒之苦。不过你还是会出一身大汗。好不容易上到最高一级，映入眼帘的是一株百年杨梅树，人称"杨梅母"，枝丫繁密，高可丈许，默默传说着古时一个病危少年认树为母不治而愈的神话故事。往左上行百米，路旁陡然耸立一块褐黑光亮的巨石，石上隐约刻着"石将军"三个大字。如沿"石将军"右侧小径往下一百五十米便是观音堂，由此可绕回云海寺。观音堂虽不起眼，但堂前一小山头上面青青翠竹，摇曳生姿，竹丛中几个巨石如蛙似兔，栩栩如生，仿佛还在聆听晨钟暮鼓。站在山头上，远望右前方，清流城关尽收眼底。

由"石将军"处上行十余米，便可见一岩石突兀而出，有如华盖，石旁斜倚一棵奇松，仿佛伸出一只巨臂，为之护法。石下一洞穴，洞中一尊高可三十厘米的青铜塑像，那便是南极山的神仙吴文真仙。传说当年吴文清道士钟爱南极山仙境般的美景，在此结庐修炼，终于羽化成仙。后人感其事迹，铸像纪念之。据考证，这尊铜像已有千年之久。吴文真仙和清流大丰山的欧阳真仙一样，是清流土生土长的道教仙人。山下观音堂所在，传说原来住着一位狐精，爱慕迷恋吴道士，但吴道士不为所动，反终日以道家真谛感化狐精。然最终狐精是受了感化一并成仙了，还是孤寂落寞郁郁而终呢？终究是一传说，无从考证。只是狐狸洞处建个观音堂，想必是佛家的色戒理念的结果，可这样一来，一个柔肠寸断的爱情故事也就渐渐湮没在老尼们的孤灯青影之中了。

石穴之前建有一座道观，名曰"白云洞"，供奉着近代人雕塑的吴仙塑像，观内香火不绝。站在观前眺望清流城关，只见高楼鳞次栉比，街道阡陌纵横，龙津河泛着波光，呈 S 形自西向东绕城而过，仿佛蛟龙潜藏游动，又似飘带临风轻舞。日暮时分，远处夕阳徐徐而下，几许流云在远远近近的山顶峰尖沐浴着晚霞，悠悠舒卷；山下田园村舍俨然，炊烟点点，令人不禁想起陶渊明的"暧暧远人村，依依墟里烟"，就连夕阳和流云都恋恋不舍了。

大凡香客游人与健身者至此作一停顿，便带着对眼前良辰美景的赞叹下山去了。殊不知"无限风光在险峰"，南极山的景致到此不过一半而已。绕到白云洞巨石背后，有一条小径通往山顶。那是一条修竹垂拱而成的甬道，曲径通幽，人行其中，竹叶摩挲着你的鬓发与脸颊，仿佛热烈欢迎你的到来。时有虫儿鸣唱，更增其幽，与白云洞以下的热闹截然不同。上行一里许，便到南极山顶。站在顶上，放眼望去，群山万壑，如大海之波涛起起落落；孤烟闲云，在峰回路转间消消停停。古人说，"荡胸生层云"，一种雄心，一股傲气，便由胸中陡然升起。即便是清流城关，又是另一番情景，玉带似的龙津河把清流城东城西围成了道家的两仪，似乎正暗示着清流人民的生生不息。此处若有一二亭台，那必定是游人如织了。四月前后，漫山杜鹃花开，一丛丛一簇簇，把南极山装点得分外妖娆。而到了秋末，红枫点缀青山，野果累累飘香，令人沉醉忘返。

　　这还不够。往山后望去，我们情不自禁地叫出声来。一潭碧水在那山下泛着涟漪！看那水的颜色，仿佛南极山群把蓝天留在了这里。明镜般的潭水引领着我们沿着陡峭的小路冲下山去，碧水便在襟袖之间荡漾着了。倘若租上一只小船，轻轻划在潭里，看青山倒映，白云在桨下穿行，仿佛伸手可及；或者静静仰躺在船上，看闲云与潭水一起悠悠来去，一定别有一番情趣。可这是严坊库区，是清流城关饮用水的源头，我们只能在这潭碧水边上品味这湖光山色，听四面松涛阵阵，鹧鸪声声。但这已足以让我们流连了。记得一位名人说过，山没有水，就像人没有眼睛。我想正是这潭空明澄碧的水，滋养了南极山美丽的容颜。而身边的坡地上，库区守护人种植的几畦菊花正绿，似乎在向我们发出邀请，秋天一定再来领略那"采菊东篱下，悠然见南山"的诗情画意。

　　清流南极山，山清水秀令人向往，纵使没有神仙，同样令人难忘。

清流乡戏

◎吴传义

　　清流这块地方，有好几种地方戏曲：湘剧、三角班、京剧及绍兴戏。

　　湘剧，是湖南的主要戏曲剧种之一，它是以长沙和湘潭为中心，逐步向善化（今长沙、望城两县的南部）、益阳、浏阳、醴陵、宁乡、湘乡、攸县、安化、茶陵、湘阴诸县发展起来的地方剧种。其中的高腔是湘剧四大声腔的代表。源于江西的弋阳腔。弋阳腔在四百多年前传入长江地区后，融合打锣腔等地方音乐，并在弋阳腔滚唱的基础上吸收青阳腔的滚调加以发展而逐步衍变成为湘剧高腔的。

　　低牌子，是另一种字少声多，以唢呐、笛子伴奏的声腔。曲牌与高腔同名，旋律却完全两样，故艺人称之为低牌子，以示与高腔有别。

　　湘剧，也叫湖南班子、湘剧，老辈人说是20世纪初的辛亥革命期间流入清流的。主要流传于大横溪、田口一带。

　　大横溪村的上太屋有一座南朝北的戏台，平日里闲着，遇上村里每年"三月三"庙会或平日里有个大事小情的，这里便热闹了。没等晚上正式演出，小孩们早早就在戏台下窜来窜去，把平日里学来的戏自己先演了起来，惹得大人们一阵阵哄笑。

　　也有在富家唱堂会的，每当唱堂会这天，主家要请唱戏的全套班子到家吃晚饭；饭后，由主家执香祭拜天地，一通锣鼓鞭炮后便正式开锣演出了。

好戏开锣了，这可不是一般的锣，是一面大铓锣，这大铓锣的敲打也挺讲究的，有多种敲法，光锣棒就有多种。一种是用碎布包在棒头上，这种棒敲打的锣声雄浑沉闷，一声锣起，全村都听得到；一种是不缠布的光棍棒，敲打得清脆点花。大横溪村湘剧团剧目多与"关公"相关，演员不化装，靠服饰区别角色。唱的是高腔，都是用的假嗓子，男声高亢激越，女声委婉清丽；不论男女，唱至高昂处，后台器乐手都要高吼一声以壮声色。

三角班是 20 世纪 30 年代由江西流经宁化传入清流县东华乡供坊村的剧种，也是客家人融汇各地小戏而演化而来的地方戏，曲调极具山歌趣味。不论任何剧目都是三个角色：生、旦、丑，其他的也就是跑过场的跑龙套或只在台后叫板不见人。三角戏唱腔以五声阶为主，板式以宫调为主，声腔不统一，兼收各种剧种的多变手法，唱出不同的感情：小旦唱腔欢快、秀丽、柔和、优美；小生唱腔细腻、柔中带硬；老生唱腔激昂、粗犷、洪亮、沉着，节奏性强；丑角唱腔忽强忽弱、忽高忽低，灵活多变。三角戏活跃于清流城乡和周边县市，深受百姓欢迎。这也是清流较为出名的地方戏种，如今已列入了福建省非物质文化遗产保护名录。

京剧，起源于清代乾隆年间，在文化消费的欲望之下，随着戏曲声腔昆山腔的兴起，被徽州富商蓄养的家庭戏班也开始兴盛。其中三庆、四喜、春台、和春等四大徽班陆续进入北京，与来自湖北的汉调艺人合作，同时接受了昆曲、秦腔的部分剧目、曲调和表演方法，又吸收了一些地方民间曲调。通过不断的交流、融合，最终形成了京剧这一剧种，从而揭开了两百多年来中国京剧史的序幕。

京剧的唱腔以二黄、西皮为主要声腔，伴奏以京琴为主，配以鼓板，角色分为生、旦、净、末、丑，表演程式以唱念做打技艺为特色，有文戏、武戏之分。

清流京剧形成于抗日战争时期。上海"金福莲"京剧班为避乱而流动到了清流，在城关城隍庙演出了个把月，受其影响，一批爱好京剧的青年自发组织了"清流县城关青年京剧社"，从永安请来了因战乱已经解散的"金福莲"京剧班名师前来指导施教，剧社成员的演出水平不断提高。

1950 年，京剧社更名为"清流县城关民间京剧团"，改革开放后更名为"清流县龙津京剧同乐会"。

尤以每年的农历六月二十四日最为隆重，相传这天是唐明皇登台演出的"老王会"纪念日，会员们自愿捐款，参与演出，场面极为热闹。京剧社成立至今已八十周年，他们的演出贴近生活，与民同乐，风雨不歇，常年不辍，坚持活跃在田间地头、民宅街巷，成了清流县城关一支不可或缺的文艺表演社团。

茶树·茶籽·茶油

◎江天德

又是茶籽油飘香的季节。

榨油坊飘荡着浓浓的油香，把我的思绪带到故乡嵩溪镇的油茶山上。油茶属常绿灌木，树皮淡褐色，平滑不裂，叶呈椭圆形，有锯齿，革质，秋季开白花，以南方丘陵地区为主产区。茶籽油树有人工种植的、有天然野生的；人工种植的成规模化发展，成片成片的有十几亩、上百亩的，面积大的基本上种在山上，面积小的大多种在房前屋后；天然野生的东一株西一株，如星星点灯。

茶籽油树，客家人称"茶树"。秋季是开花的季节，漫山遍野，朵朵小白花竞相开放；引得蝴蝶和蜜蜂穿梭其中，翩翩起舞；蝴蝶相互追逐嬉闹，就像那"梁山伯与祝英台"卿卿我我、生死相依；蜜蜂们俨然就是"采花大盗"，一门心思往花丛里扎，正大光明，敢作敢为，毫不却步；油茶山是花的海洋、绿的世界，置身其中令人心旷神怡、思绪万千。茶籽成熟的日子是霜降。没有等到霜降采摘的茶籽是少油的，那时破开茶籽果实是白白的。采摘茶籽的时候，身背竹篓，双手如采珍珠，大珠小珠落竹篓，满载丰收果实；亦有家中劳力不足的，等着茶籽开裂落地，拿着耙把，去茶山上耙；然后，带上竹筛筛拣茶籽，这种做法茶籽的质量也差。当然，用竹筛的前提需要先铲茶山；天然野生茶籽如果不及时采摘，只有望茶籽兴叹了。

茶籽下山了，满满地堆在晒场，让阳光暴晒。

入冬时节，大雪封了山门。一家人围着火炉，上面摆放着簸箕，一起精拣茶籽，一起聊着一年的收获，一年的心得与喜悦。其乐融融。

经过阳光沐浴的茶籽终于被送进了榨油坊。开榨的日子，山里内外热闹起来。那轰隆隆的水车不停地转，取代了老牛蒙着眼转圈，碾槽里茶籽香四溢；现代化轰隆隆的机器指挥着杖击声，告别了赤膊的汉子，告别了号子。虽然才二至三成的出油率，榨油坊的灶火依然映红客家人喜悦的脸膛，那榨机铿锵有力的杖击声，就是世间最美的音符；那连绵流淌的茶油，就是客家人心中升腾的希冀。"清凉祛火、降血压、降胆固醇"的功效，代代相传。人们就着浓浓的茶油和着火锅，吃出去冬今春的滋味。

晴朗的日子，手机和电话声塞满了榨油坊，远方的客商闻香而来。油锅里滚过的油让客商垂涎三尺，这香色和钞票，促成茶籽油身价百倍，流进城市去水涨船高。

榨油的季节是客家人收获的季节。

（原载《华夏散文精选》，获第二届"古风杯"华夏散文大奖赛优秀奖）

清流九龙溪

◎江天德

　　谁不说家乡好。每个县每个地方都有其历史渊源，清流也概莫能外。只要翻开清流的史书，就能发现清流九龙溪独特的魅力和与之有关的神奇的传说。这条湍流不息的九龙溪流，两岸美景和传奇故事，一定会让你流连忘返。

　　九龙溪与清流建县情缘，令人回望有趣。闽江上游九龙溪从清流县城蜿蜒流过，展现出婀娜的S形身姿，酷似龙行太极，故有"太极之城"美誉。宋元符元年（1098），时任福建提刑按察司提刑官的王祖道（？—1108）巡视各郡县，憩于宁化麻仓里清流驿。因爱其清溪环绕、山明水秀、碧水萦回，遂以宁化地界广远、难以管理为由，奏请朝廷划宁化六团里、长汀二团里另行置县，并以"溪流回环清澈"取县名"清流"。这条溪流就是清流九龙溪，也是清流设县之始和县名由来。这建县渊源，让王祖道被清流人尊称为清流建县始祖。

　　九龙溪与诗人的美景情缘，令人感叹情怀。据《闽小纪》称："闽诸滩，惟汀之清流九龙滩最为奇险。"九龙十八滩，上下二十余里，每一龙两岸石峡逼窄，仅容舟入口，石埂水中，浪高数丈，舟行如在高山坠平地。唐宪宗元和年间，著名乐府诗人张籍（767—830）由北方入闽到汀州，看望时任汀州刺史的好友元自虚，畅游清流九龙十八滩数日。因爱九龙溪两岸奇山、奇水、奇景，写下了《送汀州源使君诗》："曾成赴北归朝计，因拜王门最好官。为郡暂辞双凤阙，全家远过九龙滩。山乡只有输蕉户，水镇应多养鸭栏。地僻寻常来客少，刺桐花发共谁看。"唐代著名乐府诗人张籍的诗文华丽，千年流芳。

九龙溪与九龙神灵情缘，至今庙宇留香。自古以来，龙就被视为水神而被人们广泛崇拜。九龙庙又名安济庙，庙之前为著名的清流九龙滩。据说远在五代前，九龙庙即已草创。其神九龙神于五代后晋天福二年（937）被封为阴威校尉；五年（940），封兴瑞将军，不久复封为潜灵王；宋朝赐额安济。九龙滩的奇险，九龙神的灵应，造就了九龙庙的赫濯声名。宋嘉祐四年（1059），时任泉州太守的蔡襄（1012—1067）慕名到清流拜谒九龙神，写下了《宋安济庙潜灵王谒》："远远青山叠叠峰，峰前真宰读书翁。半岩冷落高宗雨，一洞凄凉吉甫风。溪隐豹眠寒雾露，井涧风宿旧梧桐。九龙山下英雄气，尽属君王宇宙中。"宋代泉州太守蔡襄的谒九龙神神通万里，美文传扬。

九龙溪与"闽人之源"情缘，两岸"五缘"流深。清流历史更加久远。早在一万多年前，这里就已经有人类活动。1988年，中国科学院考古学家在沙芜狐狸洞发现旧石器时代古人类化石，将福建人类活动历史由六七千年推进到一万年以上，清流九龙溪畔的沙芜狐狸洞被誉为"闽人之源"；与台湾"左镇人"同属旧石器时代晚期智人，为闽台同根同源提供了佐证。清流与台湾一衣带水，一水相连；清流顺应时代发展创建国家级台湾农民创业园，创业热潮风生水起，在交往中更具有独特的"五缘"优势：地缘相近、血缘相亲、文缘相承、法缘相循、商缘相连，为两岸联谊交流，商贸往来，架起相通之桥，越走越宽。

一条溪流养育了一方水土的人，承载着昨天、今天和明天，受之恩惠，爱其风骨。它的文化外化于形内化于心，如清清溪流，如九龙溪，成了一溪两岸人们难以忘却的乡愁，成为激励清流人建设美丽家园的内生动力和澎湃激情。

九龙溪流潺潺流逝，诉说着昔日的辉煌；朝夕相伴，它根植于心灵；一段历史陈留于史志，根植于心房这片沃土。千回百转的九龙溪，溪流声声作证，抹不去的是历史的积淀与挥之不去的历史情缘。

哦，神奇的清流九龙溪，美丽的清流九龙溪。

山珍极品话红菇

◎叶庆华

　　六七月份，朝云暮雨，最适合各种菌类生长。红菇作为天然野生高等真菌，生长在原始活硬木阔叶森林中，产量极低，素有"中国纯天然高等野生山珍"之美称。

　　"物以稀为贵。"红菇色鲜、味美、汤靓，食疗价值高，价格不菲，是乡民们趋之若鹜之物。采菇，除了能饱一家人的时令口福外，一直是乡民额外创收的一种方式。

　　采红菇需要胆量和体力，因为红菇长在深山老林，对环境要求极苛刻，清流客家话叫"菌迹"。这些场所为当地的大部分村民所熟悉。采菇人为了有一个更好的收获，一定要赶早，胆子大的人，早上四五点就跑到深山长菇的地方等天亮；胆子小的人呢，只能跟在后面捡漏了。翻山越岭，爬坡过崇，没有好体力真是不行。"夜半深山等天光，翻崇落崇过山梁。衣衫褴褛浑身汗，垢面蓬头雨湿衫。"就是采菇人的真实写照。

　　我儿时个子小，胆量也不够，只能跟在大人后面捡捡漏，不过，常常也有意外的收获。因为起得早，行色匆匆的采菇人满山转，而密林中光线幽暗，视线不好，他们只能采走明面上的。正所谓"隔夜笋，转脚菇"，意思是说，被采过笋的地方必须过一个晚上才能长出来。采菇就不一样了，只要找到红菇生长的"菌迹"，转个脚，拨开一捧枯叶就可能有意外的收获。还有一种说法就是采菇人得跟菇有缘，所以才会出现"你前脚走，我后脚有"的奇妙景象，这是让众多采菇人乐此不疲的原因所在。若是有一两个别人不知道的"私下菌迹"，那一定会让人羡慕得不得了。要做到长期保密、独享，不是一件容易的事。

我有个叔公，他就曾有个这样的"私下菌迹"。一段时间，我们一直很纳闷，别人早早起来满山转悠，收获一般。我叔公总是在每天晌午后才慢悠悠地一个人往后山去，不一会儿工夫就采回满满的一篓红菇，让我们好生羡慕。我们几个小孩就一直想着，怎么才能跟上他，可是跟踪几次都被他七拐八拐地甩了。在我们的不懈努力下，还是了发现他的"私下菌迹"。从那以后，我就时不时赶在叔公的前头打他的"劫"，从他那儿分得一杯羹，不知道他老人家发现后心里会怎么想，现在回想起来真是有趣得很。采菇人最大的心愿是："赤面红菇叶下藏，私家菌迹不声张。满山见得层层密，竹篓篾箩不够装。"

红菇是"菇中之王"，其风味独特，香馥爽口，含人体必需的多种氨基酸等成分，有滋阴、补肾、润肺、活血、健脑、养颜等功效，经常食用，能强身健体、延年益寿，系天然营养佳品，其价值是其他菇类无法伦比的。正如华德诗友诗云："天然丽质艳如胭，夏雨沐阳露笑颜。宴客酬宾增秀色，鲜香可口味中仙。"

李家寮：挂在山上的古村

◎邓煌生

　　初夏时节，我与朋友前往灵地镇，探访挂在山上的古村——李家寮。

　　李家寮在清流南面，现已改名叫步云村，位于灵地镇西部，坐落在鳌峰山上，山前与姚坊村相连，山背是长校镇的嶂下、留坑村，鳌峰山还与连城交界。李家寮距灵地镇政府八公里，清流县城六十五公里，连城县城三十三公里，海拔八百一十九米，全村一百零三户、六百二十三人，是清流县最偏远的建制村。李家寮山高林密，终年云雾弥漫，昼夜温差大，如果你能在该村宿上一夜，就能切身感受到"枕中云气千峰近，床底松声万壑哀"的那种神奇。

　　过去只有一条去李家寮的路，从灵地经姚坊到李家寮只能徒步登山，爬几公里的山岭就像步云梯。翻过鳌峰山垭口可以下到嶂下、留坑、长校、里田。据村里老辈人讲，1930年初的一天，红军三个纵队由连城姑田进入清流李家寮，红军从傍晚开始到第二天早晨，经一夜急行，翻越鳌峰山，经嶂下、留坑、江坊后进抵里田境内的锅蒙山，与敌保卫团马鸿兴部六个连和民团共一千余人作战，红军迅速地包围了锅蒙山，共歼敌六百余人，缴获大量枪支弹药。

　　李家寮处于特殊的地理位置，过去曾是四堡通往北里的交通要道，村民可以到长校、四堡赴墟，也可以到灵地、沙芜采购。村民的生产资料、生活用品、建筑材料全靠人工挑上山。当地的物产木材、毛竹、豆子、粮食、水果又靠人工挑抬下山，世世代代村民肩挑手提，生产劳动条件较为艰苦。改革开放后，李家寮开通了乡间公路。从灵地镇出发车过姚坊漫水桥，就有盘山公路直通李家寮。我和同伴上李家寮，时在暮春，满山新绿。为我开车的司机娴熟驾驶，顺着山涧盘旋而且不断的鸣笛，汽车蜿蜒在荫荫古树和汨汨山泉之间，沿着"之"字形的山村公路向上爬行，大约一炷香工夫，公路到了尽头，无路可走时上寮村也到了。

村口长着一棵三人合抱粗的高山柳杉王，大约两百余树年，繁枝密叶，第一个站出来欢迎我们，好像在说，无论你官再大，也只好请你弃车徒步登石阶入村了。

上寮村地无三尺平，几十座民居村舍洒落在高高的鳌峰山峦，放眼望去，远近一片参差错落的土木、砖木黑瓦房，这是村民至今居住的祖先原有的老屋，一些老屋厅堂还保留有过去牌匾、捷报，以及"文革"时期的毛主席语录，村庄显得沧桑老旧甚至破落。民居依山坡而建，多为石砌，看不见钢筋水泥瓷砖的楼房。较为典型的李氏宗祠、云峰聚秀等古民居，有门楼、门厅、庭院、照壁、天井、正厅、厢房，一应俱全，代表了过去的辉煌，规模只是小巧玲珑而已。有些房屋建造面积不够，只能用石片砌起护坡，向外用木柱撑起，靠山势逐层而上，像苗族山寨的吊脚楼。全村没有主道，一条石砌小路宽不过三尺，仅供一人挑犁耙、牵牛经过。穿过两边低矮的旧屋，石砌小路弯弯曲曲、高低起伏、四通八达。进村后，村民用和善的目光望着我们这些陌生人，热情地邀请我们到家喝茶。村内少见年轻人，看不见商店，也没人搓麻将，小狗歇息、公鸡觅食，大伯看牛、老妇种菜，各家门前都摆放着光滑的石墩，有老人在那歇息。远望峰峦叠翠、起伏连绵，享受那延年益寿的高山阳光，村庄显得古朴平静。

李家寮，以居住村民都是李姓而得名。明朝时李姓由清流县四堡里长校村迁入，明清时期李家寮村属四堡里管辖，民国时改为北团里管辖。至今村民能把四堡话说得很纯正，平常都是说北里话。

上寮村中心位置有一处青石砌就的古墓，说是李家寮李姓肇基始祖的坟茔，墓碑朝向巍巍鳌峰山，古墓周边全是民居，如此阴宅、阳宅和谐共处显得神秘，是为少见。李姓裔孙人口渐渐增多，繁衍兴旺。上寮住不下了，就迁五里外到村下建村，称为下寮村。下寮又住满了，又迁五里外到路边的山上建房居住，取名李家边村。因此，李家寮村实际是由上寮、下寮、李家边三个村子组成。上寮是村部所在地。

李家寮村部是一座两层的房子，建在悬崖边，占地面积只有几十平方米，像座碉楼，是村里唯一的水泥建筑。站在楼上可以俯瞰高山密林，村子里曲折有致的石径和袅袅的农家炊烟，以及随处可见的黄泥土墙、木构梁柱、黑瓦盖顶、石砌台阶，粗糙厚重的石门楼，天然独特的老石堆，敞开式的老祠堂。就连村民家养的狗，当生人从它边上走过，也只是睁开惺忪的眼睛，懒懒地瞄你一眼就继续睡觉，既不狂吠，也不摇尾，惬意享受充满负氧离子的新鲜空气。这就是原始村落形态。

往上看，就是海拔一千二百余米，云雾笼罩的鳌峰山顶。鳌峰山风力资源丰富，素有"一年四季风，从春刮到冬"之说，可以隐约看见高耸入云的风力发电机的叶片。往下看，村脚下千亩梯田，用"养在深闺人不识"来形容最贴切不过了，这片依山而造的梯田，有"眉毛丘、斗笠丘、蛤蟆一跳过三丘"之说。

几百年来，山民守着祖祖辈辈开垦的梯田，不离不弃，过着宁静的生活。他们勤劳耕种的梯田四季如画。冬春时节，蓝天白云倒映田中，在朝晖夕阳的映照下，波光粼粼，气势壮观。夏天，一片碧绿，生机盎然。秋天，金浪翻滚，满山金黄。最美是在下寮梯田的中心，几间农舍点缀在梯田间，看去像挂在山壁上似的，错落有致，构成一幅美丽的山水画。

林磜畲村

◎邓煌生

林磜村位于清流县嵩口镇，是一个建于明代的少数民族村落。为挖掘整理嵩口镇乡村文化，在镇干部的带领下，我第一次走进畲族林磜村。汽车离开喧嚣的集镇，过围埔，进大元，沿弯弯曲曲的简易公路顺山溪溯源而上。车窗外两山夹峙，梯田重叠，驱车经过一段沙土路后，停在古树覆盖的小溪源头，说是林磜村了。走出树林豁然开朗，眼前的林磜村四周是大片原始森林高山，还有为数不多的楠木林。中间是两百余亩植物茂盛的田畴，林茂粮丰，源远流长，造就了丰富的"负离子"和其他对人体有益的气态物质。汩汩两抹溪流从白云缭绕的后龙山巅奔流跌宕而下，两溪汇聚村中。村民沿溪两岸建房居住，溪水浅唱低吟，奔向水口。村唯一与外界相通的是水口溪坑开凿的一条小路，林磜地形偏僻闭塞是少数民族理想的聚居地。

林磜村因建在林木参天的高岩石磜间而得名。距大元主村六公里，有农户三十余户，一百六十余人。属大元村的一个村民小组，是以蓝姓人居住为主的畲族村。据《林磜蓝氏族谱》记载：蓝奎为蓝姓入闽始祖。林磜蓝姓是蓝奎第六代孙蓝伯六的后裔，从宁化迁余朋芹口，明朝蓝吾寿再迁居嵩口大元林磜。吾寿公为林磜蓝姓开基始祖，至今已有五百余年历史。历史原因，民国初期土匪猖獗，全村逃离林磜，散居深山老林。土匪到村抢劫，放火烧房，导致村庄成为一片废墟，多年无人居住。村人承受不了土匪摧残，只能隐瞒畲族混为汉族以图谋生。改革开放后政策日臻完善，全体蓝姓村民申请要求恢复畲族。1984 年 12 月 10 日，清流县人民政府行文《关于恢复嵩口镇大元村林磜村民小组蓝姓畲族问题的批复》（清政1984 综 209 号）决定恢复林磜村的蓝姓为畲族民族成分。

　　林磜蓝姓人虽为畲族民族成分，但几百年来，融入汉族以图谋生，在房屋建造、农耕技艺、衣着穿戴、语言乡音、风俗人情等生产生活方面都和当地客家人无异。我致力寻找畲族元素，试图将挖掘畲族文化和客家乡村文化相结合，促进畲族文化的传承发展。畲族人蓝德财说，林磜畲民，民风淳朴，在融入汉民的生产生活中，形成的一种少数民族传统的生活习俗还保留至今。如果说历史文化是林磜畲村的"根"，村头村尾保留的两座古祠堂，虽然历经沧桑却是林磜畲族村的"脉"。

　　建于村口的蓝氏宗祠，其饱含畲族文化让人一目了然，宗祠供奉林磜蓝姓开基始祖吾寿公牌位。祠堂悬挂有牌匾：《古处衣冠》《纯良雅望》。碑文详细记载了《盘瓠传说》《林寨蓝氏族规》，以及蓝氏先祖艰苦创业、乐善好施、乐于助人、孝顺父母、恭敬兄弟的事迹。可谓宗祠文化底蕴深厚。

　　林磜蓝姓宗族内部沿袭族长制度管理，小如家庭纠纷、婚丧喜庆，大如祭祖、祠庙管理等事务都要主持。各项事务的主持一般都由族长担纲。村民都推举族内德高望重的男性长者为族长。林磜蓝氏族长制源远流长，在蓝氏家族中被普遍承传下来。这也是林磜传统的畲族文化。

　　畲族，自称山哈，意为住在山上的客人，就是来开荒的人。他们傍山结茅、依山而筑、沿坡而居，开辟出旱地和梯田。至今林磜族长家还保留一只古老的海螺，历史上林磜经常遭受土匪抢劫。为抵抗土匪摧残，族长在山顶设有岗哨，如遇外来侵略，族长用吹响海螺的方式预警并召集族人，浑厚的螺号声将出险的信号传递到漫山遍野劳作的村民耳中；全村族人听到预警螺号会立即放下手中的农活，从四面八方聚集在祠堂共同抵御外来侵略，保护家园，多少年来族长用这种方式使村民躲过了一次次天灾人祸。如今虽然通信设备先进、通信工具普及，但林磜畲族人还保留有吹螺号的习俗，其作用不再是抵御外来侵略，而是用来召集族人祭祖、议事、请酒催客、防御驱赶野猪糟蹋农作物的功能信号了。

每年清明，林磜都举行盛大的祭祖扫墓活动，这是畲村一年中最热闹、最隆重的日子，在外发展的村民都会举家回村筹备祭祖节。届时，蓝氏祠堂里鞭炮齐鸣，众多裔孙们齐集故乡，祭拜先祖，感受桑梓的温馨。香火弥漫的祠堂，裔孙们带着无限的崇敬和感恩，虔诚上香跪拜，祈愿安康幸福、财丁两旺。接着则是祭扫祖宗墓活动，宗墓分散在茫茫大山的风水宝地，村民准备香烛祭品分组进行祭扫。对林磜畲村民来说，祭祖大典既能表达对祖先的敬意，也能表达后嗣不忘始祖恩情，又能推动畲族宗亲间的交流、增进彼此的情感，有利于凝聚族人力量。家中主妇则忙于做粿煮肉准备全村集会的清明酒席，还按几百年前的老规矩给前来参加祭祖的村民分发祭祖米粿、猪肉等。

　　如今的林磜畲村安静得像一幅水墨画，村人大多已走出大山在城市经商办厂购房置业。参天的古楠枝繁叶茂，古朴的木板土墙房旧貌依然，老旧敞开的门厅依旧挂着蓑衣笠麻，牢固的禾仓角落静卧着闲置的犁耙农具，路边的小狗静静地趴在门前。畲村的每一块砖、每一片瓦、每一道缝隙、每一个角落，甚至每一缕光阴里，都珍藏着一个个尘封久远故事。虽然年轻一代大多已走出大山，但他们不论走多远，每年都会相邀回到林磜，组织开展清理河道、修渠建坝、修缮主屋、整理环境等公益事业，总会经常走进林磜那个家园。

凉 亭

◎邓新华

凉亭，供人乘凉歇足的一间小瓦房，一般敞开两口，路从中间穿过，墙内两侧设有坐廊。清流大山里的凉亭，零星坐落在山中，默守山风树海，迎送来往的芸芸众生。

家乡邓家村最有名的就是岭背亭，坐落于村子东边，横亘于南北走向的连绵大山间。早先，村民们山后砍柴、走亲访友，学子们到永安求学，必过此亭。路便从村边沿山脚东南行至山涧边，几百级不到两米宽的石径，全是用山涧中拣来的山石铺就，略显粗糙，微陷处光滑如磨刀石。是啊，这些铺路石经过风刮雨洗，又受到多少的挑夫贩卒、游客商贾的大脚磨砺，哪还有嶙峋棱角来抗衡大自然的冲击？无暇流连林间的花馨草香，穿过近两公里密林，叠碗似的梯田就呈现眼前，梯田的尽头是一间青瓦白墙的凉亭。

凉亭四五十平方米，亭外二三米下方是一汪清泉，汩汩地往外喷涌，浇灌着脚下的梯田。俯瞰山下，如海的绿浪跌宕而来，如果是春天，那满山的映山红和许多不知名的山花正如诗中所赋："鸢飞戾天者，望峰息心；经纶世务者，窥谷忘反。"再到清泉边掬一捧水拂拭脸面，慢慢品上几口，纯净清洌，足以涤净肺腑中的尘俗之气。

我从小学一二年级开始，从农历九月至第二年四月，每天天刚亮就和邻家的小伙伴们一起把牛赶到山后，傍晚放学再到山里把牛赶回家。有时，遇到暴风骤雨，爷爷奶奶便吩咐我们不要去赶牛，他们说牛是最有灵性的家畜，它们会在凉亭中过夜，天亮后自会去田间寻食，牛在野外过一两个晚上是不会变野的。第二天去凉亭牵牛，满亭牛粪，几个年纪较大的同伴带上畚箕把粪便装起带回家作肥料，把凉亭打扫干净。

无风雨之患又通风干净，凉亭比家中阴暗蚊蝇漫舞的牛棚要舒适得多。有时，我们赶一群牛出凉亭后，下到半岭，才发现少了一头。只得气急败坏地跑回亭子，猛挥竹枝狠揍那畜生，痛得它四蹄狂奔才解心头之恨。

记得十来岁那年夏天，我们几个去砍柴，同行的还有一个大婶挑着四五十斤送给女儿的货物，她女儿背着一个孩子。大婶挑得十分吃力，可一路上还是不断地叮嘱女儿一些持家和为人处世的道理。进了凉亭，她立刻把担子放在坐廊上，顾不上擦去头上的汗，立刻跑到女儿的背后，托着孩子，把孩子从女儿背上放下来，又是亲又是逗，还不忘催着女儿到清泉边洗脸喝水。看着女儿给孩子喂奶，大婶又在旁边唠叨开了，不外乎还是那些要孝顺公婆、勤俭持家、夜间如何照料孩子的话。终于把担子放在女儿肩膀，再凑近外孙小脸："有闲时跟妈妈来找外婆玩哦。"看着女儿走出好远，再喊道："缺什么吃的用的，就到妈这里来拿，刚成家缺钱少米没什么丢人的。好在路也不远，上个坡，进亭子歇歇，再下道岭，一个来回不到一天的事嘛。"千百年来，这一幕岂止上演千万次啊！

随着年龄增长，出外求学，为生计奔波，翻越岭背亭的次数就逐渐减少。前年回家时到山后舅舅家做客，表弟要用摩托车送我回家，只是绕一个大弯，走十多公里的水泥路，不过半小时。禁不住对山路以及对凉亭的眷恋，我谢绝了表弟的好意。青山依旧，那条原本可通大车的黄泥路却越走越窄，两边树林也越来越阴森。我怕有蛇在下面休憩，折下根枝条敲打着前行。终于看到山坳处那久违了十几年的凉亭青瓦和檐角，依旧不屈地斜向蓝天，四周的树木依旧朝圣般拥向它。忽然，伴随亭内"呱呱"的叫声，箭一般飞出两只野雉，惊得门口啄食的一群山雀"呼呼"蹿上旁边的松枝。

扶着那厚实而微黄的亭墙，一股辛酸涌上心头，我不禁吟诗叹曰："山间千载雨兼风，庇佑行人西复东。足迹奈何日稀少，春来犹立百花中。"

（原载《三明日报》，2017 年 1 月 10 日）

第四辑／青涩年华

身边人

◎城关中学八年级（2）班　陈雨诺

　　码头，渡口，她望着船上清瘦的人儿，望着少年的身影——"再等几年，等先生留学归来，就成亲"。周夫人是这样说的，她也真的等了。

　　先生来信了。信上说，让她把小脚放了，去学堂读书吧。她慌了：先生，我是女儿啊，是朱家女儿，是大家闺秀，放了小脚的，是乡野村妇；去学堂学习的，是男儿啊，女子无才便是德。先生，恕难从命呀。她没有改变亦没有回信。

　　先生留学归来，他们要成婚了。她是欢喜的。

　　她在红绣鞋里塞了棉絮，鞋还是掉了。母亲说，这是不好的征兆。后来，她独守空房，等了先生一夜，终是没把先生等来。

　　后来，先生去了北平，把她留在周宅，做着周家少奶奶。只是，有名无实罢了。好在，娘娘（先生的母亲）是喜欢她的。娘娘会时常和她唠一些家常，一派祥和，除了少了先生。

　　再后来，朱安也去了北平，负责照顾先生。先生喜欢吃糕点，她便去买，即便要走很远；先生喜欢独自写字，她便不去打扰；先生生病，她便煎药熬粥……她对先生的照顾是无微不至的，可先生对她总是冷冷的。

　　在北平待得久了，她发现，走在街上，总会有目光看向先生，总会有人和先生打招呼，总会有人在背后议论先生……似乎，所有人都认识先生。先生在他们口中不叫"周树人"，叫"鲁迅"。她不懂，为什么要叫先生"鲁迅"。不过,她的心里是欢喜的——先生是大名人,她便是大名人的妻子。可她又有点难过,先生从未向她提及人们为何叫他"鲁迅",她有些不安。

再后来,家中来了一位客人,叫许广平,皮肤黑黑的,却有她比不过的年轻。先生待她很好,眉目中藏不住温存与笑靥。

"许先生,请喝茶。"她想让许广平知道,她才是这儿的主人。只是,许广平一如既往。

"她是母亲娶的媳妇,不是我娶的,但我要对她负起赡养的责任。"先生这样对许广平说。她听见了,字字诛心。在这场"战争"里,她不战而败。

再后来,先生要走了,要离开北平了。他对她说:"你,好生过。"然后,走了,留她一人。

她独自过了许多年,直到1936年,她收到一封信,许广平寄来的:"先生逝于1936年10月19日5时25分。"泪水沟湿了信纸,先生再也不会回来了。

先生是大人物,是英雄。她是大人物身边的小人物。朱安朱安,终是一生欠安。

（原载《作文通讯》,2020年第11期）

钢　笔

◎城关中学九年级（5）班　赖婷婷

　　午后的阳光，透过窗户照在作业本上。作业本右下角有老师写的一行字："请用钢笔写字。"看着这行字，我的脸变得热辣辣的，这已是老师第五次在作业本上写这句话了。

　　肖老师走进教室，板着脸说："到今天为止，仍有一位同学坚持用铅笔写字……"我的心颤抖着，低着头从讲台上拿回自己的作业本。泪珠止不住掉下。此时此刻，我恨不得化为一股烟消失。我的生活费很有限，每个月都要精打细算才勉强够用，买一支钢笔，我必须得省吃俭用很多天。

　　同桌塞给我一张纸条，上面写着："没事儿，别难过，以后你就用我的钢笔。"凝固的血液开始发热、流动……同桌那张黝黑的笑脸给了我莫大的温暖和力量。

　　傍晚，学校的公告栏旁边人头攒动。同桌和我因为个儿小轻松挤了进去。公告栏上写着："5月17日举行全市长跑比赛……请同学们踊跃报名参赛。"

　　同桌和我毅然决定参赛。时间匆匆，付出的汗水有了回报，我们都得到了初赛资格。不过，由于竞争对手实力太强，我止步于初赛，而耐力和体力都特别好的同桌进入了决赛。

　　终于，决赛日到了，我揣着紧张的心站到了比赛场边上。依同桌的实力，我觉得他很有可能夺冠。一声哨响，同桌冲出了起跑线，他如疾雷闪电，很快就超越一名又一名选手。刚开始，赛场一片寂静，很快，场上爆发出了阵阵欢呼声……肖老师激动地挥舞双臂，随行的老师也奋力欢呼，全场观众都为同桌的速度惊叹不已。谁也没有想到，一个如此瘦小的男孩竟能遥遥领先。可是，临近终点时，同桌突然停下了如箭一般快的脚步。他怎么啦？离终点线只有几步之遥，第一名唾手可得，他为什么要停下来？

"冲过终点啊！"我惊呆了，大声对同桌说。"跑起来，快跑起来呀！"老师们也大声喊道。可是，同桌就像木头人一样仿若未闻，直到有两名同学超他并冲过终点，他才两眼放光，冲过终点，夺下第三名。

领奖台上，同桌满面红光，掩不住的喜悦；台下，肖老师脸色铁青，像一个会原地爆炸的炸弹。

同桌走下领奖台，迎接他的不是鼓励和掌声，而是肖老师一顿劈头盖脸的怒斥："你知不知道？你代表整个学校……"肖老师眼睛瞪圆，情绪激动。同桌这才抽泣着开口："肖老师，对不起，我让您失望了！参加这次比赛，我是有私心的。三等奖的奖品是一支钢笔，我参加比赛，就是为了赢得这一支钢笔，这样我的同桌就不会因为没用钢笔写字而被批评了。"听到这儿，我的眼泪就像开闸的水，顷刻间涌出眼眶。原来同桌参加比赛，就是想要为我赢一支友情的钢笔啊！

那是一支金灿灿的钢笔，同桌将它郑重地放在我的掌心上。我接过那支笔，像接过一件无价的世间珍品。

（原载《创新作文》，2020年第12期）

山路七弯

◎城关中学九年级（14）班　江　颖

一大早，那只老公鸡就在不停地啼叫。我将头埋进被子，试图降低噪音。突然，门外传来刺耳的声音……

"太阳都晒屁股了，你怎么还没起？"奶奶的声音离我很近，还没等我反应过来，她已经一把掀开我的被子。我赶紧匆匆起床，喝了几口粥，就站在门口等奶奶一块儿上山去。

半夜下了一场小雨，院子里的月季依然淌着水珠，几朵花瓣被打落在潮湿的地面上。从月季旁边经过的时候，我闻到了一股淡淡的清香。"看啥呢？走啦！"奶奶提着装满剩饭和米糠的小桶走在前面，腾出一只手牵住我。我抱怨道："奶奶，你的手没有妈妈的软，硌得我手疼。"奶奶不满地说："还不是怕你跑丢了。"爸爸妈妈常年在外工作，很少回家，我从小和爷爷奶奶在一起生活，奶奶深感养育我的责任重大，每次出门都紧紧牵着我，生怕我跑丢了。

奶奶在小山村里生活习惯了，一辈子没出过远门，天天都与山路打交道。走在山路上，我一会儿就觉得累了，不住地问奶奶："还有多久才到啊？"奶奶不紧不慢地说："快了，过了前面那个弯就是了。"

我一口气跑过了两个弯，发现不远处还有弯，就回头问奶奶："怎么前面还有弯？到底什么时候能到啊？"奶奶想了一会儿，回答我："你一个弯一个弯地数，数到第七个就到了。要不你唱首歌吧？"

奶奶想听我唱歌，我很开心地答应了。奶奶平时还喜欢听我讲在幼儿园里的事，所以我每天放学回家后就都会把幼儿园里发生的趣事讲给奶奶听。奶奶就是我的知心好友。

"小兔子乖乖，把门儿开开，快点儿开开，我要进来……"山路曲曲绕绕，歌声婉婉转转。不知道拐过了第几个弯，我发现不远处有一群鸡在草丛里伸头探脑："奶奶，奶奶，你看那是不是咱家的鸡？"

奶奶眯着眼看了老半天，点点头："是了是了，是咱们的鸡。"

回家的路上，我极其不情愿地跟在奶奶身后，又一个弯一个弯地数着，时不时问奶奶还有多久才能到家。奶奶总是耐心地回答："快了快了，过了前面那个弯就到了。"

后来，妈妈留在家里照顾我，我便很少再和奶奶去山上喂鸡了。爸爸每次打电话回来，问的也是相同的问题，比如"最近学习怎么样？""考试成绩出来没有？""有没有努力学习"之类。我向奶奶抱怨。奶奶摸摸我的脑袋，笑着说："傻瓜，如果你不好好学习，将来是要吃苦的。"听到这里，我总是调皮地做个鬼脸然后跑开了。

有一次做作业时，我碰到了难题，去问奶奶。奶奶捧着书本看了半天，对我说："你是个聪明的孩子，再想想就能想出来。"我噘着嘴，说："奶奶，你是不是不会啊？你好笨啊。"

奶奶应道："是啊，奶奶没读过什么书。所以你要自己完成作业。"奶奶说的是实话，我也就不再争辩。

有奶奶的陪伴是幸福的，但这样的幸福在我六年级的一天戛然而止。那一天，大人们在奶奶的床前伤心地哭着。人未睡，花未眠，看着窗外的大雨冲刷下来，雨滴将记忆中的那紫红色花瓣打落。一瓣，两瓣，三瓣……那一夜，我的泪水决堤。

奶奶生前患有严重的心脏病，却一直强撑着，为的是尽量不给儿女添麻烦。妈妈告诉我，奶奶在最后一刻嘱咐，让我有空时去屋后的山上看看。山路虽然难走，但是山里的花很美。

一晃又几年，我提着小桶独自去山上喂鸡。在路上，我发现，山中那紫红的花儿开得很鲜艳，很鲜艳……

（原载《创新作文》，2021 年第 9 期）

永远的植树人

◎城关中学九年级（12）班　余诗洁

难得的假日，清晨，我与朋友坐上了进山的车。这是一次社会实践，妈妈说："多拍一些易触动人心的好照片吧，对升学很有帮助。"车子晃晃悠悠，我昏昏欲睡，待日影西斜，我们终于来到这座掩映在丛林中的庵。

迎接我们的是位老尼师，相距甚远，但我还是一眼就看见她牵着一位穿着有些寒酸，但很整洁的小女孩。接到我们后，她便让小女孩领我们去吃斋饭。跟着小女孩，走在这座我从未涉足的寺宇，我顿感清凉。

庵前种着一棵大树，虬枝苍劲有力，这是福建很常见的榕树，以前通常是在公园才能看见。许多小娃娃围着大榕树嬉戏玩闹，见到我们甜甜地叫一声"姐姐好"，便又开始忘我地打闹。

吃罢斋饭，我们与老尼师在堂里攀谈起来。她告诉我们，她已经七十三岁了，实在没有精力管理庵事了。平时除了帮忙照料孩子们，其他大小事务皆由一位五十岁左右的中年尼师负责。中年尼师在她的独生女白血病去世后，就自愿到了庵里。庵中的孩子们，大多是因为身患先天性疾病难以治疗才被遗弃在此。现在，他们都在庵中得到了很好的安顿。

老尼师开始絮叨起庵中的每一个孩子。听说，一个已到了学龄的女孩儿被老师要求写亲情主题的作文，她不知如何下笔，就杜撰了一篇关于母爱的作文，但被老师退回来，原因是"缺乏真情实感"。她没办法，只好将老尼师写了进去。意外的是，作文通过了，老师给的评语是"真实且温情"。老尼师讲到这，本一直淡漠的脸上泛起了点点笑意。她说，自己就像一个种树的人，已经种了好久好久。她只希望庵中的孩子以后都能像前院的那棵大榕树，站直，站稳。

一个小男孩跌跌撞撞地走进来。他看起来好乖好乖，甚至乖得有点令人心疼。明明已经很困了，但还是不哭不闹，只是伸手要抱抱。老尼师抱起他，轻拍几下，他就睡着了。身旁的朋友不知为何，竟然伸手接过熟睡的孩子，笨拙地揽在了怀里。事后，她略带哭腔地告诉我："我哪会抱孩子啊？可是，在那样的氛围下，会好想要抱抱这个小天使。"

天色随着分秒的流逝暗淡了，孩子们吃过晚饭就围在榕树旁写作业，老尼师坐在中间，为孩子们缝补衣物。恍惚中，我感觉细密的针脚连接的不是布料，而是浓浓的温情。

其实我本想拍些庵中清净艰苦的日常，最终却拍了老尼师日暮时坐在榕树下缝补衣物的场景。夕阳穿过榕叶的缝隙，轻柔地洒在老尼师的脸上，为她的脸镀上一层光晕……

要分别了，老尼师和先前带路的小女孩都来为我们送行。老尼师递给我一棵榕籽，希望我也能种下，悉心呵护。我这才知道前院的那棵大榕树是老尼师年轻时栽下的。小女孩也送给我一颗榕籽，我们已经约好了，要一起种下，让榕籽在它该立足的领域蓬勃。老尼师在月光里与我们道别，看着她渐渐模糊在夜色里的身影，我知道，她会做一个永远的植树人。

我在院子里种下两颗榕籽，等着它在春天里生根、发芽，长成参天大树，就像老尼师种下的那棵。

（原载《三明日报》，2022 年 9 月 28 日）

爷爷的三轮车

◎城关中学九年级（4）班　李香沂

　　小时候，家里有一辆红色三轮车，每天风吹日晒的，但和爷爷的身体一样硬朗。由于父母常年外出务工，平时家里的事情都由爷爷奶奶来管理。爷爷骑三轮车载着我们走东串西，爷爷在哪，它在哪；它在哪，我们就在哪。三轮车被爷爷悉心呵护着，当它被弄脏时，爷爷总是瞪大眼睛，然后用手小心翼翼地擦拭，再轻轻吹走灰尘。经爷爷擦洗过的三轮车沐浴在阳光下，锃亮锃亮的，发出红色的光芒，耀眼且迷人。

　　上了幼儿园，爷爷用三轮车来来回回地载着我们。那个时候，我一出校门，就能瞥见那张熟悉的笑脸和旁边醒目的三轮车，我迫不及待地奔向它。弟弟妹妹也在车上，脸上都挂着灿烂的笑容。"姐姐，我今天……""哈哈哈哈……"三轮车载着我们的欢声笑语，一路慢慢悠悠回家去，其中的快乐只有我们自己知道。

　　我喜欢问爷爷一些幼稚的问题，爷爷总是不厌其烦地为我解说，并教导我要以理服人；无论是我受了委屈向爷爷发泄愤懑，还是因为我做错了事被别人批评，爷爷总是将我的错误包揽到他身上，认为是他没教育好。

　　爷爷，是您温暖了我生命的旅途。

　　小学时，去镇里上学，在校外租房，离家甚远，爷爷依旧骑着他心爱的三轮车来来回回地接我。车子终于受不了时间的打磨，生了一些锈，红漆也脱落了。随着爷爷年纪的增长，三轮车的速度渐渐慢了，即使我们起得再早，有时也会无缘无故地迟到。因为学校发布了"不坐无牌无证的三轮车"的通知，班上很多同学都由小车接送，我们这辆三轮车不时引起人们异样的目光。我感觉自己像一个小丑，因为害怕而躲避着别人的目光，心中竟对爷爷的三轮车生出了厌倦，时常对爷爷抱怨着，车上的欢笑声渐渐减少了。爷爷皱起了眉头，连连叹息，他握着车把的手变得干瘦、沧桑……

一次，天空大片乌云翻滚，雷声沉闷地响着。终于，雨点哗啦哗啦地落下来，路上，我们都成了落汤鸡，分不清是雨还是泪……又迟到了！我们终于忍不住了："爷爷，以后我们坐公交车上学吧。"爷爷无奈地点点头："那你们以后要注意安全啊。"爷爷总不忘关心我们。

中学时，我到县城的学校寄宿，周末傍晚坐班车回家，因为站点离家还有一段路程，爷爷便又骑上他那心爱的三轮车来接我。那天，天黑得伸手不见五指，雨，倾盆而下，风，凛冽刺骨。我远远就望见，路灯下，一个孤独的身影在守候着，那就是您啊——爷爷！

恍惚之间，十五年的岁月匆匆而过，我由一个无知懵懂的儿童变成了成熟懂事的少年。时间是一只藏在黑暗中的手，把爷爷的头发染白，把他的背压弯，把他的手磨成茧，把他的皱纹刻出来。爷爷和三轮车都变了模样。

三轮车终于被搁放在庭院的角落，已经破旧得不成样子，铺满了灰尘。爷爷的眼睛患了白内障，再也骑不动三轮车了，三轮车即将带走我童年的欢笑以及那段难忘的记忆，我的内心无比伤感……

这么多年来，我以一声"爷爷"为报酬，肆无忌惮地向您索要一切。您以一声"爷爷"为枷锁，毫无保留地为我付出一切。您用时间的车轮，将您的所有都给了我。

（原载《三明日报》，2020 年 11 月 25 日）

爷爷的饼干

◎城关中学七年级（11）班　罗温舒

"爷爷，我回来啦。"

"乖孙女，学了本领回来孝敬爷爷啦，爷爷给你做饭去。"爷爷接过我的书包。

中午，一碗粗糙的米饭摆在桌上。"吃啊！怎么不吃？"拿起筷子，我还在跟爷爷怄气。"怎么又没肉啊！"随手用筷子不停地搅动盘中菜，只有一片绿色，我眉头紧锁，语气中夹杂着一丝不耐烦。

"对不起啊，都是爷爷的错，忘记放了。妹乖，明天做。"爷爷一脸歉意。

我阴沉着脸，再不想说话，搁下碗筷，跑到自己房间，"嘭"的一声，重重地关上房门。

"快出来，爷爷有好东西吃。"爷爷在门外喊。虽然不情愿，也不能饿着自己，只好嘟着嘴开了门。爷爷走向厨柜，小心翼翼地拿出一包牛皮纸包装袋，打开皱巴巴的纸，里面是一堆饼干。

"来，快吃！"爷爷把饼干递给我。我犹豫不决地接过，咬上一口，竟然发霉了，我直接吐掉。"这过期的，你咋还拿给我吃啊？"我冲着爷爷大声嚷道。

"啊？怎么过期啦，这可是我特意给你留的。"爷爷很是难过。

我难以抑制心中的愤懑，摔门而去。

第二天，心情还是不快，到家时却有一股扑鼻的香味直冲鼻孔。顺着香味寻找，爷爷正在灶房煮汤。

"老哥，家里就只养五只鸡，你咋还杀了一只呢？"邻居阿爷正和爷爷搭话。

"没办法呀，孩子正长身体，不吃咋行呢！要是跟着他爸上城里，连口热乎饭都没有。"爷爷的话里全是怜爱。

我一愣，泪水不禁夺眶而出，亲情胜过一切！自打断奶起，父母就离异了，我跟着爷爷。爸爸本来想要接我进城，是爷爷硬把我留下。爷爷怕我在城里过得不好。

吃晚饭时，看着那金灿灿的鸡汤，我心里升起一股暖流，把爷爷尽情夸赞了一通。看着爷爷布满皱纹的脸上露出笑容，我不知是该高兴还是心疼。

我升六年级时，爸爸从城里来接我了，乡下没有中学，我不得不去。望着爷爷，我的心里像塞了一块石头："爷爷，你要多注意身体，多吃饭少喝酒……"哭声伴着汽车的呜咽声消失在尽头。

后来，老家打来电话，爷爷去世了，去了一个圣洁而美好的地方。

那一天，我心碎了，撕心裂肺。回去收拾屋子时，橱柜里还躺着那包熟悉的过期饼干。蹲在橱柜旁，泪水浸湿了眼眶，我想往事，想爷爷……

（原载《三明日报》，2022 年 3 月 9 日）

文学社拾忆

◎城关中学九年级（7）班　范如欣

　　第一次听说"辰光文学社"是在初一上学期，那时，我对文学社既向往又敬畏。文学社，那一定是要文采很好的人才能参加吧！有天晚上，我不知不觉来到了学校综合楼五楼，怀着好奇与忐忑之心，找到文学社——一间很宽敞的教室，有好多人走来走去。可我没敢进去，只是看了几眼便匆匆离开。

　　后来，有位好友问我要不要加入文学社。我想：竟然有这么好的事？成为文学社大家庭中的一员，这是我梦寐以求的。

　　还没有去上课呢，便先交了作业，老师让我们摘抄好文章。那是我第一次从文学上认识魏国祥老师，我当时摘抄的是朱光潜的《谈读书》。老师给我的评语是："好，选得好。"虽然魏老师的字写得不怎么好看，但很工整，他那简洁有力的话语给足了我信心。

　　那天，我终于见到魏老师。当我轻轻走进文学社教室时，他正在讲课，转身用他那溜圆有神的眼睛看了我一眼，随后继续讲课。我和朋友有点紧张不安，但这种感觉很快消失了，因为讲课内容真的十分吸引人，魏老师的手指向哪，我们的眼睛就看向哪。下课休息时，老师让新同学作自我介绍。我们都很害羞，老师便让我们把名字写在黑板上。刚写完，老师竟一个个地夸起我们的名字，说得头头是道，我们的心里美滋滋的。我终于知道，文学社的老师原来是这样的——穿一身简朴的衣服，眼睛炯炯有神，笑容可掬，满脸慈爱。

到了初二，我与朋友每天都上楼去交作业本，每次拿回后，便迫不及待地翻看老师的评语，又有哪些"好料"。那时候，真觉得自己很幸福，很满足。

但只看评语怎么能满足我们这些"馋猫"呢？听老师的课才能让我们真正大快朵颐。记得有一回，老师说要为我们献上一份大餐。话音刚落，旁边一位初一的小妹妹脱口而出的话令我扑哧一笑。"有好吃的，在哪儿呢？"那双眼里顿时迸出光芒。魏老师大声笑起来，指着黑板说，"大餐在这儿呢。"小妹妹嘟囔着嘴："魏老师骗人。"其实，魏老师哪有骗人呢？来到文学社，魏老师为我们讲故事，解读文章、诗歌，不正是给予我们最好的精神大餐吗？

古人说："何以解忧，唯有杜康。"去文学社学习后，我只想说："何以解忧，唯有文学。"文学社，真的像陶渊明所写的桃花源，让人觉得心旷神怡。老师会为我们讲述唐太宗与魏征的故事，会为我们说文解字——花、草、父、母等，为文字而创作的每一首小诗都是老师自己对生活最深切的感悟，对万物的赞美。他还会不时地教给我们写作的"三把金斧"，以及由次到主，从"自我"到"大我"，再到"无我"的写作境界。他说："诗是最高的语言艺术，跳脱的艺术。""为人不做糊涂蛋，不做偏执狂，要更上一层楼。"

想起文学社，想起魏老师，便觉得他的眼里有星河，引领我走进文学的世界，在文学的世界里遨游。三年来，点点滴滴，如一幅幅画卷翻过，魏老师对我的教诲，我一直铭记在心，像一颗儿时的糖。

（原载《三明日报》，2021 年 2 月 10 日）

台 阶

◎城关中学九年级（3）班　吴与同

　　阳光温柔，从密匝匝的叶子中漏下来，映在台阶上，斑斑点点，微风轻拂，拂来青石板的气息，撩起那段儿时往事。

　　记忆中的夏天，总与奶奶相伴。每每回到村子，总能看见奶奶伫立在家门口的台阶上，向村口张望着，等我。于是，我便会奔向前去，投进奶奶的怀抱，看她沟壑纵横的脸上笑容荡漾。

　　家门前有几级台阶，坚实的青石板上有时间凿出的坑洼。奶奶喜欢坐在台阶上择菜，见我在一旁时，便拍拍青石板，我就会满心欢喜地坐在她身旁。看新鲜的菜叶在她手中辗转，偶尔我也会抓起一把，放在膝上，学着奶奶的样子择去枯黄或过老的菜叶。奶奶只看着我笑，青石板上落满了恬淡闲适。

　　若是阳光灿烂、天气晴朗，奶奶便会帮我洗头。而后领着我坐在台阶上，手执木梳，给我梳头，从发根梳至发梢，分外温柔。

　　"头发真多，长大了肯定是漂漂亮亮的。"奶奶说。

　　"哪里，还是奶奶最好看。"我道。

　　奶奶笑了，笑得灿烂。在我的鼻子上轻轻刮了一下："小机灵鬼。"

　　风儿吹过，发丝飞扬，拂上奶奶的面庞，也拂过我的脸颊，青石板上落满了温柔欢愉。

　　每日半上午之时，奶奶会从门后抓一把稻谷，站在台阶上，撒向土坪中，公鸡母鸡便忽地簇拥过来，啄食稻谷，还不时发出"咯咯咯"的声音。我喜欢喂鸡，站在奶奶身旁讨要谷子。奶奶总是笑着，把稻谷装满我捧起的小手。

我将谷子撒开去，落入了土坪，落向了小鸡，落在了台阶上，落在青石板的坑洼中。奶奶就用粗糙的手掌摸摸我的脑袋，我看着她，她也看着我。

日复一日，夏日渐远，转眼到了去城里上学的日子。临走前，奶奶总拥我入怀，轻轻摩挲我的脊背。我缓缓沿台阶而下，向村口走去，父亲在那等着我。一步，两步……蓦然回首，只见奶奶伫立在台阶上，看着我，布满皱纹的脸上笑容荡漾，与来时一样。

年年复年年，夏日总如期而至，随着岁月渐长，蝉鸣之时渐渐不再与奶奶相伴，家门前的台阶上只留奶奶独坐的身影。

阳光透过叶间罅隙飘进眼睛里，将我的思绪拉回，坐在公园的台阶上，青石板的气息充盈鼻腔，我却嗅不到儿时的味道。微风轻拂，能否带我回到村庄，让我奔向台阶，再拥奶奶入怀。

（原载《三明日报》，2020 年 8 月 12 日）

"老铁"

◎城关中学九年级（6）班　邓曾睿

　　世上的路有千万条，但是有一条却伴随着我的成长——心路。

　　心路记录着我从呱呱坠地到牙牙学语，从蹒跚学步到奔跑跳跃，从幼小无知到青春傲慢……每一个细微的变化都在心路上留下了痕迹，每一个惊喜的成长都在心路上开出了小花，这一切的蜕变离不开"老铁"，虽然我也埋怨过他、质疑过他……但是他却用自己的方式引导着我，成为我不离不弃的"老铁"。"老铁"是谁？他与我的心路成长有怎样的故事？让我来慢慢说给您听。

　　从我认识他时起，他就留着清爽的小平头，高高的鼻梁上架着一副老学究的眼镜，炯炯有神的眼睛里总是闪着睿智的光；他的脸上常挂着春风般和煦的笑容，大家都夸他和蔼可亲。但是我才不这么认为，"严厉、严肃、认真、呆板"是我对他的评价，"老铁"是我对他私下的称呼，不是因为我们的关系有多铁，而是他对我总是"铁石心肠"。

　　当我摔倒时，他从来不扶我，甚至还阻拦妈妈冲过来的脚步，他总是冷眼旁观地说："自己站起来，要想以后不摔倒，就一步一个脚印地走踏实，没有人能一直扶着你。"倔强的我站了起来。当我学写字时，他从来不迁就我，我不耐烦地耍起了小性子，他总是一本正经地说："连汉字都写不好，你以后还怎么去热爱你的祖国？字如其人呀！"流泪的我握起了笔。当我取得好成绩时，他从来不表扬我，我骄傲地炫耀着，他总是毫不留情地说:"山外有山,只有井底之蛙才沾沾自喜,虚心才会使人进步。"脸红的我捡起了书。当我学棋时,他从来不纵容我,我耍小聪明而取胜,他总是说:"棋品如人品,没有端正的人品怎么会有正确的世界观、人生观、价值观?"心虚的我收回了棋……在我的成长路上,我埋怨过他的严厉,质疑过他的认真,我甚至跟"老铁"暗暗地较上了劲。

上了中学,与许多同龄人一样,步入青春期的我带了些许小傲慢,加上之前对"老铁"的不理解,我与他的关系渐渐地有些疏远。我不再期盼他的夸赞,不再渴望他的关心。

直到那天,"老铁"端着他亲手做的并不漂亮的蛋糕,对我说:"丫头,你长大了,你的心里肯定埋怨我对你严厉,对你不够宠溺。但是我很欣慰你成长得很好,内心足够强大,从小到大在你摔倒时不扶你,在你骄傲时不顺着你,在你失败时不安慰你……这一切都是想让你由一棵弱不禁风的小树苗逐渐成长为经得起狂风暴雨的大树,期望你摆正心态继续成长,祝你生日快乐!"那一刻,一缕阳光照亮了我的心路,通透明亮。"爸爸。"我情不自禁地叫着。"还是叫我'老铁'吧!""对,是'老铁',是不离不弃的'老铁',哈哈哈……"

是的,"老铁"就是我的爸爸,现在我们可是真"老铁"。我知道他从未缺席过我的成长,当我的心路上一出现杂草,他总会用他自己独特的方式将它拔除,直至开出芳香的小花。我想对他说:"爸爸,您用自己的方式呵护着我的成长,让我的心路一路向阳!谢谢您!我们是一生的'老铁'哟!"

(原载《三明日报》,2020 年 12 月 14 日)

运动会（外三章）

◎嵩溪小学四年级（4）班　官晓婧

梦寐以求的校运会开幕了！我们早就期待着这一天的到来！

早晨，操场上有的人在说笑，有的人在玩耍，有的人在作准备，气氛十分活跃。我精疲力竭地写着"该死"的作业，我其实也是一名运动员呀，却要如此遭罪！突然，老师站起来庄严宣布："我们班的运动员赶快进场啦！"

像战士听到命令，我们毫不犹豫地如脱缰的野马冲向操场，生怕被老师批评。我和班上的几个同学马上来到沙坑边，不然会被其他同学数落的。"现在还早，还没有轮到我们，我们去别的地方看看吧！"同学见我摇头晃脑，通情达理地说："没关系的……"但又补充了一句："既然你执意要去碰钉子，我也不阻拦你了。"

我们蹲在沙堆边，看着高年级的学生跳远。我发现跳远的时候，他们都是由快到慢：起跑时一定要快，跳起时就要挺身向前，然后又重重地摔在地上。我疑惑不解地想：为什么一定要摔或坐在地上呢？过了一会儿，我终于得出了结论。

我用这个答案，反反复复地试了几遍，出乎意料地发现这个方法还真管用。这时，一班闪亮登场了！他们竟然破天荒地跳了一个"狗吃屎"，顿时，惹得全场哄堂大笑。一班参赛的人顿时低下了头，脸羞得像一个红苹果。

轮到二班登场了！他们一上来就违反了比赛的规则，踩了白线，出局了。幸好有三次机会，不然就闹笑话了！裁判员看了看时间，赶紧叫三班的人上场，三班的同学不慌不忙地踏上跑道，像一只飞翔的雄鹰奔向终点。虽然那人长得矮，但由于他的脚太短，一屁股坐在沙坑上，脚还扭伤了，真是"赔了夫人又折兵"。

　　终于轮到我们班隆重出场了！我的心怦怦地跳，因为下一个出场的就是我，要先测试，心迟迟不能平静下来。只听哨声一响，我便不顾一切地向前跑去，我瞅见测量器上的数字想了想，应该是个优异的成绩吧！

　　我瞬间明白了许多，原来只要有一颗坚定的恒心，就能战胜一切困难啊！

葱茏的菜地

　　我的乐园，葱茏的菜地！一条奔流不息的小溪，几棵秀发飘荡的垂柳，一层层绿草如茵的梯田，构成了一幅独特的田园风景画。

　　星期日的清晨，我提起筛壶，拿着一包油菜种子。我看了看天空，见太阳还没升起，只露出半个身子，我赶紧跑到寂静的菜园里，把上次播下的白菜种盖的稻草掀开，又来到溪边，溪水发出潺潺的流水声，按着壶把，就把筛壶沉到水里，直到水从壶口溢出来了，我才提起一壶水去菜园。水筛完了，我又到溪边装，洒呀洒呀，火红的太阳渐渐升高了。我浇完水，就拿起锄头，一连挖了二十几个穴，僵硬的泥土逐渐疏松了。

　　铲好细碎的土壤，就开始播种了。这边撒几粒、那边撒几粒，撒好种子就把它们用细土薄薄地盖一层，让它们享受阳光的美好。

　　过了一个多星期，我又来菜地看它们了！在这诱人的菜园，我张大了嘴巴，瞪大了眼睛——有一些种子钻出来了，有的抽出了嫩芽，有的长出了小叶片，还有的正在寻思怎样才能探出头来呢！我心里已经乐开了一朵大红花。

　　蝴蝶、蜜蜂绕着竹篱跨进来了，小路上几乎没有行人，真是"日长篱落无人过，惟有蜻蜓蛱蝶飞"呀！我欣喜若狂地走在回家的路上。

　　这时，小鸟不再唱出动听的歌曲，溪水不再发出淙淙的水声，乡村也不再播放鸡犬相闻声——夜幕徐徐降临了!

我爱这夜色的柔和、恬静,更爱那菜地的葱茏、诗意!

我的家人是"标点符号"

我的家人有不同的性格,也就像"标点符号"。我总觉得有他们的陪伴,我好愉快哟!

我的妈妈是个温柔的人,同时,也是一只勤劳的小蜜蜂。可也不全是这样的!比如,妈妈老是问我:作业本带去了吗?这支笔是你的吗?太唠叨啦!有一次,我放学回家,刚要拿起作业本,妈妈就说:"你这个小懒虫,还不赶紧写日记,老师布置的作业做了吗?"啊——妈妈这个"省略号"。

我的爸爸是个"工作狂"。夜深了,他还在埋头专注地加班。我敲了敲门,说:"热牛奶来了,你喝吧!"爸爸见我还没走,就递给我一张纸条,让我好好学习,不要想别的。爸爸真是个通情达理的人呢!一个"小冒号"。

我的奶奶是最"讨厌"我的人,我每次吃完饭,只要碗里还剩一点饭粒,她就会训斥我:"以前你碗里吃的饭,都是我们去山上挖野菜来搭着吃,你还不懂珍惜?"我的奶奶就是个"感叹号"!除了我有时候会被表扬,能放松一点儿,其他时候奶奶都是严肃地看着我。

我的家人们就像一串"标点符号"呢!

嵩溪是个好地方

嵩溪虽然占地面积不大,只是一个小乡镇,但却有很多的生活必需品。

嵩溪的超市是那么的琳琅满目!超市的水果有很多:有红彤彤的苹果,有黄澄澄的橘子,有黑黝黝的葡萄……超市里还有家电:电冰箱、电饭煲、电脑……超市里还有山珍海味:大螃蟹、鲤鱼、大虾,红菇、香菇、笋干……

嵩溪不但有超市，还有水上乐园。我不开心的时候，经常会去那里玩耍。我会玩水上碰碰车，会玩水上蹦蹦床，我还会玩水上滑梯，而且还不止我一个人独享这安逸哩！

嵩溪虽然没有一个专属的赏景区，但有小公园。公园里有小亭子，每次我去散步时，亭子里总是坐满了人，我就只得坐在溪边的石凳上。看到夕阳西下投下的影子，好像看到了另一个自己，另一个自己正在写作文。我似乎迷路了，我沿着来时路上的脚丫才回到了家。

嵩溪的豆腐皮是相当美味的！当你看着一锅豆浆，可知这锅豆浆是花了多少人的汗水呀？在你眼里，可能只是一个简简单单的加工过程。不是的！它需要一袋黄豆、磨浆机和平底铁锅。首先，我们要把黄豆碾磨成粉，接着搅拌成浆，熬成一张张皮，然后切成一条一条，最后拿到阳光充足的地方晾晒。豆腐皮还有各式各样的吃法呢！红烧、凉拌、干吃、水煮……

嵩溪物产丰富、景色优美，生活在她的怀抱，我感到无比幸福和自豪！

后　记

　　从武夷山脉绵延而来，镶嵌在重峦叠翠的闽西大山里，她像一颗晶莹的蓝宝石，滤净岁月沧桑，托起每一个朴实、明媚的日子，缓慢、优雅，处处风光旖旎。依傍青山一水绕，玲珑半岛巧天成，丽质天成，清流的小巧和精致，恰如一幅无须修饰的山水画，轻轻拨动那流水般的琴弦，瞬间便葱郁亮眼，余音缭绕，令人沉醉于心。

　　遣兴而不失温婉，浓情而不乏恬淡，人与自然和谐共处，这是清流人的生活日常。伴随起伏的群山，朝霞和夕辉交互变幻着，以平静祥和之态，迎送春夏和秋冬，年复一年。灵山秀水给予了这方土地更多美好的念想，见诸笔端，无论一座山、一条河，还是一座村庄、一缕炊烟，都充满着浓郁的乡土情怀，散发着芬芳的草木气息。这些篇章，纵使没有名山大川的宏伟气魄，也没有名师大腕的洒脱俊逸，却是真切的生活体验和感悟，一笔一画都浸润着灵魂的书写、心境的表白。把这些长长短短的篇章集合起来，便呈现出清流的立体模样，融化在字里行间，构成一幅幅动人的图景，星子般错落有致，熠熠生光。

　　清流是革命老区、红色苏区，优良传统深入每个人内心。有幸生活在一个伟大的时代，经历并见证着祖国的飞速发展和繁荣昌盛，这种变化在一张张幸福的笑脸上洋溢着。正如黄莱笙老师在序言中所说："气质是散文最为醒目的精神标签，决定着作品的趣味与品格，没有气质的散文什么都不是。"写作是一种信仰，是精神的升华，把文章写在乡土大地上，感受时代变迁，记录心旅历程。清流散文较为全面地展示了"物我相融"的美好境界。我想,这既是写作的地域属性,又突破了时空局限,从而增强了文本的可读性和欣赏性。

很感谢清流的写作者们,是他们一如既往的热忱促成了这本集子,让我有信心做好编辑、校对等诸多事宜。从 2022 年 4 月 30 日发布征稿通知起,不到三个月时间已收到稿件一百多篇,包括老、中、青三代作者,其涉及内容涵盖各个时期及全县各乡镇。可以这么说,这是一批乡村行吟者用心写就的一部乡村恋曲。选稿就颇难抉择了,每位作者、每篇文章都难以割舍,总想多收录一些,毕竟,每个文字都倾注了作者的心血。然而,篇幅总是有限,在确保质量的前提下,删去了部分相同题材的文章。经过多次斟酌并反复酝酿,选本以辑录编排方式,对所有主题进行了梳理,尽可能客观地反映清流的整体创作情况。可喜的是,校园文学正在蓬勃兴起并取得初步成果,新生代的加入将有利于乡土文化的传承与发扬,这是重要的后备发展力量,未来可期。

《此心安处是清流》的结集出版是对清流文学创作的一次总结、一次回眸,愿从此迈上一个新台阶。在本书征编过程中,中共清流县委宣传部、县文学艺术界联合会都给予了极大关心和鼎力支持,使各项工作得以顺利开展。新征程上,我们将以更加饱满的热情、更加强劲的笔力,努力写好清流文章,为家乡的文化经济建设添砖加瓦。因时间和精力所限,书中难免有贻误之处,欢迎广大读者批评指正,不胜感激。

李新旺

2022 年 12 月 20 日